T0000754

Al encuentro del fuego

HELENA SAMPEDRO

Al encuentro del fuego

Créditos de portada: © 2024, Genoveva Saavedra / aciditadiseño
Ilustración de portada: © iStock / d1sk (Círculo de fuego); Grandfailure (Chica) y Evgeniya Gaydarova (Vegetación).
Fotografía del autor: Cortesía de la autora. Editada por Angel Matos, 2024.

Bajo el sello editorial PLANETA M.R.
Avenida Presidente Masarik núm. 111,
Piso 2, Polanco V Sección, Miguel Hidalgo
C.P. 11560, Ciudad de México
www.planetadelibros.com.mx

Primera edición en esta presentación: abril de 2024
ISBN: 978-607-39-1155-9

Impreso en los tallvergeres de Bertelsmann Printing Group USA
25 Jack Enders Boulevard, Berryville, Virginia 22611, USA.
Impreso en U.S.A - *Printed in U.S.A*

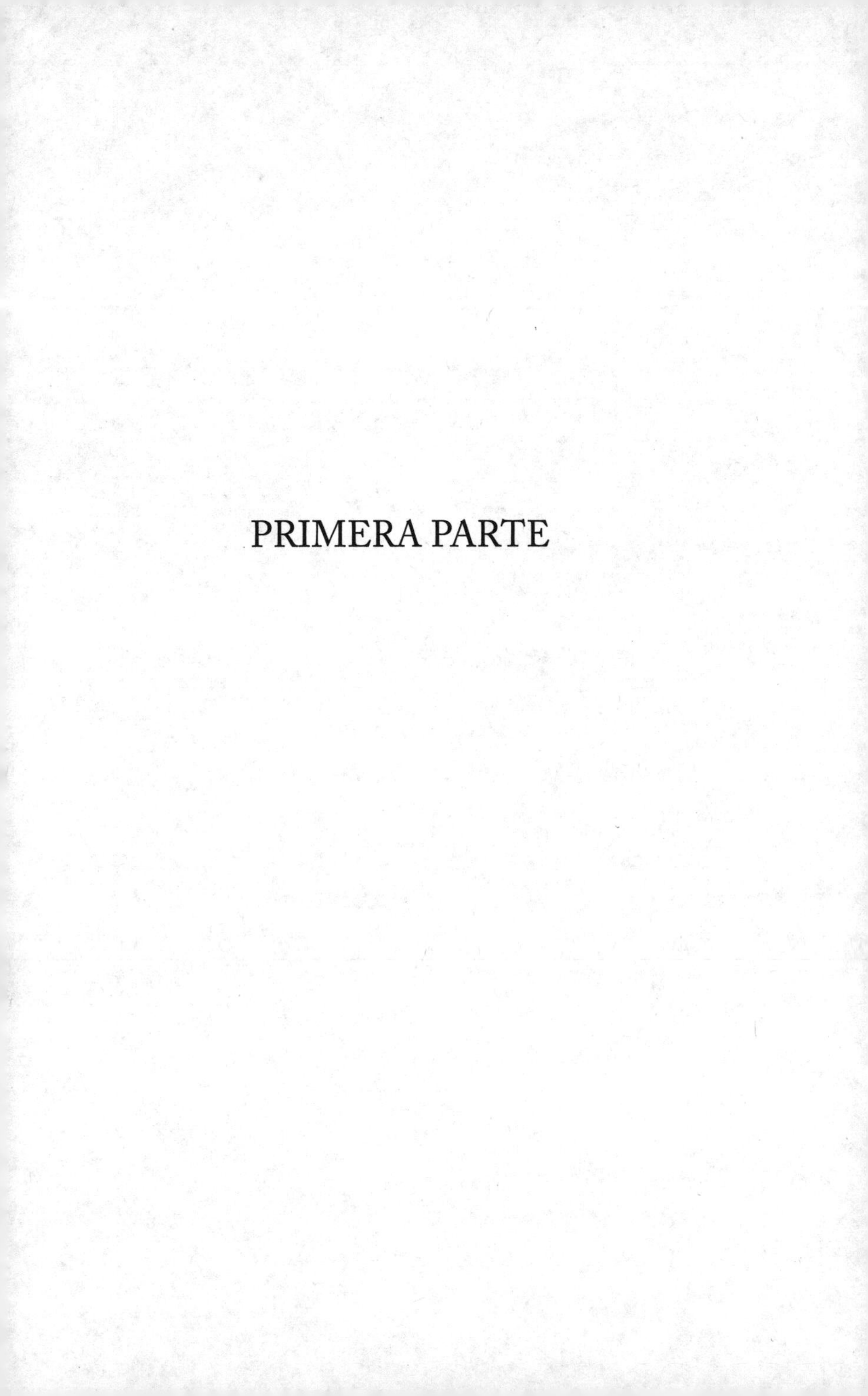

PRIMERA PARTE

Capítulo 1

La evocación de las moscas y la peste a carne podrida le recordaron a Sofía por qué deseaba irse de su hogar. Aquella casa en la que había sido feliz en su infancia era ahora un lugar triste. La piscina sin agua y rebosante de hojas secas, con los bordillos manchados de moho, sobrevivía tan olvidada como ella. El zumbido de los insectos se había asentado en sus tímpanos. Entreabrió los ojos para sacudirse la somnolencia, extrañada de que ya fuera de día. Hasta allí llegaban con claridad los maullidos de Óreo. Cuando tenía hambre, el felino cruzaba de una casa a la otra para cazar ratas. La muerte de su abuela había sido un rayo fulminante que partió su vida en dos. Las imágenes continuaban vivas en su cabeza, atormentándola.

Retiró la frazada, se sentó y, al levantarse, el frío del mármol le atravesó la planta de los pies. Burbujas de sombras circulares se posaban sobre los libros desparramados en su escritorio. Respiró hondo, nerviosa porque no se encontraban donde debían. Tomó *El diario de Ana Frank*. La imaginó jugando en un charco de lluvia, sonriente. «Las personas libres jamás podrán concebir lo que los libros significan para quienes vivimos encerrados». Puso el volumen en la tablilla que le correspondía. Los títulos de la *A* hasta la *I* tenían que estar en la primera estantería, los de la *J* a la *R* en la segunda y los de la *S* a la *Z* en la tercera. Se relajó al ver el texto *Amor y matemáticas* el primero, y *Zinochka,* el último. Al regresar a la cama volvió a cubrirse con la frisa y el edredón antialérgico. El cobertor de plumas de ganso que le había comprado su mamá le había ocasionado múltiples erupciones, seguidas de ronchas rojas que llamó con nombres de países: Afganistán, Albania, Alemania, Andorra, Angola... A las seis más grandes les puso los nombres de los continentes: África, América, Antártida, Asia, Europa y Oceanía. Siempre lamentaba que los dos últimos no comenzaran también con *A,* para que ocuparan la primera y última posición al colocarlos en estricto orden alfabético.

«¿El mundo será igual durante el día que en la noche?», se preguntó echada boca abajo en la cama. Las matemáticas, tan precisas en la pizarra, aplicadas a la vida le resultaban desesperantemente inexactas. Pensó en la muerte. De seguro se cometían más suicidios en la madrugada que al mediodía, pues a esas horas el bullicio de la soledad florecía más persuasivo que las voces despiertas en el universo. Reflexionó también sobre la oscuridad y la luz, la dicotomía del ser humano; ella misma, la vida, y su abuela Marta, la muerte. A pesar de su edad, ya sabía que se podía estar muerta en vida, muerta por amor, ser presa de amor o violada en nombre del amor.

La casa de acogida Dulce Hogar había sido un regalo del abuelo a la abuela. Él decía cínicamente que financiaba todo lo que fuera necesario para que ella se entretuviera. Aba Marta, en cambio, había encontrado allí un propósito hasta el fin de sus días. Una de las veces que Sofía la acompañó, escondida tras la puerta vio a una muchacha delgada, de ojos hundidos y pelo enmarañado abrazarse a su Aba de una manera tan efusiva que le extrañó. Le agradecía por haber cubierto el costo del funeral de su hermana y por acogerla allí mientras se recuperaba del miedo. «Gracias, gracias», murmuraba la chica, con los ojos verdes llenos de lágrimas. Escuchó que alguien la llamaba por su nombre: Clara. Y en ese momento, esa chica le pareció clara y transparente en su gratitud y su dolor.

Cuando estaba en Dulce Hogar, Sofía percibía profundas heridas en las voces sombrías de adolescentes desconocidas. Antes de morir, su abuela se había encargado de dejarles un legado en su testamento. Aba había querido ayudarlas, evitar que siguieran formando parte de las jóvenes desaparecidas que reportaban en los noticieros cada semana. Muchachas o mujeres extraviadas, engullidas en el misterio, de las que Sofía se enteraba poco a poco. A su abuela le atribulaba. De hecho, sabía que algunas de esas chicas residían en Dulce Hogar. «Triste país», decía a veces Aba con el corazón roto. ¿Fue eso lo que desencadenó todo?

Sofía colocó una almohada encima de la otra y, después de reacomodar la cabeza, cerró los ojos para continuar repasando lo sucedido un año atrás. Había creído que la vida de su Aba era feliz. Siempre fue afectuosa y dulce, de carácter alegre. Le gustaba su pelo cortísimo, rubio platinado, y las cejas tatuadas con sutileza para no tener que delinearlas cada mañana. Admiraba su elegancia. A los sesenta y siete siempre iba maquillada, con discreción pero buen gusto. Vestía trajes de tela ligera, ajustados a la cintura con una correa, y caída libre a la altura de las caderas. Pese a su osteoporosis, practicaba pilates para fortalecer el cuerpo y la mente. Siempre le recalcaba a Sofía la importancia de hacer ejercicio para equilibrar la fuerza muscular con el control mental.

Aquella tarde, poco antes de la muerte de Aba, Sofía conversaba con su mamá en la casa de sus abuelos sobre la celebración que deseaban hacerle para su próximo cumpleaños. La familia, después de innumerables discusiones, había decidido por mayoría que su *sweet sixteen* fuera una gran fiesta —con su voto en contra, porque ella prefería un viaje, como cuando cumplió los quince años.

Charlaban sentadas en el sofá estilo Luis XV tallado a mano que dividía en diagonal la sala de estar, la estancia favorita de su Aba. Muchas veces había practicado cómo decirle a su madre que prefería vivir con los abuelos, pero tenía miedo de hacerlo porque Pandora siempre se oponía a sus deseos. La consideraba frágil, vulnerable, no apta para la vida. «Una chica como tú» era la frase que más repetía cada vez que Sofía quería tomar una decisión. Le reprochaba que viviera sumergida en el mundo de las matemáticas. «La vida no es una fórmula», enfatizaba Pandora en tono burlón. A las protestas de su hija respondía: «Soy tu madre y, aunque a ninguna de las dos nos agrade vivir bajo el mismo techo, debes obedecerme». Pese a que quería alejarse de ella, esa frase la hería.

El color azul cobalto del lienzo de Roche que colgaba en la pared perpendicular a la ventana y la explosión de sus trazos solían transmitirle una repentina energía, una euforia que se apoderaba de ella. Por eso había elegido ese espacio para la conversación. Buscaba un lugar donde pudiera extender los brazos y las piernas para intentar no ponerse nerviosa. El cuadro azul era el único de la colección de su abuelo Héctor sin enmarcar; era muy similar a uno que Sofía había visto dos años atrás en Nueva York. Los cuerpos femeninos silueteados en acrílico bordeaban la tela como infinitos. Para ella, el infinito más preciso consistía en las dos funciones propuestas en las matemáticas: el infinito como herramienta de demostración y descubrimiento; no era un número real, sino una idea que nunca terminaría.

—Mamá, Sofía desea quedarse a vivir con Aba. —Había llegado el momento de decirlo. Lo había repetido una y otra vez delante del espejo, había contado hasta veintitrés inflexiones de voz distintas, pero ninguna le convencía del todo. Cuando al fin pudo verbalizarlo, Pandora no respondió; se limitó a amarrarse las sandalias verdes que había desabrochado para subir los pies al sofá. Le combinaban con el vestido blanco de flores amarillas. Pandora se levantó sin mirarla; fue hasta la consola y cogió la llave del Lamborghini de su papá. Casi al salir, con un tono de voz contenido, respondió:

—Sofía, ella no es tu madre: es la mía.

El ruido de la puerta al cerrarse acalló pronto cualquier posible réplica.

Sofía sintió calor y se desarropó un poco. Aunque había pasado un año desde esa conversación, recordaba cada detalle, cada gesto, cada insinuación. No sabía entonces lo que se le venía encima; menos, que el mundo se le derrumbaría de pronto y de una manera tan definitiva. A la mañana siguiente de esa discusión, Sofía, que había pasado la noche en casa de sus abuelos, como Pandora y ella solían hacer los domingos, despertó temprano para ir a la escuela. Cuando estuvo lista, gritó desde su cuarto:

—¡Aba, se hace tarde, vamos!

Al no obtener respuesta, cruzó el pasillo, entró a la habitación de la abuela y la atravesó hasta llegar al baño. Los pies descalzos de Marta se balanceaban ligeros, suspendidos en el aire. Sofía alzó la vista. El cuerpo estaba colgado de una de las gruesas vigas de ausubo. Un cinturón negro le prensaba el cuello. La cabeza estaba inclinada, un gesto póstumo que contradecía su última expresión: los ojos abiertos y la lengua fuera de la boca, como si la abuela hubiera tratado de escapar o intentado pedir auxilio. Una palidez azul le velaba el rostro. El sol de la mañana se colaba a raudales junto con una corriente de aire imperceptible y los destellos hacían refulgir la hebilla plateada del cinturón. Antes de caer de rodillas, Sofía se fijó en el techo, en las columnas horizontales de madera y la lámpara de bronce del siglo XVIII.

Doña Marta había acercado la silla del tocador al armario de roble macizo ubicado a la derecha de una tina antigua y se había subido a él. Al ver la disposición de los muebles, Sofía supo que la imagen se le quedaría grabada a fuego en la memoria. Recordaba que alguien, tal vez Juanito, el chofer de Abo, había querido sacarla de allí, pero ella, confusa e inmóvil, se había negado, abrazándose a sí misma. Había sido su abuela, pero ya no lo era más. Para Sofía, los ojos de su Aba imitaban la nada; su rostro, un terreno baldío; su cuerpo, la tragedia. Toda ella se había vaciado de risas; no podía entender que se le hubiera extraviado la cordura. Sofía se encogió. El eco de sus gritos rebotaba contra las paredes. No lloró, casi nunca derramaba lágrimas. Aspiró el aroma a lavanda de los inciensos que aún quemaban, pero no consiguió calmarse. Fijó la mirada en el cofre plateado de su Aba. Sabía que en ese joyero guardaba sus secretos; se lo había confirmado ella misma el día que sacó de allí el colgante en forma de flecha que le regaló después de bendecirlo en la iglesia junto con un rosario de diamantes negros.

Comenzó a faltarle el aire. Los latidos acelerados del corazón se habían convertido en una intensa taquicardia que la atormentaba; sumados a una sensación de hormigueo en las extremidades, la sumieron en un verdadero infierno. Se llevó las manos adormecidas a la cara. El futuro sin Aba se materializó con fuertes punzadas en el pecho. Tosió buscando el aire. Las voces —de su abuelo, Pandora, Juanito y Altagracia— le llegaban como murmullos distorsionados. Levantó la cabeza y los observó moviéndose en cámara lenta. Al ver que trasladaban el cuerpo de Aba hasta la cama, trató de incorporarse, pero las piernas no le respondieron. Cerró los ojos y ni así consiguió ahuyentar el miedo. Antes de desmayarse la acompañó el sonido de la música que había elegido su abuela para despedirse: «Gloomy Sunday». Estaba muy lejos de entender por qué escuchaba tanto esa canción su Aba Marta.

—Son cosas mías —le dijo una vez que le preguntó por esa melodía tan triste.

A partir de aquel día, su mamá renunció a la cátedra en la universidad. Se acabaron las lecturas y los psicoanálisis de los personajes; también la complicidad y la paciencia que Pandora le tenía. Sofía intuyó que jamás volverían a leer juntas los libros de la amplia biblioteca de la casa ni hablarían sobre el arsénico que tomó Emma Bovary, la ceguera y la tragedia de Marianela o la locura de Alonso Quijano en sus aventuras en la Mancha. Todo pareció esfumarse.

Sofía no toleraba el abandono de su madre; creció su desconsuelo por la suciedad y el resentimiento. Pandora actuaba como si su hija tuviera la culpa de su aislamiento. Sofía reparaba en cómo su mamá se encerraba en repentinos silencios, golpeaba los nudillos en cualquier superficie y fumaba un cigarrillo tras otro. Le inquietaban especialmente sus ojos convertidos en esferas de vidrio. Perseguía una explicación, leía o escuchaba música en volumen bajo para no molestarla; aun así, la sentía subir las escaleras hecha una furia, empujar la puerta de la habitación con violencia y en tono desquiciado preguntarle: «¿Qué demonios estás haciendo? ¡Déjame descansar en paz, egoísta!». Cada vez que su madre invadía su cuarto, un tambor redoblaba en el cerebro de Sofía y ella se tapaba los oídos para no escucharlo. El miedo escalaba como hiedra, dejándola rígida. Lograba apartar a su madre cuando reunía el valor para decirle: «Mamá, te ves terrible».

Los maullidos de Óreo la devolvieron al presente. Volvió a levantarse y se acercó a la ventana; el sol la bañó de luz. Sabía que solo tenía una alternativa: lanzarse al lomo del mundo, aunque este corriera desbocado. Había perdido la esperanza de que la situación mejorara, de que la actitud de su madre fuese pasajera, como un mal sueño. La realidad era que Pandora comenzaba a parecerse a una muñeca de trapo. Para evitar la hecatombe que se le venía encima, Sofía estaba dispuesta a dejarlo todo —la casa, el dinero, el alimento— con tal de huir muy lejos de allí. Extrañaba a su abuela. Las noches sin ella transcurrían lentas y dolorosas. Conversaba con su recuerdo y le preguntaba por qué la había dejado, en más de un sentido, huérfana. Le afligía echarla de menos. El día después de su muerte, cuando quiso recuperar algo que apreciara su abuela, buscó el cofre de plata con incrustaciones de piedras semipreciosas, pero ya no estaba.

Sofía no dejaba de preguntarse sobre las razones del suicidio de Aba. Su abuela era una mujer feliz, lo tenía todo, había hecho planes para los próximos meses. Seguía sin aceptar ni comprender sus motivos. A Sofía le asombró averiguar, por pura casualidad, que su abuelo le había pagado al médico para que certificara que la muerte había sido por causas naturales. Una tarde los escuchó discutiendo:

—Don Héctor, es imposible hacer lo que está pidiéndome. Con su difunta esposa fue diferente. Al ser una mujer mayor, no fue difícil declarar su muerte oficialmente por un infarto, pero ahora me está hablando de una muchacha —replicó.

—Según tengo entendido, te pago muy bien.

Sofía apreció en la respuesta del abuelo una amenaza. Notó el sudor en la calva del internista y vio cómo abría los puños, estiraba los dedos de ambas manos y las metía temblorosas en los bolsillos del pantalón. Luego, por conversaciones entre la cocinera y el chofer, Sofía se enteró de que, gracias a algunos sobornos y cobros de favores discretos, el cadáver de Aba Marta nunca llegó al Instituto Forense para que le fuera practicada la autopsia.

Unos meses antes de aquella trágica mañana, Sofía y su Aba habían planificado un viaje para visitar un internado en Florida. Ese secreto lo guardó muy bien:

—Si tu madre se entera se opondrá, ya sabes que te considera una niña —le insistió su Aba mirándola a los ojos.

—Una minusválida, más bien —contestó Sofía.

La abuela se había esmerado en prepararle a diario una rutina distinta; afirmaba que eso sería una ventaja a la hora de abandonar el hogar. «Te echaré de menos, pero en la vida todo es acostumbrarse, Gacelita», enfatizaba con su voz dulce. A Sofía le habían gustado las imágenes del colegio que vio en el folleto: un edificio de seis pisos con jardines colgantes, un lago de aguas límpidas, piscina cubierta, pistas de squash, salas de baile y de fitness, y con una oferta de educación diferenciada, en las inmediaciones de Coconut Grove. Iban a hospedarse en el hotel Biltmore, pues su Aba deseaba mostrarle los lugares en donde había pasado sus veranos de adolescente. Fue la última vez que la vio emocionarse. De algún modo, Aba estaba queriendo salvar a Sofía, como salvaba a las chicas de Dulce Hogar.

Cuando vivía su abuela, Sofía nunca protestó por la acumulación excesiva de objetos en las habitaciones desocupadas de la casa de su madre. Eran cosas innecesarias: cables de equipos electrónicos, recortes de periódicos, libros, revistas, juguetes, paraguas... Hasta le parecía divertido. No sabía que ese comportamiento podía ser una enfermedad llamada síndrome de Diógenes. Se preocupó cuando su madre, tras la muerte de su Aba, despidió a las criadas y empezó a almacenar basura en la cocina. Comenzó con bolsas de restaurantes, pedazos de sándwiches o restos de pollo frito. Luego se amontonaron las colillas de los cigarrillos, cuyas cenizas se esparcían por toda la casa como una nube hostil y tóxica. Una noche que se levantó para tomar leche vio una hilera de hormigas. Las ineludibles cucarachas no tardaron en llegar.

Descubrió que los ojos de su mamá habían dejado de ver la suciedad. Ni siquiera advertía el zumbido de las moscas ni le asqueaba verlas posar las patas sobre los alimentos descompuestos. Sofía había leído que, mientras ella dormía, una cucaracha podía comerle las uñas, la piel de los pies, incluso los párpados. Se lo mencionó a su madre y de sus manos nerviosas escaparon bofetadas.

—Sofía, cállate, no digas tonterías.

Miró el reloj. Los maullidos de Óreo ahora se habían vuelto incesantes. Al comprobar que casi eran las nueve se prometió dieciséis minutos en la cama, ni uno más ni uno menos. Sintió frío, se cubrió aún más con el cobertor. Otra vez los maullidos de Óreo. Su padre pasaría por ella a las diez en punto. Contarle el gran secreto, que deseaba estudiar en el internado de Coconut Grove y que la abuela había escogido ese sitio para ella antes de morir, pasó a ser una prioridad en la agenda de ese día. «Es viable», se convenció dando una vuelta por la habitación. Solo necesitaba conseguir que firmara los documentos de ingreso. El abuelo Héctor también apoyaba a Sofía.

—Es algo así como la última voluntad de tu abuela —le había dicho abatido, como se veía desde hacía un año. El problema era su madre, que, con la excusa de su poca habilidad para la vida práctica y sus problemas de socialización (aunque ya estaban superados), no quería dejarla libre de ella y de su mundo lleno de basura. La única posibilidad de escapar de Pandora era conseguir el permiso antes de que ella descubriera los planes. La solución de su vida estaba en aquel internado estadounidense. Tenía otras alternativas, pero le parecían más complicadas. Recurrir al Departamento de la Familia lo daba por descartado, y planificar una fuga en medio de la noche, con los ladrones de muchachas de su edad sueltos, era muy peligroso.

—¡Ya es hora de bañarse! —se dio ánimos en voz alta. Se puso de pie en automático.

En el baño, frente al espejo, Sofía se miró las pecas sobre sus mejillas blancas. La nariz respingada comenzaba con una línea suave y recta desde los ojos, y finalizaba en la punta un poco redondeada con una imperceptible curva hacia afuera. Se encontraba desiguales los labios: muy fino el de arriba y el doble de grueso el de abajo. En cuanto a sus ojos, a veces en la escuela, cuando la miraban a los ojos, le preguntaban si tenía antepasados orientales. «¡Asiáticos!», los corregía de manera cortante, y luego aclaraba que no sabía y entraba en una diatriba acerca de los orígenes de los humanos y cómo era posible que los lejanos antepasados pudieran originarse en el lado opuesto del planeta. No solían preguntarle más. Después de oír su explicación, se encogían de hombros y la olvidaban.

Le gustaba su mandíbula ancha, porque le daba carácter a su rostro de niña, aunque creía ser delgada en extremo. Miss Quiñones y las otras maestras la encontraban exótica, y le gustaba cuando se lo comentaban. No se consideraba bonita, pero tampoco fea ni común. Prefería el mote de exótica a *extraña* o *rara,* como la llamaban algunas compañeras de la clase al escuchar su forma de hablar tan monótona.

El gato por fin decidió callarse. Sofía terminó de peinarse con un cepillo de cerdas naturales —se negaba a usar los de plástico o sintéticos porque no reducían el rizo del cabello con la misma efectividad— y salió del baño. Del armario francés, construido en madera de nogal con marquetería y acabado en cera virgen, sacó dos cajas pequeñas de Zucaritas y una botella de jugo de manzana. Prefería el jugo frío, pero nada más pensar que tendría que pisar el suelo de madera de la cocina, con las enormes manchas oscuras de hongo que lo cubrían y las heces de las sabandijas, experimentaba una punzada que le abría agujeros en el estómago. Mientras comía una a una las hojuelas de maíz, miraba los relieves dorados en las puertas del armario. Cuando era pequeña se encerraba en él para no ver la claridad ni escuchar voces. Terminó el cereal y se cambió las tiritas que se había puesto alrededor de las uñas; era la única manera de evitar mordisquearlas, una manía que tendría que quitarse si deseaba que la considerasen ya casi una adulta.

Sofía volvió a escuchar ruidos en el patio: pisadas ágiles, carreras, objetos que caían. Fue a la ventana, descorrió la cortina hacia un lado y sorprendió a Óreo atrapando a una rata con las patas delanteras: le clavó los dientes en el cuello y la mordió con fría precisión hasta desnucarla. Dio varias vueltas con ella colgando de la mandíbula. Al cabo de un rato, la soltó sobre el césped y se esfumó desinteresado entre los arbustos. El gato negro de patas blancas la había liberado de un enemigo. Recogió los brazos, que llevaba estirados y tiesos como los de un soldadito de plomo, y se abrazó. Le tranquilizó saber que él estaría al acecho de los roedores.

Para relajarse, tatareó «Despacito». Llevaba el ritmo de la canción con la mano, como un metrónomo. Su habitación era amplia y clara, un santuario al que era inminente renunciar por los gusanos que asomaban en la cocina y que no tardarían en llegar hasta allí. Temblaba, como ya era costumbre, pero no sentía frío. Enumeraba fórmulas matemáticas que alternaba con las ecuaciones numéricas; una vez que comenzaba se le hacía difícil parar. Ella y su madre eran números opuestos: Pandora el cinco y Sofía el negativo cinco, siempre a la misma distancia del cero, pero en el extremo contrario de la línea.

Encendió la computadora y entró a la bandeja de mensajes. Comenzó a leer los últimos temas mostrados en la página. Había cinco temas recientes: una muchacha quería saber por qué no era tan popular como los personajes televisivos con su misma condición; otra era de una madre que buscaba ayuda con urgencia para su hija y preguntaba si había algún tratamiento para ese tipo de comportamiento; una adolescente se interesaba en comprender por qué se llora de felicidad. Las últimas dos entradas se centraban en cómo hablar con los pares en la escuela sin que se burlaran de ellas. Estuvo a punto de exponer lo que le sucedía con Pandora. Tras escribir las primeras oraciones, desistió. Aunque su cuenta era anónima, temía que de alguna manera la descubrieran. Recordó las persuasivas palabras de su papá cuando le contó sobre las primeras peleas con Pandora:

—Debes ser comprensiva con tu mamá, meterte en su piel.

Quería hacerlo, pero le resultaba muy difícil. Las terapias que había recibido desde que tuvo uso de razón no le dejaron más remedio que aprender a mirar a los ojos de los demás cuando hablaba, a decir adiós con la mano, a controlar sus movimientos. Es decir, a integrarse sin llamar la atención. Disimulaba su delgadez con ropa ancha, su estatura con sandalias bajas, su inteligencia con silencios, sus miedos con sonrisas y su soledad con libros.

Miró el móvil. El mensaje era de papá; estaba al llegar. Abandonó la habitación a toda carrera y serpenteó por el camino hasta alcanzar la salida. Iba de puntillas, como si pisara un campo minado, con el temor de ser detectada. La detuvo un grito de su madre que le cortó el entusiasmo por ver a su padre.

—Con ese color anaranjado que llevas, Alberto no te perderá de vista. Y dile que te regrese el domingo temprano.

Aunque las cajas se levantaban hasta el techo, podía verla sentada en la terraza, impávida y ajena al mundo, con un cigarrillo en la mano. Cerró la puerta con suavidad, sin despedirse.

Ya en la acera, contempló la muralla azul que ocultaba la planta baja. Las grietas se abrían paso en los sentimientos de Sofía. Frente al muro se levantaban más de una decena de palmas. Le gustaban el jardín colorido, el naranja de las heliconias, el verde oscuro de los helechos, el rojo de las amapolas, y las espigas amarillas, blancas y violetas de las orquídeas. Aspiró con suavidad el perfume cítrico de las gardenias.

El exterior del caserón estaba muy bien cuidado. Pese a los múltiples y constantes terremotos de los últimos meses, no tenía ni una diminuta hendidura. Aunque le resultaba intolerable vivir allí, no podía más que admirar la arquitectura. Residía en una propiedad con carácter, según había sentenciado su abuelo una tarde, y ella pensaba que era el calificativo preciso. Cuando le llegaba la hora de volver a casa, para aplazar el encuentro con la montaña de basura se detenía a observar la estructura desde afuera, como si con la fuerza de sus deseos pudiera conseguir transformarla en un océano. Especulaba con corrientes rápidas o cascadas de agua que arrasaran el mobiliario moderno y las alfombras de seda traídas de Asia por sus padres cuando viajaron allí hacía años, cuando quizá aún se querían, y de esa manera liberar las paredes, los techos y los suelos de las telarañas, el moho y la fetidez. El olor de lo vivo y de lo muerto estimulaba en Sofía el deseo de abandonar el hogar. Escapar de allí. Escapar.

Se concibió a ella y a su madre como un punto antipodal. Levantó la cabeza, buscó con la mirada la fachada superior y las nueve ventanas dobles de cristal enmarcadas en madera de secuoya. Las luminarias del pasillo estaban encendidas desde temprano, cosa extraña, pues su madre había adquirido una obsesión —otra más— por apagarlas. Algunas persianas estaban abiertas para que se ventilara, lo que ocasionaba que, a veces, algunas unidades de aire acondicionado se congelaran y corriera el agua por las paredes.

Sofía flotaba en un vacío, como si fuera otra de las esculturas que adornaban el exterior. Las tejas españolas estaban pintadas de índigo, un sello adoptado por su abuelo para diferenciar sus propiedades. La placa de porcelana que identificaba la casa tenía saetas en dos de las esquinas; en las otras dos, peces. Para Sofía, los peces blancos se diferenciaban de los azules en que los últimos tenían la cola en forma de flecha. Consideraba la flecha un amuleto de protección. Sofía se llevó la mano al escote y tocó el colgante que había heredado de su abuela. Al acariciar la punta de la flecha cerró los ojos. No quería vivir atada de manos y pies ni ser como su madre. Aquella residencia ya no era un refugio para ella; se había convertido en una prisión azul, en una cárcel. Ni una fogata podría devolverles la calidez a aquellas paredes convertidas en barrotes.

Capítulo 2

Alberto redujo la velocidad de su motocicleta Kawasaki Ninja verde metálico. Al verlo acercarse, Sofía, como de costumbre, sustrajo de su cartuchera unos tapones de goma y se los colocó en los oídos. Lo hacía cuando sabía que iba a estar expuesta a demasiado ruido.

Vio a su padre estacionarse, quitarse el casco y mirar la casa con el ceño fruncido, concentrado en el reflejo de las sombras que se dibujaban en el muro. Al apagarse el motor, Sofía aflojó los tapones. El sol agobiante los cegaba. En el cielo no había una sola nube.

—¿Qué dice Sofía hoy? —saludó Alberto con tono afable.

Ella le respondió con una media sonrisa que, a fuerza de haberla practicado tanto tiempo frente al espejo, le salía casi natural.

—Sofía dice que está lista para pasar el fin de semana con papá.

Alberto le entregó un casco rojo que llevaba su nombre grabado en letras doradas. Para ella, su padre era un ser ambivalente: a veces se excedía en los detalles, pero en otros momentos parecía no enterarse de nada. Sofía subió a la motocicleta por el lado izquierdo, pasando la otra pierna por encima, con cuidado de no perder el equilibrio. Sentada detrás de él, se sujetó a las agarraderas que salían del colín en la parte trasera y apoyó las zapatillas en el reposapiés. Cuando su padre arrancó, ella acompasó los movimientos de la motocicleta con el cuerpo y por unos segundos cerró los ojos para sentir el viento.

Encontraron bastante tráfico. Alberto se adelantó a una furgoneta. En la acera, frente a una panadería, un joven con trenzas africanas pegadas al cuero cabelludo discutía a gritos con un guardia de seguridad. Un coche de policía se acercaba en dirección opuesta. En el trayecto por la avenida McLeary hacia Condado, Sofía se entretuvo con los ciclistas que circulaban por la orilla, como un banco de peces multicolores, ajenos al tráfico que avanzaba a su lado. Varios peatones y algunos automóviles se detenían en la esquina de la calle Kings Court para comprarle flores a un hombre vestido con camiseta y bermudas. Tenía girasoles, rosas, heliconias, claveles y azucenas, cada bonche de flores colocado en diferentes cubos plásticos, alineados unos al lado de los otros, de seguro para mantener las espigas hidratadas. Un letrero de cartón pegado a un poste de madera advertía con tosca caligrafía: «Solo efectivo».

Tras una curva divisaron por fin el Parque del Indio y el mar. Se estacionaron en la esquina de la calle Krug. Sofía se alegró de que Alberto le celebrara el naranja de su blusa ancha sin mangas. Al escucharlo, no pudo evitar que rechinaran en su cabeza las palabras de su madre al despedirla. Antes de cruzar al parque lo vio extender los brazos largos y velludos en un gesto jovial, quitarse la sudadera y la camiseta, y guardar ambos cascos bajo el asiento de la motocicleta. Así, con el torso desnudo y en buena forma física, podrían fácilmente confundirlo con uno de los surfistas que bajaban por la calle en dirección a la playa. Pandora, con el más agudo sarcasmo, lo tildaba de «vendedor de casas».

Padre e hija se pusieron las gafas de sol e iniciaron la caminata. Alberto se volvió a ella y le preguntó si quería hacer algo especial al finalizar el paseo. Sofía no tuvo que pensarlo dos veces; enseguida respondió con alegría:

—Sofía quisiera una piragua de frambuesa.

Alberto sonrió con picardía y asintió, como satisfecho de la propuesta. El sol quemaba. Padre e hija se pusieron las gafas de sol e iniciaron la caminata.

—¿Aún no quieres probar la de tamarindo?

Sofía se quedó un momento callada, aunque sabía que era un juego.

Unos perros se acercaban a toda carrera; ella giró el cuerpo para evadirlos. Por todas partes había bañistas. Se veían toallas, sombreros y potes de crema solar al pie de las sillas reclinables o sobre las toallas, y una que otra neverita con agua, refrescos y cervezas. Algunos buscaban protegerse del sol debajo de las sombrillas alquiladas.

—A Sofía no le gusta el tamarindo —respondió finalmente, frunciendo el ceño—; es muy agrio.

Los días feriados, como ese viernes, Condado solía estar lleno de turistas, y esa mañana no era la excepción. Aunque

Sofía ya dominaba el arte de moverse entre las personas, evitando tropezar y que le rozaran el cuerpo, se alejó a pasos rápidos del tumulto.

Él la alcanzó.

—Algún día te comerás la de tamarindo y te acordarás de mí; apúntalo.

Antes de responder, Sofía se limpió el sudor de la frente con los dedos.

—¡Quien planta tamarindos no cosecha tamarindos!

—Tramposa, esa frase es mía.

Ella apretó el paso. Su padre aligeró el suyo. Ambos rieron con la certeza de ser buenos compinches.

Como escualos, los surfistas nadaban despacio sobre sus tablas a la espera de las olas más altas, aunque no en todos los intentos lograban montarlas. Aquello se resolvía con una ola que reventaba solitaria contra la orilla. Algunos caían al agua y, por segundos, se esfumaban entre el oleaje para aparecer después, rendidos. Sofía se concentró en el plan principal: debía conseguir el permiso para estudiar en Florida. Le vinieron a la cabeza aquella piscina, el lago, las pistas de squash. Sí, allí sería feliz.

—Papá —dijo de golpe—, Sofía ha planificado una conversación contigo.

—Pues ve al grano.

Sofía esperó a que una pareja que discutía cerca de ellos se alejara. El hombre, con gafas de cristal grueso, le gritaba a su acompañante que si volvía a interrumpirlo iba a hundirla en el agua hasta ahogarla. La mujer, cabizbaja, caminaba a su lado. Atemorizada, dedujo Sofía sin dejar de observar la incómoda escena. Violencia de género. Así lo habría denominado su

Aba, porque todo debía llamarse por su nombre «para concientizar», como siempre enfatizaba.

—¿Qué es lo que has planificado decirme? —insistió su padre, ajeno a todo.

El sol quemaba; Sofía se ajustó las gafas oscuras. Contuvo las ganas de enrollarse un mechón de pelo en el dedo. Un nudo le tiraba del estómago.

—Sofía desea independizarse. —No hubo titubeos.

Soltó el aire y volteó a mirar el par de perros que corrían meneando el rabo desde la orilla hasta su dueño, que los llamaba a silbidos.

Su padre, con expresión de sorpresa, le alborotó el cabello. Sofía se quitó las zapatillas; le sudaban los pies. Se acercó a la orilla y, pese al intenso calor, sintió helada el agua.

Decírselo resultó más fácil de lo que había pensado.

—¡Eso es lo que desea Sofía! ¡Independizarse!

Sofía mantuvo el foco en la plática y no en la sensación de aspereza que sentía en la planta del pie. Se concentró en lo que tenía que decir. Ignoró el roce del agua en los tobillos, evitó prestar atención a los diminutos caracoles que pisaba. En la espuma se formaban burbujas blancas que le gustaba mirar como si fueran ideas bullendo en su cabeza. Pensaba en ellas como la nada, algo que había sido y dejado de ser, como su abuela, como la realidad. A pesar de todas las sensaciones, estaba satisfecha porque había conseguido expresarse.

—Sofía quiere mudarse —se mordió el labio inferior.

—¿Mudarte?

Su padre alzó una ceja perplejo y pareció distraerse siguiendo las evoluciones y piruetas de los surfistas. Unos metros más allá, un grupo de jóvenes montaban unas mallas para jugar voleibol; habían delineado cuatro rectángulos en la arena. Escuchó callada la diatriba de su padre, quien le recordaba que tendría que ocuparse de su ropa y aprender a cocinar, y que ni siquiera sabía prender la estufa. Ella no se amilanó.

—Sofía es muy organizada y exigente consigo misma.

Notó un leve temblor en la mano de su padre. Escuchó una vez más su consabido reproche:

—Todos los puntos que acumulas a favor de tu emancipación se restan al referirte a ti misma en tercera persona, hija.

—No te pases, papá, sabes que Sofía puede hablar como los demás —se defendió con rapidez—. ¿Por qué insistes tanto en eso?

—Porque lo tenías superado, pero desde la muerte de Marta te has empeñado en ir hacia atrás —insistió Alberto.

—No es retroceso, papá.

Sofía volvió a acomodarse las gafas de sol, que se le resbalaban por el tabique debido al sudor. Las voces agudas de varios niños llamaron su atención.

—Sofía también sabe manejar el dinero —reclamó enfática.

—Eso es cierto —tuvo que admitir a regañadientes.

A Sofía le encantaba ver las olas volverse pequeñas al llegar a la orilla. Contemplaba cómo se desvanecían por completo sin poder regresar al mar. Le recordaban la sonrisa de su Aba Marta, sus juegos en el agua, la calidez de sus manos cuando la tocaba como si la estuviese inventando, la ternura infinita cuando la llamaba *Gacelita.* También el miedo de lo que encontraría después de la muerte, como si fuese un pasadizo oscuro que conducía hacia un vacío o a la propia nada.

—Irte a un lugar desconocido es una locura. —Alberto bajó la voz y meneó la cabeza—. Además, tu madre no lo permitiría.

—Sofía no es una niña —explotó airada.

—Eres muy ingenua. —Nada más pronunciar la frase, Alberto pareció arrepentirse.

Sofía contraatacó:

—¿No lo eras tú a la edad de Sofía?

—Sí, pero sabía cuándo callar.

—¿Qué hay de malo en no tener filtro? Sofía es como es, papá.

—No te enfades. Nada más te digo que no creo que estés lista para vivir sola. Por ejemplo, no te conozco ningún amigo, salvo Ricardo.

Él achicaba los ojos y ella observaba las diminutas arrugas que se le formaban en el rostro.

—La amistad de Sofía con Ricardo es más estrecha que con los demás, sí. Es lógico porque comparte con él desde pequeña y se siente cómoda.

Alberto insistía en la importancia de ser más sociable, en lo vital de las relaciones para salir adelante. Sofía escuchaba el sonsonete de su padre mientras observaba su ceja enarcada y el ceño fruncido.

—A Sofía le gustan las personas. —Al final de la oración la voz fue apagándose.

Se obligó a mirar a su padre. Alberto tensó la mandíbula.

—Está bien —corrigió Sofía—, me gusta la gente, solo que a la mayoría mis conversaciones le resultan raras. A veces no encajo. —Alzó las manos como justificándose... Me acerco y me siento fuera de grupo, eso es todo.

No se echaría atrás.

Le explicó que las muchachas en el colegio hablaban de novios y ella prefería discutir el producto interior bruto. En tanto otros elementos permanezcan constantes, la gente es más feliz cuanto más rica es. Alberto miró al cielo y dio un largo suspiro.

—Chiquita de papá —empezó a decir con suavidad—, es que en vez de comportarte como una estudiante actúas como si fueras una profesora.

Sofía miró el cielo. No retiró la cara cuando Alberto le sacó un mechón de la frente.

La algarabía de unas carcajadas le hizo voltear. Unas jóvenes entraban al agua con sus *kitesurf* y sus tablas.

Escuchar el «Eres genial; complicada pero genial» de su padre, acompañado de una sonrisa que mostraba una hilera perfecta de dientes, la desarmó. De repente, Sofía pensó en Pandora, cada vez más delgada, víctima de una fatiga sin fondo y una rabia permanente. No quería que su vida fuera como el jardín posterior de su residencia: plantas moribundas, asfixiadas por la falta de atención. No le contaría a Alberto que su casa era un lugar donde se respiraba toxicidad en vez de aire fresco.

—Papá, ¿no quieres que Sofía se independice de mamá?

Al igual que ella, Alberto buscó con la mirada el mar.

—Te confieso que me preocupa. —Alzó la vista y la fijó en una muchacha impulsándose con su tabla sobre las olas.

Sofía se interesó en los niños que corrían tras los perros, y después en los constructores de castillos de arena.

—Papá...

—Siempre me ha sorprendido tu perseverancia, pero no podemos olvidar lo que te hemos mimado y la sobreprotección a la que has estado expuesta. Además, no tienes malicia.

Lo observó pensativa. No pudo ocultarle el sinsabor que sentía. Para disimular la frustración, se dedicó a observar a los muchachos que habían comenzado a jugar voleibol. Pasaban la bola sobre una malla atada a dos palmas.

—Vamos, no te pongas tensa. Si es lo que deseas y te conviene, te apoyaré, aunque probablemente Pandora no lo aprobará —subrayó su padre, conciliatorio—. Ni siquiera acepta que vivas conmigo parte del tiempo. Es complicado.

En realidad, lo que más frustraba a Sofía era la posibilidad de que al final su padre se rindiera ante las intransigencias de Pandora.

—Papá, ¿crees que si fueras más allegado al abuelo mamá accedería a compartir la custodia de Sofía contigo?

—Chiquita de papá, ¿a qué viene eso? —La miraba con mucha ternura—. Al menos me otorgó un poder para intervenir en los temas escolares y de salud, pese a la oposición de Héctor, que ni siquiera eso me quería conceder.

—¿Tú crees que el abuelo finalmente apoye a Sofía en el viaje? Él dijo que sí, pero luego no le dice nada a mamá. Es difícil entenderlo.

—Hay muchas cosas de tu abuelo que no consigo descifrar.

Padre e hija guardaron silencio.

Algunos recuerdos dormidos se alborotaron en la cabeza de Sofía. En uno de los viajes con sus abuelos a Nueva York, Aba había llorado muchísimo. Rememoraba aquellas vacaciones con tristeza. Estaban en el restaurante Per Se cuando, de manera inesperada, la Aba encaró al abuelo por tener otras mujeres.

—Pero no otros hijos —se defendió él—, o al menos no hijos reconocidos. Sin mi apellido; tenlo claro, sin mi apellido —enfatizó molesto. Aún podía ver las cejas prominentes y los ojos saltones del abuelo mirando a la Aba inquisitivo, encogiendo los hombros y mirándolas a ambas con desdén. Sin entender muy bien lo sucedido, Sofía bajó la mirada. Pese a lo voluminoso de su cuerpo, el abuelo se puso de pie con agilidad y les dio la espalda sin pronunciar palabra.

Unos ladridos la trajeron a la realidad.

—Aba siempre inclinaba la balanza a tu favor. ¿Por qué Abo te detesta tanto?

—No lo sé. Entonces cuéntame, ¿por qué quieres mudarte?

No podía decirle la razón verdadera. Le parecía incorrecto exponer a su madre, sobre todo porque su abuelo Héctor le había prohibido hablar de la situación.

—De esto ni una palabra a nadie —le había dicho señalándola con severidad, pero tampoco se comprometió a resolverla.

—Vamos, explícame. —Alberto se detuvo. Estaban mirándose, parados uno al lado del otro.

—Deseo aprender a vivir sola —expuso muy despacio.

No quería que su padre pensara que su idea de irse respondía a un capricho. Carraspeó y dijo:

—Quiero prepararme para ir a la universidad. Estudiar Economía.

—Lo tengo claro.

—Al abuelo le gusta que Sofía sepa de finanzas. Puede hablar con él sin que ponga cara de fastidio.

—¿Tiene otra?

Sofía frunció el ceño con severidad; Alberto agachó la cabeza.

Unas sonoras carcajadas los distrajeron y ambos se voltearon a mirar. Un grupo de señoras en trajes de baño, de pieza entera, corrían hilarantes hacia el agua.

—¿Cuáles son tus planes?

Ella movió un poco la cabeza, como si buscara otra forma de comunicarse.

—Sofía quiere mudarse cuando comience el próximo año escolar.

—¿Vas a seguir con el Sofía?

—Basta, papá. —Los pómulos altos de ella parecían desinflarse—. Hay un internado en Coconut Grove al que deseo asistir.

Hincaba la uña del dedo pulgar en el índice para tranquilizarse. Las tiritas que se había puesto alrededor de las uñas comenzaban a despegarse.

—Veo que ya tienes un plan.

Sofía no se intimidó:

—Es un colegio integrado con programas individualizados. Lo mismo que he hecho hasta ahora: asimilación del sentido sensorial, estímulo-respuesta, compartir con personas que se apoyan unas a otras.

—Siempre has asistido a un colegio privado donde van todo tipo de estudiantes. ¿Ahora te propones acudir a un lugar de jóvenes con condiciones específicas? —Alberto se pasó la mano por el cabello y se quedó pensativo—. Además, ya has superado la sensibilidad sensorial.

Sofía lo confrontó:

—No del todo, papá.

Le comentó que había progresado mucho, estaba integrada, pero el esfuerzo socavaba sus fuerzas. Su padre abrió la boca para hablar, pero ella no permitió que la interrumpiera. Siempre esperaban más de Sofía.

—El instituto de Florida no está diseñado para estudiantes rezagados —recalcó Sofía meneando la cabeza—. Es para quienes demuestran un nivel intelectual muy superior a los demás, pero presentan alguna dificultad emocional. —Lo miró, ahora sí, suplicante—. El profesor Torres, que se encarga de supervisar las clases avanzadas de Sofía, considera que sería muy enriquecedor.

Sofía volvió a oír las voces de los niños jugando a zambullirse.

—¿El profesor Torres? Por lo visto sí tienes un plan.

Su padre alzó la mano despacio para volver a tocarse la barba y, tras dirigirle una mirada escrutadora que la puso nerviosa, le dejó saber que no tenía claro su empeño en irse lejos cuando lo tenía todo.

Continuaron caminando en silencio. Los reflejos del sol filtrándose en el mar diluían el color del agua. Para romper la tensión, Alberto comentó:

—Hace rato que nuestra caminata es más lenta que la de las tortugas.

Sofía se encogió de hombros. Su padre se equivocaba: las había visto nacer y sabía que se deslizan y empujan sobre la arena con mucha agilidad y fuerza hasta llegar al mar. Cuando le mencionó que vivían entre ciento cincuenta y doscientos años, él reaccionó interrumpiéndola:

—Ya, ya, ya... Coge aire.

Lo creía capaz de asimilar lo que ella le contara, pero no tuvo el valor de traicionar a su madre contándole que vivía en un basurero. Una «madre tóxica», había leído en internet. Decidieron emprender el regreso al parque. Varias veces se detuvieron a ver los giros de las muchachas deslizándose sobre el agua propulsadas por el viento.

—Papá, ¿qué tiene que hacer Sofía para que estés de acuerdo con ella? —preguntó con suavidad, pero también con algo de tristeza.

—¡Lo estoy!

El ímpetu de la respuesta alertó a Sofía, que observaba ahora la piel tostada de su padre. Era todo músculos, producto de los deportes extremos que solía practicar. Además, era cálido y guapo. Pero a veces la sacaba de quicio. Lo atajó.

—Si lo estás, no lo parece.

—Me da miedo que no puedas conseguirlo —confesó entonces Alberto mirando fijamente hacia el mar, como si algo en especial le hubiese llamado la atención.

Sofía inclinó la cabeza como si quisiera escuchar las palabras que arrastraba el viento. No entendía su desconfianza.

—No quiero que te frustres —explicó él.

—Papá, debo intentarlo.

Era un día más caluroso de lo normal. Lo escrutó con los ojos marrones. Ambos sudaban.

—¿Qué tal si nos sentamos en uno de los bancos del parque? —propuso Alberto.

Varios niños corrían en bicicletas; otros se deslizaban en sus patines; los más chiquitos correteaban de un lado a otro. Sofía los observaba.

—Veo que te has preparado para esta conversación, pero la vida, aunque te lo parezca, no es un libreto. —No apartaba los ojos de ella al hablar—. La gente puede ser muy cruel.

Sofía enderezó la espalda, tronó los dedos y puso los ojos en blanco. Alberto cogió aire y le explicó que la vida no era como los documentales en los que ella aprendía lo que le gustaba sobre temas específicos, y si olvidaba algún dato volvía a verlos hasta memorizarlos, como hizo desde pequeñita.

—Que seas casi un genio no va a garantizar que salgas adelante. Las peripecias de la vida no siempre resultan como las de... ¡Holden Caulfield!

—¡Por favor, mal ejemplo! Holden no salió muy bien de las situaciones en las que se metió. Si vas a recurrir a una novela, que no sea una de las favoritas de mamá; la conozco de memoria.

—¿Cuándo hablarás de esto con tu madre? Recuerda que solo queremos cuidarte. —El plural la incomodó.

Un niño se cayó de la bicicleta y por poco arrolló a un pequeñín. Una mujer de pareo floreado corrió a socorrerlos. El resplandor del día hacía brillar el aluminio de los columpios. El rumor del mar le llegaba a Sofía junto a un sabor amargo en la saliva. Removió una a una las tiritas. Aspiró el olor a salitre.

Él se quedó mirándola. Sofía omitió decirle que tenía los códigos y la autorización para hacer las transferencias necesarias para pagar la matrícula, el hospedaje y los demás gastos.

El abuelo confiaba en ella. Además, la Aba le había dejado una cuenta a la que podía acceder.

Sofía observó a una pareja que acababa de llegar. Se embadurnaban uno al otro de protector solar.

—¿Cómo supiste de ese instituto?

—Aba quería llevarme a visitarlo. Ella lo escogió. Era nuestro secreto.

—¿Marta? —Se mostró sorprendido—. Nos has dejado fuera de la ecuación. Muy mal.

—¿Firmarás?

—Ya veremos.

Su mamá no lo aprobaría porque pensaba que Sofía tenía una limitación muy seria para tomar decisiones acertadas, por más analítica o matemática que fuera. No confiaba en ella ni en su juicio, pero lo peor era que no solo no la dejaba ir: tampoco quería tenerla cerca. Estudió las probabilidades del «Ya veremos»: si aplicaba el teorema de Bayes, podía calcularlas a partir de la información que recibía de su padre. *B* sería el suceso que se planteaba, y *A* el conjunto de las posibles causas, excluyentes entre sí, que podrían producir el resultado: aceptación de Alberto y, por tanto, *P (A/B)* se convertían en las probabilidades *a posteriori*, *P (A)* las probabilidades a priori y *P (B/A)* la probabilidad de que se diera *B* en cada hipótesis de *A*.

—No estoy de acuerdo ni en desacuerdo con que te vayas a Estados Unidos, pero voy a evaluarlo. Analizaré cómo puede serte de ayuda, y si entiendo que es lo mejor para ti, hablaré con tu madre.

Sofía miró a su padre sin parpadear. Había llegado a creer que tendría que sincerarse con él, pero como no formuló preguntas adicionales, supuso que no deseaba saber más.

Para ella, el viaje al instituto comenzaba a tomar forma. «Ya veremos» y «Voy a evaluarlo» eran expresiones que dentro del teorema resultaban esperanzadoras. No pudo evitar plantearle una pregunta que la asaltó de pronto:

—¿Serás objetivo?

Alberto miró al suelo, se llevó ambas manos a las caderas, resopló.

—Por supuesto que no. Eres mi única hija; los padres nunca somos objetivos.

Se levantaron del banco. Tuvo la certeza de que después de la conversación con su padre nada sería igual.

Caminaron finalmente hasta el piragüero. El vendedor, de piel requemada por el sol y un poco encorvado por los años, raspó hielo para dos piraguas. El sonido de la afeitadora contra el témpano le ocasionó dentera a Sofía. El señor, de manos arrugadas y llenas de pecas, colocó el raspado en dos conos y les añadió el jarabe de frambuesa para ella y tamarindo para él.

Capítulo 3

Sofía se levantó al día siguiente con el corazón tranquilo.

Se acercó somnolienta a la cocina. Su padre tecleaba en la computadora. La cerró al ver a su hija y se puso de pie con una sonrisa. Le prometió un desayuno suculento, como todos los sábados que se quedaba con él. Ella esbozó una sonrisa.

Le gustaba despertar en la casa de su papá en el Viejo San Juan, una ciudad bulliciosa, a diferencia de su urbanización, un islote cobijado por murallas de piedras vigilantes. La casa de su padre, comparada con la de su mamá o la de su abuelo, era pequeña; también ruidosa, porque el casco antiguo hervía de vida y la gente paseaba a pie para disfrutar del ambiente. En aquel refugio de techos altos y vigas de ausubo que daba cobijo al hogar de Alberto, Sofía podía moverse en libertad, dormir sin sobresaltos, respirar, vivir. Disfrutaba recorrer los callejones y mirar las prendas llamativas en los escaparates de la calle Fortaleza. Cuando cerraba los ojos se sentía sosegada, como si se hallara en el lugar más acogedor del universo. Con su papá se divertía, se sentía viva.

Casi al terminar el desayuno, Sofía le contó cómo Óreo, el gato de la vecina, había desnucado una rata hasta quedarse con la cabeza en la boca. Alberto miraba la pantalla de su celular.

Ella resopló y se cruzó de brazos.

—Papá, Sofía pensaba que el uso del celular estaba prohibido en las comidas.

—Me declaro culpable —sonrió Alberto levantando las manos.

Siempre sonreía, pensó ella, aun cuando no había ninguna razón para hacerlo.

Tras un breve silencio, Alberto colocó el aparato boca abajo en la encimera para enfrentar los ojos de su hija.

—Estoy esperando una oferta y en cuanto la reciba tendré que llamar al cliente para informarle —explicó moviéndose por la cocina.

Ella tamborileó sobre la mesa.

—¿Entonces dices que el gato de tu vecina se comió el ratón?

Ella nunca había entendido el tono infantil y chistoso de su padre.

—No, no, no se lo comió, pero, papá, no digas esas cosas, que a Sofía le dan asco.

Aunque quería tomarlo a la ligera, la historia del ratón estaba inevitablemente vinculada a ella, a su madre y a la basura acumulada en casa. No le parecía justo tener que vivir en ese horror; le hacía daño. Se le quitó el hambre e hizo un esfuerzo para comerse otro pedazo de piña. Se mordió la lengua para no hablar de la desidia de Pandora. Se levantó del taburete, puso la taza en el fregadero y fue a cambiarse el pijama de rayas que tanto le gustaba. Pensó que incluso hubiera podido vivir entre la pila de objetos acumulados sin una lógica aparente. Lo de menos era que su mamá no pudiera deshacerse de las cosas que adquiría. Aunque se le hacía difícil sobrellevar el desorden, se esforzaba en hacerlo. Era el hedor lo que le resultaba intolerable. Con los continuos «Vete al infierno» de su madre comenzaron sus enfrentamientos.

Alberto le propuso dar un paseo y Sofía fue a cambiarse de ropa. Cuando estuvo lista, decidieron caminar hasta el Mercado Agrícola. El sol resplandecía tan fuerte que Sofía, de vez en cuando, usaba la mano a modo de visera para cubrirse del resplandor. A lo largo de la calle sortearon varios andamios. Reparaban una fachada y un vecino preguntaba por el capataz de la obra; alegaba que en sábado no debían estar trabajando.

Al entrar al mercado saludaron a algunos de los agricultores locales que vendían sus cosechas los fines de semana. El olor del pan recién horneado, los colores de las flores cortadas en el campo y el ambiente sosegado y familiar relajaban a Sofía. La voz de Ednita Nazario sonaba en las bocinas: «Y escucha bien porque no, no pienso volver... ». Sofía circuló despacio, disfrutando, por todos los puestos. Palideció al pensar que al día siguiente la esperaba el vaho a humedad de su casa junto al chillido de las ratas correteando por el patio y Óreo persiguiéndolas. Y lo peor: no podía hablarle a nadie del estado lamentable de la casa, porque eso sería traicionar a su madre... aunque a nadie parecía tampoco importarle lo que pasaba con Pandora desde la muerte de Aba. Vivían en una isla dentro de la isla. Sabía que al final soslayar el tema iba a ser imposible; tarde o temprano tendría que contarlo todo.

Aspiró el aroma de las piñas y de las especias. La esencia de la vainilla le resultaba placentera; el ajo y la cebolla, muy fuertes. Sin embargo, mientras hablaban con el verdulero sintió que la observaban. De pronto, la armonía se rompió. Miró en todas direcciones, pero no vio nada extraño. Se metió las manos en los bolsillos de la camisola ancha y desechó el pensamiento. Le gustaba pasear al aire libre; no quería malograr ese momento. Compraron verduras, frutas y un galón de jugo de toronja rosada recién exprimido. Su papá se detuvo a saludar a la vendedora de flores. Sofía observó las manos de la mujer. Tenía unas manchas oscuras e indefinidas en la piel, un mapa de vida. Levantó la vista, giró la cabeza hacia ambos lados; nuevamente la sensación de que la vigilaban le produjo angustia. No era la primera vez que se sentía perseguida.

—¿Te encuentras bien? —preguntó su padre.

Ella enmudeció.

—¿Estás bien? —insistió.

No quería decirle que sentía un par de ojos ajenos acompañándola por su recorrido en el mercado, sumar la paranoia a lo que sus padres llamaban «tus múltiples rarezas». Agachó la cabeza.

—Solo estoy un poco mareada por el calor.

No mentía: se le había secado hasta la saliva.

—Vamos a casa —dijo Alberto, mostrando las manos cargadas de paquetes.

Se quedó seria, pensativa. Entonces quiso ir a la Capilla del Cristo, como hacía siempre que visitaba el Viejo San Juan con su abuela. Llegaron a su mente las noticias recientes de muchachas y mujeres desaparecidas. Hizo un esfuerzo. Luchó contra el temor de sentirse perseguida: no podía dejar que aquella percepción sin fundamento la paralizara; igual podían ser cosas suyas. Sabía que, si no superaba ese miedo que consideraba irracional, les estaría dando la razón a su madre y a su padre de que no podía sobrevivir sola.

—Sofía quisiera caminar hasta la Capilla del Cristo.

—No me parece buena idea; te noto muy inquieta. Ven a casa conmigo.

Se dijo a sí misma que debía enfrentar sus miedos.

—Sofía ya se encuentra bien, en serio. No te preocupes.

Su padre sacó un billete de veinte dólares del bolsillo y se lo dio. Ella lo puso en la cartuchera que llevaba cruzada por el hombro.

—De nada vale discutir contigo, pero no te demores; estaré pendiente, ¿ok? No te quedes —insistió Alberto.

—Sofía promete no entretenerse.

—¿Qué tal si, en vez de salir a comer por ahí, preparamos juntos el almuerzo en casa?

—A Sofía le parece bien.

Luego de ver a su padre alejarse con la compra, echó a andar. La claridad la cegaba. Había mucha gente en las escalinatas de la catedral. Escuchaba la algarabía de los pequeños y las voces de los adultos indicándoles que bajaran la voz. Sofía cruzó la calle. La sensación de sentirse perseguida comenzó a disiparse al sentir que era parte de toda esa gente, de esa marea humana llena de vida. Poco a poco, su situación comenzó a parecerle más clara. «Si Sofía no insiste en ir al instituto, nadie la ayudará», dedujo pensativa.

Cuando acompañaba a su abuela a misa en la catedral, siempre al finalizar recorrían aquel tramo con alegría. Las sombrillas multicolores que colgaban de finos hilos metálicos alegraban la entrada de la calle Fortaleza. Desde allí apreció la fachada de la casa del gobernador. Quiso asomarse unos segundos al Parque de las Palomas, pero el bullicio era tal que no se animó a entrar. Al lado, la Capilla del Cristo aún estaba cerrada. Se pasó la mano por la nuca; le incomodaba el sudor. Se detuvo un momento nada más dejar atrás la capilla y decidió que era mejor regresar a su casa y no preocupar a su padre. Al girar a la izquierda, pisó mal y se torció el pie. Estuvo a punto de perder el equilibrio. Se reclinó en la muralla. De primera intención, el dolor fue insoportable, pero poco a poco cedía. Mientras se recuperaba, vio una hilera de hormigas negras subiendo por la pared; cualquiera que fuese su cometido, no titubeaban, sino que sabían con exactitud adónde ir. A ella, en cambio, la acompañaba siempre la duda. Se encaramó en la muralla para aliviar la presión que sentía en el tobillo. Al sentarse, apuntó las zapatillas al vacío, a lo que un día había sido el patio de La Princesa, una cárcel convertida en edificio histórico por su diseño, una mezcla de elementos *art déco* y neomudéjar, calabozos transformados en oficinas de turismo, como informaban con orgullo los guías.

Decidió tomar un respiro, y los pensamientos recurrentes volvieron. Sofía se consideraba un estorbo para su madre. Ella, eso que no cuaja en ningún lugar. Allí, desde lo alto, veía el precipicio que daba al paseo y, al fondo, el mar aprisionado por unas nubes bajas. Súbitamente, el murmullo de las olas le llegaba acompañado de un imperativo «Lánzate» que resonaba en su cabeza. Aspiró la humedad de las piedras y el olor a salitre. «Lánzate», decía nuevamente la voz. Respiró hondo. En su mente reapareció la imagen de Aba con los pies al aire. Se sacudió para deshacerse de esa locura que la había invadido. Cruzó las piernas. Aquel pensamiento de lanzarse al abismo inhóspito le produjo un sentido de culpa. Acarició con suavidad la pequeña flecha que colgaba de su cadena. Se viró hacia la parte interior de la muralla; mejor apuntar hacia tierra firme.

Entre el gentío que caminaba en las aceras y la calle, divisó a un hombre de tez clara y cabello blanco, con rostro adusto, que apretaba los dientes mientras miraba de un lado a otro sin parar. Parecía extraviado, pero caminaba, como las hormigas de la pared, con un propósito. Cuando pudo verlo con más claridad, descubrió que era albino y que venía hacia ella. Se bajó de la muralla a toda prisa y se dirigió hacia el este. Quiso correr, avanzar más rápido, pero el tobillo aún le dolía cuando pisaba. La calle era estrecha. Miró hacia atrás y en un momento se toparon sus miradas. Ahora sí estaba segura: ese hombre la perseguía. Miró alrededor para encontrar un policía, pero solo veía turistas por doquier. Había un vendedor que parecía aburrido de no encontrar a quién convencer de comprar sus productos de baja calidad. Se fijó en él para ver si podía confiar: mediana edad, cabeza rapada, gafas con cristales gruesos, opacos. No era corpulento ni intimidante, pero parecía conocedor del área. Si alguien podía saber dónde encontrar un policía, sería él.

—Ese señor quiere hacerle daño a Sofía —dijo agitada. La voz parecía a punto de quebrarse.

—Mija, ¿quién es Sofía? ¿Qué señor?

—Sofía soy yo. Es ese, el albino —dijo apuntando al hombre que la perseguía, pero sin dejar de mirar al vendedor.

—Nena, ahí no hay ningún albino. Solo un reguerete de personas como tú que no compran nada.

Se volteó para señalar a quien la acechaba, pero se dio cuenta de que el vendedor tenía razón. El hombre había desaparecido en la multitud, se había esfumado como en un sueño.

—Sofía no entiende…

Sudaba, sintió un escalofrío en la nuca y calambres en el estómago.

—Mija, es que el calor está de madre. —El vendedor se pasó un pañuelo por la nuca dos veces—. Pone a cualquiera a ver cosas. ¿Quieres un sombrero?

—Sí, Sofía le comprará uno. ¿Cuánto es?

—Están a veinte pesos, pero como te pareces a mi nieta, te lo dejo en quince.

Un poco mareada con la verborrea del señor, sacó de la cartuchera el billete de veinte dólares que le había dado su padre, tomó el sombrero, se lo puso y se fue. Escuchó al hombre llamarla para devolverle el cambio, pero no volteó a mirar. Quería irse de allí lo antes posible.

La reminiscencia del acecho la acompañó todo el trayecto como una sombra. Las calles adoquinadas se le hacían angostas e interminables. Controlaba la respiración para evitar la taquicardia y sufrir un ataque de pánico. Estaba al límite de sus fuerzas. El calor del mediodía era aplastante. El sombrero ocultaba la congoja en la cara de Sofía. Tras la sospecha de algo inevitable, se vio privada de disfrutar el recorrido que otras veces hacía con gusto. Se enjugó el sudor de la frente con el dorso de la mano. Le estaba resultando difícil controlar el vértigo que le abrasaba el cuerpo. El malestar la alteraba tanto como cuando veía las moscas volar para dejar caer sus larvas. Con el dedo pulgar e índice apretaba el dije de flecha que rozaba la piel del escote.

Al llegar a casa de su padre fue directamente a ducharse. Media hora después, se acercó a la cocina. Alberto, que trajinaba allí, le propuso preparar unos espaguetis a la mantequilla. Sofía estuvo de acuerdo. Mientras lo observaba, le contó que había comprado un sombrero. Él insistió en verlo.

—Te queda muy bien. ¿Y el cambio?

—No sobró nada, papá.

—No puede ser —protestó él sin mucha convicción.

Todo en la casa de Alberto era blanco, excepto uno de los sofás y el respaldar de la cama, tapizados en verde oliva. A diferencia de su madre y del abuelo Héctor, solo compraba arte puertorriqueño. A Sofía le gustaba un retrato de ella y de su papá pintado por Antonio Martorell. Le parecía increíble estar ahora en ese lugar tan apacible, apenas unos minutos después de haber vivido el miedo de ser perseguida. Pensó en contarle a su padre sobre el albino, pero lo vio tan ajetreado y feliz preparando el almuerzo que se quedó callada. Un nuevo silencio en su vida llena de secretos.

Escogió una olla profunda y echó agua a la cacerola hasta la mitad; le agregó diecisiete gotas de aceite de oliva y esperó a que comenzara a hervir para ponerle una cucharada de sal. Su papá insistió en que era muy poca, pero como él, en un principio, había dicho una cucharada (aunque después quisiera corregirse), ella se negó. Ese era el problema de tener como ayudante de cocina a una matemática.

—Quién me manda —dijo Alberto de buen humor.

Mientras transcurrían los doce minutos programados por ella en el reloj, le consultó a su padre, como si se tratara de la cocción de los espaguetis:

—Papá, ¿podría quedarme contigo en el verano? Sofía prefiere estar aquí. —Él guardó silencio, sacó el queso de la nevera y lo puso sobre un picador. Ella insistió.

Después de los fines de semana con su padre, tan apacibles, Sofía temía volver a las malas caras de Pandora. «A mamá dejó de interesarle nuestro mundo», se decía; «prefiere el que ha creado». Se abocaba a una espiral: desvanecerse o seguir. Sofía fijó la mirada en una de las estanterías de libros. No pudo evitar acordarse del albino que la seguía. El susto regresó junto con una profunda incertidumbre. Inhaló suave y volvió a pararse frente a la estufa.

—Lo hablaremos con tu madre —dijo Alberto mirando la pantalla del celular.

—Querrás decir con el abuelo, ¿no? Él decide todo por ella.

—No comencemos —resopló él mientras tecleaba en el celular la respuesta a un mensaje.

—Debiste llamar a mamá y decirle que Sofía prefiere quedarse aquí hasta el lunes.

Él abrió la boca, los labios descolgados en una mueca. Luego la cerró. Estiró los brazos para soltar la tensión y se dirigió a su hija, muy serio:

—Hay que escoger las batallas.

—A veces Sofía piensa que el abuelo manipula a todos con el dinero.

—¿A ti también?

—Sofía recibe un abono semanal; además tiene las contraseñas de sus cuentas y los códigos de las tarjetas.

El teléfono de su padre vibró; ella levantó una ceja y él ignoró el mensaje entrante.

Alberto preguntó:

—¿Qué haces con el dinero que te da tu abuelo? Espero que no lo gastes todo.

—Sofía siempre ahorra una parte. Con lo demás ha comprado acciones.

—¿Acciones? Vaya, vaya. ¿Y qué tipo de acciones?

Aunque vio los ojos de su padre oscurecerse, respondió que había comprado acciones de Google, Amazon, Pfizer, Coca Cola y Procter. Le gustaban las criptomonedas, los bitcoines y los Ethereum. Aunque podían llegar a ser una buena inversión, debía tener cuidado, ya que eran muy volá tiles. Había hecho unas gráficas sobre el movimiento de las criptos y el mercado de acciones y estaba convencida de que en pocos años ambos colapsarían y surgirían otras oportunidades. Se volvió para echarle un vistazo a la pasta en la olla borboteante.

—La clave está en vender a tiempo, esperar a que se derrumbe el mercado, volver a comprar y salirse antes de que caigan de nuevo los valores —explicó Sofía, satisfecha, mientras veía hervir el agua.

Hubo un pequeño silencio. Sofía se distrajo con las voces de los turistas, amortiguadas por el ventanal del salón. Los escuchaba hablar en inglés, aunque no se enteraba de las conversaciones porque las frases llegaban interrumpidas.

—¿Quién controla la cuenta? —Alberto se secó las manos.

—Papá, las de criptomonedas se manejan por Coinbase —respondió Sofía, que ahora removía los espaguetis—. Quien tenga la contraseña tiene el control.

—¿Y las cuentas del banco? —insistió muy serio Alberto—. Una vez Pandora me dijo que desde que murió Aba tienes acceso a las cuentas de inversiones de tu abuelo.

Antes de responder, Sofía aspiró el suave aroma de las rosas que había en un jarrón cercano. Le gustaba que su padre pusiera siempre rosas frescas cuando se quedaba con él. Volvió a la pregunta que había quedado flotando en el aire y contestó:

—También estoy autorizada.

—No me gusta eso, Sofía. Es demasiada responsabilidad y tú eres brillante, pero aún debes madurar. Hablaré con Héctor.

Sofía cogió un tenedor, sacó un espagueti y probó la pasta.

—Ya casi están listos, papá.

Alberto ignoró el comentario y alzó un poco la voz:

—Eres menor de edad, solo tienes dieciséis...

Ella levantó la mano para que Alberto callara.

—Deja de recordármelo, por favor.

—Insisto. Tendremos que hablar del tema con tu abuelo. Todo esto me resulta un poco extraño.

Se puso tensa. Hablar del dinero de Héctor siempre ponía nervioso a su padre. Incluso una vez llegó a decirle: «Sabrá Dios el origen de tanta plata...», pero luego no ahondó más en esa idea. Para ocultar el nerviosismo que le causaba la conversación, Sofía se enredó un mechón de cabello en el dedo. Finalmente, él le guiñó un ojo, como solía hacer cuando quería pasar página.

Sofía sirvió los espaguetis en los platos; el de su papá, hasta desbordarlo. Alberto sirvió dos vasos de agua. Faltaban los cubiertos y las servilletas. Él quería que se pusieran las de tela, pero el papel toalla estaba a mano, así que Sofía colocó el rollo sobre la mesa.

—Muy elegante —dijo él, y ambos rieron.

El momento era tan amistoso que Sofía estuvo a punto de contarle sobre el albino; sin embargo, desistió, pues en realidad no sabía si iba o no tras ella, y tampoco valía la pena angustiar a su padre. Estadística básica. Ambas opciones tenían la misma probabilidad, por lo que su percepción podía ser errónea.

—Estás muy pensativa, Sofía.

—A Sofía le gusta almorzar contigo.

—A mí también. Es mi momento favorito de cualquier semana. Estabas algo nerviosa en el mercado —retomó el tema—. Siento que me ocultas algo. ¿Es por lo del viaje? ¿Sigues pensando en eso?

Ella se quedó meditando unos momentos y preguntó:

—¿Tú sabes algo de las chicas desaparecidas?

—Ya sabía que algo te molestaba, Sofía. ¿Por eso estás inquieta?

—¿Qué les pasa a esas muchachas? ¿Las matan?

—No te va a pasar a ti, Sofía. Esas son chicas maltratadas, la mayoría huérfanas, como las que cuidaba doña Marta en Dulce Hogar.

Pensó en decirle que se sentía perseguida, pero calló.

—¿Y las matan, papá?

—No lo creo. Hasta ahora no he leído sobre ningún cadáver. Ya verás que aparecen vivas.

—Ojalá, papá. —No sonó convencida.

—Oye, ¿y si después de almorzar vamos al cine? Si no voy contigo, no voy. No me gusta ir solo al cine.

—Sofía preferiría quedarse a leer un libro —respondió señalando hacia la biblioteca.

—De tal madre, tal hija —dijo él jugando con el tenedor entre los dedos antes de llevárselo a la boca.

Sofía permaneció callada y, ante su súbito mutismo, Alberto renunció a seguir hablando.

A la hora de dormir, Sofía se puso el pijama y se metió en la cama. Al fin sola, sin necesidad de pensar en qué debía hacer o cómo actuar ante los demás, si eso o aquello estaría bien o estaría mal. Lo del albino le había hecho sentir cada vez más intranquila. «Pensaré lo del instituto», le había prometido su padre, y tuvo miedo de que retrocediera si añadía el temor al albino. La posibilidad de viajar no dependía del azar; no iban a lanzar una moneda a cara o cruz ni arrojar los dados a la mesa. El «No lo sé, aún no lo sé, chiquita de papá» de Alberto le daba vueltas en la cabeza. Nada debía ponerlo en riesgo.

Ni las notas musicales de los coquíes provenientes del patio interior consiguieron relajarla. Escuchó una pelea de gatos en el Callejón del Hospital y pasos de transeúntes bajando apresurados los peldaños de piedra. «Dame esa jeringa», oyó a un hombre pedir con voz turbia, un sintecho que se inyectaba para ver la noche volar. Las voces enmudecieron. El líquido entraría por la vena hasta calentar el torrente sanguíneo.

Un viaje de verdes bordeando la muerte. Mientras durara, el individuo olvidaría la soledad, el hambre; el fluido quemaría profundo, hasta elevarlo tanto que haría desaparecer el desprecio recibido durante el día.

La noche se convirtió en un sendero de grises, fisuras sin respuesta, imágenes turbulentas, tan nebulosas como los sueños.

Capítulo 4

El delicioso olor a café tostado mezclado con el del chocolate inundaba la casa. Sofía escuchaba ruidos en las escalinatas del callejón; discurrían muy diferentes a los susurros nocturnos. Le asombró ver en el reloj que ya era media mañana. Se vistió despacio, decidida a dejar atrás la vacilación que la había embargado por la noche, y avanzó hasta la cocina.

—Buenos días, papá.

Sofía lo vio levantar la vista de la pantalla de la computadora y sonreírle con los ojos, la boca, la barbilla. Se sorprendió al verlo sin la barba y le preguntó por qué se había rasurado.

—Un cambio, como el instituto de Coconut Grove para ti —dijo Alberto. La mención del tema y el tono suave le intrigó; lo miraba de reojo—. Busqué el instituto en internet. Se ve magnífico. —El domingo prometía. Sofía apretó los labios para evitar interrumpirlo—. Anoche estuve viendo el sitio web del colegio y me sorprendió positivamente. También le envié un *e-mail* al profesor Torres y respondió enseguida. «Altamente recomendable para Sofía», escribió. Además, mereces la oportunidad, y si estás lista, pues solo queda apoyarte. Firmaré la solicitud.

Permaneció quieta. Se agarró las manos para que Alberto no viese que le temblaban. Él le prometió que buscaría el momento apropiado para hablarle de sus planes a Pandora, aunque le advirtió:

—No sé cómo se lo tomará tu madre.

—Te amputará los brazos para evitar que firmes.

—¡Sofía! —Otra vez aquella risa diáfana.

La noticia del instituto le causó alegría, pero se contuvo. Ya no saltaba de felicidad como antes: cuando lo hacía la miraban raro. Mientras otras chicas pasaban tiempo escudriñándose en el espejo para conocer sus cuerpos, ella lo hacía para escucharse a sí misma hablar en voz alta, como un entrenamiento, para observar sus gestos y controlarlos. El espejo no podía ver sus emociones ni cómo se sentía. No la obligaba a decir «Yo» ni se irritaba cuando se refería a sí misma en tercera persona. La escuchaba sin prejuicios.

—¿Y además Sofía podría quedarse contigo hasta mañana? —arriesgó.

—Ni lo sueñes. Mañana hay dos cierres y tengo que estar listo a primera hora.

En la tarde decidieron que volarían cometas, como cuando era niña. Alberto le pidió que fuera a comprar hilo mientras él se duchaba. Sofía dudó por miedo a lo ocurrido el día anterior, pero no quiso negarse para evitar tener que dar explicaciones.

Inmediatamente después de salir del establecimiento, Sofía volvió a sentirse perseguida. Entonces volteó y vio a un hombre con una gorra. No era el albino, pero había algo en él que se lo recordaba. Un olor a mentol invadió el aire. El hombre le pasó al lado, la miró, y ella rápidamente cruzó a la acera contraria. Al verlo desaparecer en la esquina de la Plaza de Armas, aligeró el paso. Al llegar a la calle Cristo con Sol observó el edificio de la esquina, que su abuela, meses antes de fallecer, le había regalado para cuando cumpliera la mayoría de edad. Con el ingreso de esa propiedad no dependería de nadie.

Al volver, Alberto ya la esperaba en la puerta. Sofía vio que tenía las cometas enrolladas dentro de una bolsa plástica. Caminaron hasta el fuerte. Le fascinaba visitar los laberintos de mazmorras, cuarteles, bóvedas, miradores y rampas de la fortificación. Le gustaba desplazarse hasta el nivel más bajo, al que casi llegaba al agua.

Mientras observaba desde la planicie verde las banderas que ondulaban frente al castillo, Sofía volvió a sentirse vigilada. Se puso rígida.

—Sofía, ¿te encuentras bien? Parece como si hubieras visto un fantasma.

—Supones bien —contestó ella sin ninguna entonación.

Alberto la miró con gesto impasible; luego se echó a reír.

—Si es por lo de las chicas desaparecidas, ya te dije que no te pasará nada. Yo te voy a cuidar. Ven. —Le mostró las cometas—. Olvídate de eso.

Lo que más le molestaba a Sofía de su padre (y tal vez a su madre también, ahora que lo meditaba) era que casi nada parecía importarle. Todo lo despachaba con alguna razón sin detenerse a considerar que a lo mejor sucedía algo más.

Amarraron la punta del hilo a ambas cometas. La de Sofía levantó vuelo y la fuerte brisa que venía del mar la elevó.

Ella soltaba el hilo y la observaba mientras subía y subía, cabeceando y haciendo cabriolas. Miraba de soslayo a las familias, algunas con varios niños, acomodados sobre colchas extendidas en la grama; disfrutaban de picnics, conversaban, reían. Ensimismada, casi choca contra la cometa de Alberto. Se encontraron muy cerca el uno del otro, y supo que él iría tras ella. Le encantaba hacerle bromas. Corrieron juntos hasta llegar a la muralla, donde escucharon el silbido del mar. Las cometas se enredaron en el aire y perdieron altitud. Cortaron el hilo y las vieron naufragar. Sofía oyó su nombre. A la segunda llamada se volteó:

—¡Ricardo!

Al verlo sonreír notó, como siempre que lo hacía, el espacio entre los incisivos centrales.

—¡No sabía que estarías por aquí hoy! —exclamó sorprendida Sofía.

—Vinimos un grupo. —Sonrió contento de verla—. ¿Y tú?

Sofía aflojó los tapones de los oídos.

—Estoy con papá. —Señaló hacia Alberto, que se acercaba.

Ellos se estrecharon las manos y, después de intercambiar unas frases, Alberto se excusó para ir a comprar agua.

—¿Llevas mucho tiempo aquí? —preguntó Sofía.

Se había aliviado al verlo; pensó que tal vez él era quien estaba cerca y la observaba.

—Qué va. Acabamos de llegar. Mis primos quieren ver el fuerte; están comprando las entradas. ¿Nos vemos luego? —Entrecerró los ojos, auscultándola.

Aunque Ricardo era un año mayor, era su único cómplice en el colegio. Solo con él iba al cine, conversaba; jamás le preguntaba por qué hablaba a veces de sí misma en tercera persona. Antes se veían frecuentemente, pero en los últimos meses se habían distanciado por lo posesiva que se había vuelto Pandora. Aun así, sabía que siempre podía contar con él.

—Antes de regresar a Connecticut pasaremos unos días en Isabela. ¿Te gustaría venir con nosotros? Mamá estará contenta de verte.

—A Sofía le gustaría ir, pero no sabe si podrá.

—Estaremos la mayor parte del verano en Isabela; anímate a venir unos días con nosotros.

—Dependerá de mamá —titubeó.

A lo lejos se escuchó una voz masculina llamando a Ricardo. Antes de marcharse, él le preguntó:

—¿Jugamos ajedrez el viernes?

—A Sofía le parece bien.

—No me canceles, mira que quiero enseñarte el prontuario de la universidad. Si vas al instituto, estaremos muy cerca.

—¿Te decidiste por la Universidad de Miami?

—La beca inclinó la balanza.

—Qué bueno. Los planes de Sofía son ir…

—Lo vas a conseguir, grábatelo en la mente. Tengo que irme. No se te ocurra cancelarme la partida de ajedrez —dijo Ricardo señalándola con el dedo índice.

—Hasta el viernes.

—Hecho —dijo Ricardo mientras se alejaba veloz hacia sus primos.

Sofía se quedó pensativa. A unos cincuenta metros vislumbró a su padre, que se acercaba con tres botellas de agua en las manos.

—¿Y Ricardo?

—Ya se fue, papá.

Cuando terminó de beberse el agua, le dijo a Alberto que deseaba regresar a la casa, pero él insistió en que fueran a ver las artesanías al antiguo Cuartel de Ballajá. Había encargado una máscara de vejigantes y quería pasar a recogerla. Sofía volvió a percibir aquel olor a mentol que comenzaba a martirizarla. Se dio vuelta, pero, como siempre, no vio a nadie. Eso tenía que acabar.

—¿Estás cansada?

Era hora de confesar:

—Papá, Sofía presiente que la siguen.

Alberto miró alrededor.

—¿Estás segura? Recuerda que cuando hay mucha gente te sientes incómoda.

Encogió los hombros, acostumbrada a que su padre no la tomara en serio. Mientras se acercaban a Ballajá, volteó la cabeza varias veces para confirmar si era su imaginación o si realmente la seguían. Al menos el olor a mentol ya no flotaba en el aire.

Al verla ansiosa, Alberto desistió de ir a buscar la máscara. Camino a la casa vieron un grupo de niños alegres bañándose en los chorros saltarines que emergían del suelo, frente a la Plaza del Bicentenario. Sus carcajadas los acompañaron parte del camino. Luego, casi tropezaron con unos chiquillos con las camisetas salpicadas de pintura que salían de la Liga de Arte. Un camión que descargaba cajas de refrescos interrumpía el paso de los vehículos. Poco después bajaron las escalinatas del Callejón del Hospital, que los llevó hasta la esquina donde vivía Alberto. Sofía se detuvo a mirar la estructura en la que se sentía cobijada.

Al rato de haber llegado, escuchó a su padre contestar el celular y mover la cabeza. Sofía volteó en redondo y fue hacia él. Antes de terminar la llamada, lo oyó decir:

—Más me alegro yo de no haber estado allí. De todos modos, habrá que cuidarse en estos días.

Al colgar se dirigió a Sofía:

—Cerraron la Norzagaray y el acceso a La Perla. Hubo un asesinato. Hay un contingente de la policía buscando a los responsables.

Sofía pensó que el día no podía ser más extraño.

—Tengo que llevarte. Vamos hasta el Teatro Tapia y ahí tomaremos un taxi.

Los ojos de Sofía se abrieron con interés.

—Papá, ¿es alguien del barrio?

—No creo, solo me dijeron que se trataba de un albino.

—¿Albino? —tartamudeó Sofía dando unos pasos hacia atrás.

Trataba de reprimir el temblor de las piernas, de las manos, de los labios. Observó a Alberto calzarse unos mocasines.

—Avanza, Sofía, hay que salir antes de que cierren los accesos por la investigación.

—¿Sofía podría quedarse contigo? Por favor —rogó.

—No insistas. No quiero problemas con tu mamá. Además ya te dije: mañana tengo que estar muy temprano en el banco.

Por la aspereza de su voz, Sofía supo que ni siquiera lo consideraría. La esperaba el hedor de su casa. Fue por su cartuchera y salió a la calle con él. En vez de irse a casa de su madre, Sofía hubiera preferido quedarse allí, ponerse un pijama, leer un libro, sentarse a ver una película o mirar fotos de su padre con ella.

El viento, con su elipsis, no disipaba su preocupación. Tras varios pasos, el cielo se puso oscuro y las nubes se transformaron en cascadas vestidas de luto. Sintió pena de sí misma y de su madre, de quien cada día se distanciaba más. Iba muy seria. Un policía se les acercó frente a la catedral. Alberto le aseguró que no habían visto a ningún extraño ni nada sospechoso.

—Nunca ven nada; tampoco escuchan. Es tan usual... —refunfuñó el guardia, molesto.

Sofía estaba tan sumergida en sus cavilaciones que no escuchó al agente: solo vio el movimiento de sus gruesos labios. El celular del oficial los interrumpió; Sofía y Alberto pasaron a un segundo plano. El funcionario se apartó de ellos y, con la mano disponible, les hizo un gesto para que circularan. Sofía tuvo la impresión de estarse encogiendo igual que la calle. Viraron a la izquierda en la San Francisco. El olor a orines la abofeteó. Las náuseas se le acumularon entre el esófago y la garganta. Miró alrededor, como si pudiera haber alguien en los tejados. La oscuridad engullía la primavera. También a ella.

Su papá detuvo un taxi frente al teatro. Se montaron en el asiento de atrás. El taxista, un hombre canoso, no dejaba de mirarlos por el retrovisor. A Sofía no le gustó la fragancia a vainilla que desprendía el frasco de colonia colocado en uno de los ventiladores del aire acondicionado. Mientras su papá desbloqueaba la pantalla del celular, ella fijó la mirada confusa en varios edificios pintados con grafiti en el área de

Puerta de Tierra. El taxista expresaba su oposición a la Junta de Control Fiscal. Alberto le seguía la corriente, ella se limitaba a escuchar. Luego mencionaron el asesinato que había ocurrido. El taxista dijo que solo se sabía que era un albino y Alberto asintió. Sofía le pidió el celular a su padre y él se lo pasó. Enseguida Sofía abrió Safari y puso en el buscador de noticias: «asesinato», «viejo san juan», «albino». No pudo obtener más información porque todas las entradas decían «en progreso». Siguió leyendo y un titular le llamó la atención. Le dio *clic* a la noticia:

«La joven de dieciséis años es huérfana y durante algún tiempo perteneció al hogar de acogida Dulce Hogar. Su desaparición fue reportada por los empleados de una panadería de la zona, donde esta trabajó durante los últimos meses. La menor fue descrita como de tez trigueña, cabello negro, de cinco pies y seis pulgadas de estatura, 110 libras de peso, e iba vestida con blusa, pantalón corto y tenis color negro. Rosa Mercedes Ayala; responde al nombre de Meche. Se exhorta a toda persona que tenga información sobre el paradero de la joven que se comunique de manera confidencial al 787-343-2020 o llame al 9-1-1».

Cruzaron la bulliciosa Avenida Ashford. Sofía bajó la ventanilla para airear el interior. Sintió nauseas. Miró el reloj, inquieta. Diez minutos después llegaron a su casa. Al bajarse se despidió de su papá.

—No tardes mucho en hablar con mamá —le pidió.

—Lo haré —prometió él antes de seguir a su destino en el mismo vehículo.

Capítulo 5

Sofía había dormido en casa de Abo. Irse a vivir a la casa del abuelo, como un paso previo a Estados Unidos, era una posibilidad si su madre finalmente accedía. Sin embargo, había cosas del abuelo Héctor que la atormentaban.

—Te vas a conformar con el doble de la paga acordada, ¿o estás tratando de sobornarme? —había escuchado articular con suavidad al abuelo mientras interpelaba al internista que había declarado muerta a su abuela por causas naturales.

El estudio del abuelo, repleto de anaqueles de libros y dos grandes sofás de cuero, en el que ella siempre se había sentido a gusto, parecía encogerse y atraparla cuando recordaba esa voz fría y educada amenazando al médico. El rojo de la alfombra era asfixiante. Aquel día observó el pánico reflejado en la mirada del doctor, quien tartamudeaba, fruncía la boca y negaba con la cabeza. Aunque la incógnita de esa escena le daba más vueltas en la mente que un carrusel, era incapaz de plantear el asunto en voz alta. Si investigaba, su abuelo sabría que lo espiaba.

—Tú estampaste la firma en ese papel. Estamos en el mismo barco —dijo el abuelo, y dio por concluida la visita dándole la espalda.

Al verlo alejarse, Sofía sintió un escalofrío, el mismo que la invadía cuando Altagracia abría la puerta de la casa de su abuelo a los hombres de cabello engominado que lo visitaban a menudo con un aire de secretismo. A esos desconocidos nunca los había visto allí mientras Aba Marta estaba viva. En esos momentos pensó en su hogar y en cómo había cambiado el de su abuelo. Era como saltar de un fuego a otro fuego. No había lugar seguro.

Muy despacio, Sofía se pasó un dedo por los bordes de los párpados para despegar las lagañas. Caminó lentamente hasta el baño. Le dolía la cabeza; se sentía entre la espada y la pared. Su padre estaba molesto porque su madre lo ignoraba. Por nada del mundo quería verlos enfrentados. Por orden de Pandora, él no podía entrar en esa casa. En realidad, unos meses después de la muerte de su abuela, y con el trastorno de su madre cada vez más grave, nadie, salvo Sofía, podía ingresar a la mansión.

A Sofía le fastidiaba la obsesión enfermiza de Pandora con ella. La trataba al mismo tiempo como un fastidio al que no quería ver y como un objeto más que quería acaparar sin fin alguno. Por alguna razón que para Sofía era inexplicable, su madre ejercía, desde la muerte de Aba, un dominio absoluto sobre ella. A diferencia de otros tiempos, no cedía en nada relacionado con su hija.

—Papá, Sofía es mi hija, no la tuya —le dijo una vez a su abuelo. Él había asumido la postura de no enfrentarla; más bien parecía observarla atento. Actuaba como si Pandora fuera una bomba de tiempo.

Cada vez que Sofía salía de su casa la invadía el temor a que su madre encontrara en el buzón la carta de admisión al instituto de Florida. Pandora siempre estaba pendiente de la correspondencia, además de vigilante y atenta a los movimientos de su hija por la mansión llena de muebles, evadiendo las colillas de los cigarrillos dispersas por el suelo. Recordó el cuento sobre la gacela y el león que le contaba su abuela para aligerar las situaciones en que se ponía ansiosa. Mantenerse alejada de las fauces de Pandora hasta que su padre le hablara sobre el instituto no aplacaría su inquietud.

Le gustaba oler a jabón, a limpio. Se puso ropa holgada. Miró el cuarto. El lugar sin Aba le resultaba frío. Removió un folio de la libreta que había sobre el escritorio y con un lápiz de punta suave dibujó en el papel una tabla con cuatro divisiones. Colocó varios encabezados y rellenó cada uno. Leyó en voz alta lo que había escrito: rabia por el suicidio de la abuela, amargura por la dejadez de su padre, desilusión ante la actitud sospechosa de su abuelo y tristeza por el desamor de Pandora. Dobló el papel; lo puso en su cartuchera, y la cartuchera en la mochila.

Aun cuando Sofía sabía que Altagracia y Juanito la esperaban afuera, montados en la camioneta, para llevarla con Pandora, decidió hablar con su Abo sobre Coconut Grove. Estiró los brazos, entrelazó las manos y observó los finos dedos. Las piernas, antes temblorosas, la obedecieron.

Entró al estudio de su abuelo. Estaba segura de encontrarlo allí, pero se equivocó. Se detuvo a observar los anaqueles de libros, como siempre hacía. Le estaba prohibido acercarse a las primeras ediciones, pero por lo demás tenía libertad para seleccionar lo que deseara leer. Pasó entre los dos sofás de cuero. Se detuvo ante una edición preciosa, empastada en piel, de los cuentos de Nathaniel Hawthorne. Quería releer «Wakefield», su favorito. Siempre había algo que redescubrir en las segundas lecturas. Se puso de puntillas y estiró la mano para agarrar el libro. Observó con detenimiento la portada. «La posibilidad de un día dejarlo todo sin explicaciones», pensó. Se disponía a sentarse cuando observó sobre el escritorio una fotografía con los bordes amarillentos que nunca había visto. Sobresalía de un sobre. No pudo evitar acercarse. La cogió con cuidado; era una vieja polaroid. No le eran familiares los rostros de los tres jóvenes que sonreían felices a la cámara: dos muchachos de más o menos once y trece años, y una chica, quizás de nueve, los tres abrazados a una versión muy joven y feliz de su abuelo. Como una estampida, llegaron a su cabeza las palabras que escuchó en Nueva York: «Otras mujeres, pero no otros hijos, o al menos no hijos reconocidos. Sin mi apellido». Volvió a hurgar en la fotografía. Al fondo, el paisaje de montañas tampoco le decía nada. En el borde de la fotografía se leía en manuscrito «Puerta del Cielo», y al lado un año, pero estaba borroso y no pudo descifrarlo. En el suelo observó reflejada la sombra de quien había tomado la foto. «Puerta del Cielo es un agujero ubicado en la montaña Tianmen de Zhangjiajie, en la parte noroeste de la provincia china de Hunan. ¿Qué tiene que ver con el abuelo?», se preguntó Sofía sin darse cuenta de que lo dijo en voz alta.

Don Héctor, con su guayabera blanca almidonada, entró al estudio tan rápido que a Sofía no le dio tiempo de devolver la fotografía a su lugar. Al verlo aparecer, se alejó unos pasos. Por la ventana entreabierta le llegó un aroma húmedo y amargo. Él no hizo ningún comentario: solo deslizó la mirada en dirección a la polaroid y estiró la mano. Ella se la entregó. Antes de que la metiera en el sobre y cerrara con llave el cajón superior del escritorio en donde la había guardado, Sofía le preguntó quiénes eran aquellas personas.

—De más está explicarte lo inapropiado de tu acción —la reprendió.

Ella asintió con la cabeza tragando saliva.

—Sofía no tuvo intención de entrometerse en tus asuntos.

—No vuelvas a hacerlo —levantó una ceja—. Nunca más —subió el tono—. ¿Entendiste?

—Abuelo, ¿por qué estás tan molesto? Sofía solo vino a verte, no estabas y eligió un libro. Al voltear, Sofía vio la foto; parecía antigua y le llamó la atención —articuló dando un profundo suspiro.

—No quiero escuchar excusas —dijo mientras apuntaba hacia ella con el dedo índice—. Mejor demos el tema por terminado.

Estaba acostumbrada a sus exabruptos y a su malhumor, pero al menos con ella le duraban poco. No se rindió. Su abuelo siempre había sido un hombre de arrebatos. Aba lo justificaba diciendo que tuvo una educación muy rígida. Sus padres, poco cariñosos, lo internaron en un colegio en Utah. Cinco años más tarde fallecieron en un accidente automovilístico y él quedó huérfano. «Tuvo que labrarse un camino en solitario», recalcaba con tristeza Aba.

—¿Quiénes son esos niños que están contigo? —reclamó Sofía en voz baja y sosegada.

Muy serio, su abuelo hizo un gesto ambiguo para no entrar en detalles. A veces le resultaba difícil descifrarlo.

—¿Son tus hijos, Abo? ¿Los «sin tu apellido»?

Resistió la mirada fulminante que él le dirigió.

—¿Y por qué dice «Puerta del Cielo»? ¿Viven en China?

Se estudiaban. Ella, con cierta aprehensión. Resultaba extraño que Abo no quisiera hablar sobre la foto. Entre esos niños y él había mucha familiaridad, cierto, pero podían ser los hijos de cualquiera. Sin embargo, el hecho de que se negara a hablar de ellos se prestaba a demasiadas conjeturas. Habría querido volver a ver la instantánea para analizar si se parecían al abuelo o a Pandora, confirmar el sentido auténtico de la frase «sin mi apellido». Otro enigma por resolver.

Si Aba hubiera estado viva se habría puesto del lado de ella para que se quedara allí, estaba segura. Aun con todas las dudas que pudiera tener sobre su Abo, era mejor opción vivir allí. Él se mostró impaciente.

—Gacelita, ¿en dónde has dejado la luz de mis ojos, a esa chica buena y sumisa que adora Abo? —carraspeó don Héctor con voz que sonaba autoritaria, pero pretendía ser gentil.

Siguió hablando sin dar ninguna explicación sobre la foto, levantando la voz cada vez más, mientras Sofía permanecía callada, pensando en lo diferente que era su Abo de su padre y de los abuelos de sus compañeros de escuela. Su padre olía a sudor y el abuelo, a colonia. Alberto siempre bronceado y su Abo, muy blanco porque odiaba tomar el sol.

—Finalmente, Sofía, ¿qué viniste a decirme?

Ella levantó la vista hacia él.

—¿Por qué Sofía no puede quedarse a vivir con papá? —Controlaba la respiración.

—Gacelita, otra vez lo mismo, por favor. Las leyes son las leyes y hay que asumirlas, parezcan justas o no —sonó exasperado.

—Es ridículo que a papá le denegara el tribunal la custodia de Sofía, solo porque al divorciarse renunció voluntariamente a la patria potestad.

—Basta ya de protestar —dijo agotado.

—Ni los jueces resultan fiables. —Sofía enderezó los hombros.

—Debes irte ya. Tengo mucho que hacer.

—Abuelo, ¿por qué no le contaste a Sofía de la desaparición de Meche? En las noticias han mencionado a nuestra familia y no has pedido explicaciones a la gente de Dulce Hogar.

—Gacelita, nosotros ya no tenemos nada que ver con el lugar.

—Abuelo, pero Aba se desvivía por esas chicas. En ese programa que Alti escucha, el de Carmen Jovet, hablaron ayer de una red de personas que trafican con jóvenes. Algunos entrevistados insinuaron que esas chicas desaparecidas podrían haber sido secuestradas por ese grupo. ¿No estarás investigando por tu cuenta y ocultándole algo a Sofía?

Un temblor la recorrió de pies a cabeza después de formular aquella pregunta. Esperó a que su abuelo reaccionara furioso, pero, para su asombro, él ni siquiera subió el tono de voz.

—¡Vaya, por Dios, qué tonterías dices, primero China y ahora esto! —exclamó echándose a reír y sin dejar de observarla.

Sofía abandonó el estudio azotando la puerta.

La actitud del abuelo le planteó mil dudas. Caminó por el pasillo lleno de óleos campestres. A cada paso, el suelo crujía. Estaba tan decepcionada que decidió llevarse lo más importante que guardaba en la habitación. Cogió varias fotos que tenía allí —eran de los viajes con su abuela— y las metió en su mochila, junto con el rosario que conservaba de Aba y novecientos dólares que había ahorrado y guardaba en la primera gaveta de la cómoda. Se colgó la mochila en el hombro derecho y avanzó hacia la salida. Al cruzar el vestíbulo vio la figura de su abuelo en el portal. Ya no lucía la mandíbula apretada; su boca se había relajado.

—No te vayas enojada…

Lo ignoró; no sabía si era peor que él actuara como si nada hubiera pasado o que continuara disgustado con ella. Apuró el paso.

Al salir de la casa, Sofía observó al otro lado de la calle a dos hombres jóvenes, altos y delgados, con el cabello corto engominado. Ambos llevaban la camisa arremangada. Aparentaban estar impacientes, pues daban apenas una vuelta sobre sus pasos y volvían al mismo sitio, como si temieran alejarse y perder el encuentro. Uno de ellos hablaba por teléfono. Estuvo segura de que esperaban a que ella se fuera para reunirse con su abuelo.

—Otro día más en el infierno —dijo Sofía en voz alta para que su abuelo la escuchara.

Subió a la camioneta decidida a no decirle adiós. Tampoco saludó a Juanito, que estaba al volante, ni a Altagracia. Se abrochó el cinturón. La criada, sentada a su lado, le insistió:

—No le hable así al patrón.

—Sofía no dará su brazo a torcer. —Fue tajante. Miró la casa; tenía un aspecto muy elegante.

Juanito circulaba a baja velocidad; de todos modos, los badenes dentro de la urbanización le impedían ir más rápido.

—¿Qué le pasa, mi niña? —preguntó Altagracia muy cariñosa.

—Sofía no entiende por qué no la dejan tomar decisiones; todos quieren controlarla.

El chofer las miró por el retrovisor y bajó el volumen de la radio.

—Mi niña, la cosa no siempre es como una quisiera. Además, recuerde que usted vive con su mamá y no es bueno que la deje sola —respondió Altagracia, ladeando la cabeza con sus rizos crespos pegados al cráneo.

—El abuelo hace todo lo posible para que Sofía no se quede con él. Cuando esos hombres engominados lo visitan, prefiere que no esté por allí, todo es un secretismo —dijo sin dejar de mirar los arbustos sembrados en las aceras.

—Mire, no sea así tan ruda; su abuelo se ha sentido medio maloso y a las once va para el médico.

Juanito dobló dos veces seguidas a la izquierda.

—¿Va al cardiólogo?

—Oiga esto, mi niña, pero no se le ocurra mencionarlo: le ha vuelto la arritmia. Uno lo ve así, que saca mucho el pecho, pero está bien asustado; se lo digo yo que lo conozco bien.

—¿Pero por qué Sofía no puede quedarse hoy con él?

—Es que se va de viaje esta tarde y no vuelve hasta la próxima semana. Cuando vuelva a verlo, hágase la que no lo sabe. No se le vaya a zafar decirle que se lo conté de alcahueta.

Sofía no contestó.

—Mi niña, no siempre hay que decir todo lo que una sabe, y más usted, que tiene esa costumbre de hablar más de la cuenta.

Sofía la miró muy seria y le preguntó:

—¿Y qué sabes tú, Alti?

—Don Héctor viajará a Miami.

—¿Pero se va de viaje sintiéndose mal?

—Va a un asunto importante de esa Fundación Estrella Libre que él tiene allá. Su socio no puede ir y le pidió que fuera él.

—¿El socio mexicano?

La mujer asintió.

—Mire, mi niña, a su abuela nunca le gustó ese hombre.

Sofía seguía la conversación asintiendo, para animar a Altagracia a continuar hablando, aunque nunca había entendido muy bien del tema ni de la relación de sus abuelos con esa fundación.

—A don Héctor lo llamó un investigador. Si usted lo hubiera oído. Lo atendió de lo más amable, pero cuando colgó estalló más furioso que el diablo.

Resultaba extraño. Sus abuelos habían visitado México pocos meses antes del huracán María y habían mantenido una reunión con los miembros de la Fundación Estrella Libre. Sofía había escuchado que el líder era un hombre muy poderoso.

Pocas veces había visto al abuelo tan nervioso. Al regreso, el malestar de Aba era evidente. Para contentarla, Abo le regaló el cofre de plata con incrustaciones de piedras semipreciosas, aunque a simple vista parecían pequeños cristales de colores. Aba nunca lo descuidaba. Aquel cofre tenía una cerradura y la mantenía con llave; por eso Sofía jamás supo qué cosas, además de su colgante y el rosario, guardaba dentro.

—Cuando tengas preguntas, aquí están las respuestas —le había dicho la vez que sacó del cofre el dije en forma de flecha y se lo puso al cuello. En los últimos meses de su vida, su abuela hablaba en aforismos, como una esfinge, y por eso Sofía nunca había entendido a qué se refería. Al fallecer su Aba, el cofre, por más que lo buscó, no apareció por ninguna parte. Aún le resultaba muy extraño. No conocía las razones, pero lo ocurrido en México había causado un distanciamiento entre sus abuelos.

El cielo adquirió una tonalidad misteriosa.

—Parece que va a llover —dijo Sofía.

—Anunciaron que andan varias tormentas por ahí. Dicen que hoy lloverá mucho, dizque varias pulgadas de agua. Menos mal que ya los del diésel pasaron a llenar el tanque del generador. En este país caen tres gotas de agua y enseguida nos quedamos sin electricidad y sin el dichoso internet —afirmó Altagracia mirando por la ventanilla.

Sofía asintió con la cabeza y cerró los ojos. La tenía intrigada la mención del socio mexicano del que el abuelo nunca hablaba. La incertidumbre asomaba otra vez. Primero la extraña foto tomada en China con esos chicos; ahora la Fundación Estrella Libre, su asistencia secreta a una gala y ese socio anónimo radicado en México. Muchos misterios. A ella le fascinaban los libros de misterio. Había devorado de todo, desde los Hardy Boys hasta Conan Doyle, pero en la vida real adivinar secretos no parecía tan divertido.

—Ya llegamos —susurró Altagracia.

Sofía abrió los ojos llena de dudas, de enigmas sin respuestas. Agarró la mochila y se bajó de la camioneta junto con Altagracia.

—Odio vivir aquí —masculló Sofía mirando la casa.

—Es un sitio muy hermoso —dijo la empleada contemplando la mansión—. Lo más bonito del barrio, y mire que hay casas lindas. No sé por qué no le gusta.

—Por fuera, Alti, por fuera.

Sofía irguió la espalda y se puso rígida.

—Pero, mi niña, cambie esa cara, por favor. Parece un chivo a punto de sacrificar.

Le extrañó que su mamá, al escuchar la camioneta, no hubiera salido al vestíbulo. Resignada, caminó junto a la criada por la vereda hasta llegar al pórtico. Oprimió el timbre; no hubo respuesta. Al girar la perilla se percató de que no tenía el cerrojo puesto. Altagracia doblaba hacia arriba y hacia abajo el ruedo de su uniforme negro y Sofía se dio cuenta de que la mujer no quería marcharse sin antes cerciorarse de que su mamá estuviera en la casa. Lo advirtió en la manía recién adquirida de arrugar la nariz cuando algo la inquietaba.

—No quiero dejarla aquí sola —murmuró la criada.

—No puedo dejarte pasar. —Se escuchó a sí misma muy ruda y bajó el tono—. Ya sabes cómo es mamá.

—Me fuñe que no me deje entrar... Si acaso la ofendí, que me lo diga. La señora Pandora no tiene quien la ayude.

Sofía le sonrió apenada.

—Nada que ver contigo. —Agachó la cabeza.

—Ay, mi niña, desde que se murió doña Marta todo se ha vuelto tan diferente…

—Sofía piensa igual.

—Alti, ¿has oído qué pasará con el hogar de acogida de Aba? ¿Lo van a cerrar por culpa de las desapariciones?

—Bueno… yo no creo que Dulce Hogar cierre, pero ahí están pasando cosas raras. —Habló bajito—. Hace unos días supe que Mechita, la muchacha de Dulce Hogar que reportaron desaparecida, estaba embarazada.

Sofía meneó la cabeza y comenzó a balancearse sobre los pies. Una brisa fuerte sopló, trayendo consigo el aroma de la lluvia. Las ramas comenzaron a oscilar en el aire; parecían comunicarse en susurros las unas con las otras.

—Tiene que estar con los ojos bien abiertos, mi niña.

—Mi padre dice que no secuestran a chicas como yo, Alti.

—De todos modos, mejor que no se confíe. No todo el mundo es buena gente. Por eso su mamá la protege tanto, no es que ella no la quiera… No me mire así, mi niña.

—Además, Alti, si la muchacha estaba embarazada, seguramente se fugó con el novio.

—Pero es que con dieciséis años ella puede hasta casarse si le da la gana. Quedar preñada no es un delito. ¿Por qué esfumarse? —dijo, casi para sí misma.

Sofía observaba a Altagracia parada a su lado, tan leal como siempre, sin saber la verdad de Pandora y su casa de locos. Sofía no pudo ver la expresión del rostro de la mujer porque se movió y quedó a contraluz.

La abuela le había contado que la dominicana, ahora una mujer de caderas anchas, senos amplios y baja estatura, llegó en yola casi desnutrida, y que el marido, su papá y otros desconocidos cayeron por la borda en medio de una tempestad al cruzar el canal de Mona. Altagracia, siempre que aparecía la oportunidad, contaba que veía los tiburones alrededor de la yola e imaginaba que eran delfines. Guardaba como una joya valiosa el recorte de la noticia publicada en la prensa. «Soñaron tanto que murieron», solía comentar con los ojos desolados. Relataba también que, cuando desembarcó en la isla grande nada más alcanzar la orilla, cuando las fuerzas ya le fallaban, los traficantes abandonaron a su suerte a los pocos sobrevivientes, y una vez en tierra los incitaron a correr y a esconderse en los poblados cercanos. La Aba Marta le había dicho que unos amigos lancheros de Mayagüez le recomendaron a la muchacha, una joven espabilada que encontraron casi muerta de hambre cerca de una quebrada que cruzaba su propiedad. Así fue como llegó a su familia la criada que mimaba a todos. Cuando murió su abuela, Sofía fue testigo de cómo a Altagracia se le vaciaron de alegría los ojos. Le decía en voz muy baja, como si temiera que la oyeran: «Sin la señora Marta, la casa se quedó sin corazón». Sofía sintió que en esa aseveración se conjugaban todas sus verdades. Le causaba daño pensar en cómo había encontrado a su abuela: los pies descalzos, la cabeza inclinada… Lo evitaba, pero ni así conseguía librarse de la tristeza que le ocasionaba aquel recuerdo oculto en su coraza de niña inexpresiva, la misma con la que encubría ante otros las malas caras y los enfados de su madre.

—Sofía no va a estar sola, Alti; mamá apenas sale de casa. Con todas las pastillas que toma, lo raro sería que estuviera despierta tan temprano.

—Entre ya, que esto de estar hablando aquí afuera parece medio raro. Suba, chequee que su mamá está arriba y llame a Juanito.

—Alti —tardó unos segundos en proseguir—, ¿crees que Sofía podría quedarse contigo el tiempo que Abo esté de viaje?

—Lo siento, mi niña, pero don Héctor me dio unos días de vacaciones y me iré a Santo Domingo. Pero, cualquier cosa, llame a Juanito, que él estará pendiente de lo que ustedes puedan necesitar.

Sofía asintió con la cabeza, le dijo adiós a Altagracia agitando la mano y cerró la puerta con suavidad. Poco después se percató de que se le había quedado su celular en la camioneta. Estaba segura de que cuando Alti o Juanito se dieran cuenta, regresarían a devolvérselo.

Capítulo 6

Ni los ambientadores de canela que hacía poco había comprado y distribuido por casa disimulaban la peste. Sofía tenía que aguantar la respiración para evitar el hedor de residuos fermentados. Se le contrajeron los músculos del abdomen y una quemazón le ascendió hasta la garganta. Aún le quedaba algo de tos seca por el ataque de asma que había sufrido. La pediatra, en su última revisión, le había preguntado si tenía alguna mascota. Ella parpadeó y negó con la cabeza. «Mascotas no tenemos. Mi casa es un vertedero», habría querido contestarle, pero se contuvo. Sabía que si hablaba empeoraría todo. Cuando el acceso a la cocina se mantenía cerrado, los malos olores se concentraban en esa parte de la vivienda, pero abierta como estaba, el tufo a leche podrida convertida en requesón inundaba el primer nivel y le provocaba ganas de vomitar.

Hasta hacía pocas semanas, Sofía colocaba pequeños envases con bicarbonato de soda, azúcar y agua en diferentes lugares de la cocina para matar las cucarachas, pero desistió cuando la piel se le llenó de salpullido. Sobras acumuladas por toda la cocina invadían el espacio y evitaban que pudiera cruzarse de un lado a otro sin pisar los montículos de desechos. Esa desagradable sensación en los pies le revolvía el estómago. Se acercó a la puerta y la cerró de un puntapié. Retrocedió con la ilusión de que la peste desapareciera como la niebla cuando sube el sol. Jamás imagino que la situación pudiera empeorar en un par de meses. Sin embargo, temía, ahora más que antes, lo que le aguardaba el futuro si se quedaba a vivir allí.

Apilados a la pared se encontraban el sofá, las butacas y las sillas del comedor. Solo la mesa llena de libros estaba en su sitio, porque el tope de mármol necesitaba cuatro hombres que lo movieran. Las alfombras persas estaban enrolladas y los flecos, por la mugre, eran de color gris en vez del blanco original. Las lujosas lámparas decorativas traídas desde Italia yacían hacía ya meses arrinconadas, como escobas inservibles, en una esquina. Las cortinas de doble paño cubrían las ventanas que su madre nunca le permitía abrir. Extrañó sentarse en el sofá y disfrutar de la iluminación del salón.

—Si al menos, aunque regada, estuviera limpia —suspiró.

La tomó por sorpresa oír la voz de su papá en la planta superior. No había visto la motocicleta al llegar. Decidió subir. Iba con miedo, deteniéndose en cada peldaño, con el corazón latiendo agitado. Los gritos de sus padres provenían de su cuarto. Le asombró oírlos discutir. No concebía que Pandora lo hubiera dejado entrar. Desde el divorcio, hacía diez años, él se ocupaba de llevar a Sofía a las terapias, a las clases de ajedrez, al karate, a la natación y a las reuniones familiares, pero en los últimos meses no tenía acceso a la casa.

Asida al barandal de acero, recordó las veces que, cuando niña, Pandora había corrido tras ella por aquellas escaleras y por los pasillos para agarrarla y hacerle cosquillas hasta que, de tanto reír, le daba dolor de estómago. Su abuela siempre le contaba que, cuando era pequeñita, Pandora la cargaba y mecía en brazos hasta que se quedaba dormida. La magia con su mamá se apagó cuando esta descubrió que Sofía era una niña diferente. Una vez que su hija no paraba de hablarle de los caballos, Pandora le dijo que lo único que le faltaba era relinchar. Aunque Sofía había conseguido controlarse, sentía que para su madre ella simbolizaba la imperfección. «Desaparece, aunque sea por diez minutos», solía decirle. «Tu madre no está bien, pero te ama», le insistía Aba. Tras la muerte de su abuela, a Sofía se le metió en la cabeza que, cuando Pandora la miraba, sus pupilas esparcían chispazos de insatisfacción.

Al llegar al segundo nivel, Sofía escuchó nítida la conversación, las voces atropelladas. Sus padres gritaban más alto que sus compañeros de clase cuando competían en los torneos de baloncesto. Le habían enseñado que era de mala educación interrumpir a las personas cuando hablaban, pero era evidente que ellos no respetaban la regla.

—Pandora, esta casa apesta a vertedero. ¿Y tú? No eres ni una sombra de la mujer que conocí.

—¿Qué tipo de mujer era yo? ¿Qué soy, entonces? Tenlo claro, no vas a llevarte a Sofía.

Pandora utilizaba todos los decibeles que la voz le permitía para cuestionarlo.

—El polvo se siente en la nariz, en la garganta. El olor a podrido inunda la casa. Aquí ni se puede respirar. Es como si estuvieran dañadas las tuberías de los desagües.

—Alberto, para ya —gritó Pandora.

—Das pena —dijo alterado—. Sofía estuvo una semana con asma, ¿y cómo no iba a estarlo? ¿Cómo eres capaz de forzar a tu hija a vivir en esta pocilga? Pensar que esta casa estuvo en la portada de revistas de decoración y tú estabas tan orgullosa. ¿Y ahora esto?

—Sal por donde entraste y no vuelvas por aquí.

—Tendré que llamar al Departamento de la Familia; ellos no tendrán problemas en sacar a Sofía de aquí. ¡Sofía es mi hija, así que esta situación insostenible y tu locura también me conciernen!

Sofía abrió la puerta. Su madre agitaba las manos en el aire y su padre se sacudía la nariz con un pañuelo desechable que después guardó en el bolsillo del pantalón.

—¿Qué les pasa? —gritó con el rostro enrojecido.

Pandora sacudió la cabeza señalándole la puerta para que saliera, pero ella se quedó plantada en donde estaba.

Sofía se fijó en el rostro tenso de Alberto. Él sacaba algunas blusas de Sofía del armario y las metía en una maleta, desordenadamente. Se puso nerviosa.

—La ropa de Sofía se va a estrujar —dijo.

—Óyela: tanta terapia y no se entera de lo ridícula que se oye refiriéndose a sí misma como si hablara de otra persona. Ni que fuera realeza —dijo Pandora refregándose el rostro.

Notó que hasta la voz de su madre había cambiado: aunque débil, sonaba aún más agresiva. No pudo evitar fijarse en su mirada arrogante.

—Lo siento, mamá.

—Las disculpas no resuelven el problema —dijo Pandora, impaciente.

—Papá, a Sofía le molesta que se mezclen los colores. Lo sabes —dijo elevando el tono de voz.

Alberto levantó hacia el plafón los brazos bronceados y se disculpó.

—Perdona, hija, no me di cuenta.

—¿Adónde llevarás a Sofía? —preguntó turbada, porque Pandora no dejaba de mirarla con reprobación—. ¿Adónde me llevarás? —corrigió.

Advirtió que su mamá tenía las ojeras plomizas, más visibles que otros días. Al fruncir los labios se le marcaban en la boca diminutas arrugas que parecían códigos de barras.

—Papá, no toques la ropa —dijo alterada. Le quitó una blusa de la mano—. Lo haré yo. —Sofía miró a su madre, luego a su padre—. No tienes idea de cómo acomodar las prendas. Hay que enrollarlas primero. Quítate, por favor.

Vació la maleta mientras sus padres, callados, iniciaban una cruenta batalla de miradas silenciosas. La imagen de Salubridad Pública ingresando a su casa parecía horrorizar a Pandora más que la perspectiva de perder frente a Alberto. Luego de unos minutos, el orden del ajuar que Sofía mantenía en su armario prevaleció dentro del equipaje. Reparó en los ojos irritados de su mamá y en su melena despeinada. La miró de arriba abajo y, aunque la veía todos los días, se impresionó al verla tan huesuda. El sol que entraba por la ventana alumbraba su piel y la descubría amarilla, como el pellejo de las gallinas desplumadas. Ya casi desconocía a esa mujer decrépita en quien su madre se había convertido.

—Cuando la casa esté limpia y recogida, regresará —dijo Alberto con firmeza.

Sofía miró los ojos marrones de su padre, tan parecidos a los suyos. Le inspiraban confianza.

—¡Te vas a arrepentir, Alberto! —masculló Pandora, y levantó la barbilla en un reto temerario.

Alberto dejó caer los brazos a los lados. La miraba con rostro cansado. Sofía estaba segura de que nada salvaría a su padre de la furia de Pandora, quien ya había sobrepasado su propio límite y ahora era una desconocida.

Una semana antes, Sofía no se había desatado las zapatillas cuando sintió su mano atizarla con fuerza. Sofía vio los volantes de la blusa roja mecerse al vaivén de las manos de su madre.

—¿Por qué le dijiste al abuelo que había un ratón en el patio?

Sin mirarla, con los labios temblorosos, Sofía respondió:

—Me da asco vivir aquí.

—La niña rica no quiere vivir como pobre.

—Mamá, los pobres no viven así. Esto es vivir como cerdas.

Pandora empezó a golpearla. Sofía alcanzó a taparse la cara con los brazos y fue agachándose hasta terminar arrodillada en el suelo. Fijó la vista en las dos piezas de metal dorado de las sandalias de su madre, que se entrelazaban en el empeine. Las paredes pálidas de la habitación se iban estrechando. Le faltaba el aire. Pandora, con los ojos muy abiertos, le exigía que retirara sus palabras. Sofía no pudo mirarla. Tampoco consiguió disculparse, porque las frases se le atoraban en la garganta. Quería gritarle que la dejara en paz, pero era incapaz de mover los labios. Deseó escapar y esconderse en el armario que guardaba su ropa. Recibió otra bofetada. Desde el suelo vio la lámpara, las patas de la cama, los flecos de la frazada, los lomos de los libros (todos al revés)... hasta las manos de su madre pegándole. Hubo unos segundos de silencio, los suficientes para que Sofía se hiciera un ovillo y rodara hasta quedar pegada a la pared. Se tensó aún más cuando Pandora se acuclilló a su lado. Para su sorpresa, se detuvo y le pidió disculpas:

—¡Dios mío! No sé cómo perdí el control así.

Estiró ambos brazos para ayudar a Sofía levantarse. A esta le sonaba lejana la voz de su madre; vislumbró en sus ojos montes, mares, desiertos desolados. Aguantó la calma, resignada a perdonarla, a comprenderla. Se había mareado y era incapaz de hilvanar un pensamiento. La habitación giraba. Luego de ponerse de pie tuvo que sentarse, aunque deseaba echar a correr.

—Sofía, ¿me escuchas?

Sofía reaccionó turbada; no se había dado cuenta de que su madre le hablaba. El recuerdo de aquella paliza la había enmudecido y estaba desencajada.

—¿Quieres irte con tu padre? —preguntó Pandora con una voz extrañamente amable.

Sofía sacudió la cabeza para centrarse en el presente y dio una respuesta salomónica.

—A Sofía le gustaría pasar parte de las vacaciones del verano con papá. Se lo ha pedido a ambos, varias veces.

—¿En serio, a Sofía?

Titubeó al ver a su madre fruncir el entrecejo y morderse el labio inferior. Los dedos le temblaron, se sintió torpe. Se aferró al dije que colgaba de su cadena.

—Pandora, no le hables así. Déjala tranquila. Tú tienes gran parte de la culpa de que Sofía esté retrocediendo en sus aprendizajes; se protege de ti, quién sabe si hasta de mí. Deberíamos cuidarla, y míranos.

Pandora lo ignoró y, dirigiéndose a Sofía, dijo:

—Si te entusiasma acompañarlo, ve con él.

Alberto se dirigió a Pandora con voz más calmada.

—Pandora, aunque no lo parezca, no estoy en tu contra. Observa tu realidad. Tú eras una madre responsable, y mírate ahora. Busca quien te ayude a poner tu vida en orden si quieres que Sofía vuelva.

El tono conciliador de Alberto la contrarió.

—¿Y si no lo hago? ¿Qué pasa si no obedezco tus «consejos»?

—Pondré una denuncia en el Departamento de la Familia y les explicaré las condiciones en las que tienes a nuestra hija. No estoy dispuesto a convertirme en tu cómplice.

Ella se acercó a abofetearlo. Alberto la agarró por las muñecas y presionó fuerte.

—Esto es indignante —balbuceó exasperado—. ¡Estás enferma!

Pandora se volteó hacia Sofía, que se había quedado muda.

—Sal de la habitación —le pidió con un repentino tono meloso, que a Sofía le resultó tan falso como amenazante.

Miró de reojo a su padre.

—Chiquita de papá —dijo suavemente—, ve a casa de tu abuelo; más tarde paso por ti.

Sofía abandonó la alcoba, pero se quedó en el rellano, atenta a la conversación. Seguía pálida.

—Te advierto que Sofía no irá a ningún internado en Miami. No pongas esa cara de sorpresa. Ayer el cartero dejó un sobre para ella. ¡Yo sé que tú tienes algo que ver en esto! Ni tú ni mi padre me la van a quitar. ¡Una carta de admisión para un instituto en Estados Unidos! ¡Todo a mis espaldas! En cuanto salgas por esa puerta llamaré a los abogados para revocar el poder que te permite inmiscuirte en los asuntos académicos de Sofía. Te has excedido y te lo cobraré sin una pizca de remordimiento.

—Escúchate, por favor. Nuestra hija no es un objeto del que puedas disponer.

—Eres tú el que ha dispuesto que se vaya al extranjero a estudiar sin preguntarme nada.

—Yo no tengo nada que ver; fue idea de ella y de su abuela. Pero tienes que tomar sus deseos en cuenta. No voy a permitir que la intimides, ni a mí tampoco. Debemos respetar su decisión. Ya no es una niña.

—Mamá solo quería el bienestar de Sofía; dudo que quisiera ver a su nieta lejos de ella.

—Siéntate con Sofía, escúchala. Pregúntate por qué tu madre quería alejarla de aquí.

—Tú no sabes nada de mi madre. ¡No sabes nada de mi familia!

—La verdad es que no entiendo por qué quieres retener a Sofía en esta casa, contigo, cuando llevas tiempo tratándola como si fuera un estorbo. ¡Ni siquiera sé por qué peleaste la patria potestad!

—No desvíes la conversación, Alberto. Te la llevas hoy, pero te prometo que pronto estará de vuelta, y tú en la cárcel con una orden de protección y alejamiento.

Sofía imaginó los ojos de Alberto brillando desconcertados, como cuando se recibe una noticia que golpea muy bajo. Escuchaba los picos de la conversación; no se movían de la parte superior del pentagrama, como si fuera una melodía chirriante y desafinada.

Dio varias vueltas en círculo antes de comenzar a alejarse más de la cuenta, sin esperar el fin de la discusión ni a su padre. No quería oír más. Tuvo la idea de volver a entrar, de decirle a Pandora que se iría para nunca regresar, que no toleraría más el cúmulo de porquerías ni su indiferencia ni su «¿Por qué no te vas para tu cuarto?». Sin embargo, seguía alejándose.

Aguantó la respiración y bajó las escaleras lo más rápido que pudo. Vio su mochila al lado de la puerta, la agarró y la apretó contra el pecho: «Aba, si estuvieras aquí sería diferente», pensó. Salió y permaneció en el pórtico, ansiosa. No iría a casa de su abuelo.

En ese instante le entraron ganas de huir del ruido, de la confusión y el desorden. Altagracia le había anunciado que en la tarde llegaría una tormenta. Por eso vacilaba: pensar en hacer algo peligroso le encogía el estómago. Vivir en su casa también.

Observó el cielo: una gran nube gris avanzaba como platillo volador. Miró el césped con impaciencia. Escuchó un *chiiiigiiii* y rememoró lo ocurrido tres días atrás, cuando al llegar a la entrada principal de su casa vio correr una rata del tamaño del mismísimo Óreo. Imaginó una colonia de estas reunidas para atacarla en cualquier momento y sintió vértigo. Cuando peleaban entre ellas, emitían ese sonido, *chiiiigiiii,* que le repicaba en la cabeza como las campanadas de una misa atroz.

Aunque el roedor se había escabullido, ella no pudo moverse. El chillido, todavía un día después, le taladraba la mente y provocaba que las manos le temblaran incontrolablemente. Tranquilizar, relajar, temer, cuidar, proteger, correr, huir.

Recordó a Pandora un día antes, recostada en una de las hojas de la puerta, esperando a que entrara. Sofía había creído ver esa sonrisa cínica que esbozaba su madre cuando no conseguía controlarse. A través del escote rectangular del vestido crema con estampado de rayas verticales pudo ver los huesos de la clavícula. Las sombras de los arbustos oscilaban al mismo ritmo de los hombros impacientes de su madre. Aquel día sintió que se levantaba alrededor de ella una fortificación en la que los animales rastreros no podían entrar: los detenían las paredes construidas de canela y limoncillo, los techos de cedro y los suelos pulidos con aceite de menta.

Las ramas de los árboles agitándose la devolvieron al presente y la instaron a olvidar lo sucedido, a regresar al *ahora* que crujía en su interior. Le desesperaba que su padre tardara en bajar. Podía irse con él, pero tuvo claro que tendría que regresar con Pandora tarde o temprano. No quería volver, eso estaba decidido. Cerró los ojos y comenzó a armar un rompecabezas mental. «Vete», le decían todas las piezas. «Lárgate, huye». Se limpió el sudor de las manos con el pantalón. En el rostro se reflejó el intenso deseo de alejarse de allí para siempre. ¿Vivir afuera, en un mundo que a veces la asustaba, o continuar dentro de una burbuja? Miró el reloj: eran las once de la mañana. Se veía acechada por susurros que le enumeraban ventajas y desventajas, como si alcanzar la felicidad dependiera de un análisis matemático.

El temblor de las manos aumentaba. Era consciente de que el método de análisis consistía en dar por supuesta la solución de un problema para retroceder hacia los principios que lo justificaban, y aunque no tenía un plan concreto ni había llevado a cabo un trabajo de inteligencia ni plasmado un mapa de pros y contras, no volvió a dudar. Inhaló profundo. Estaba decidida a hacer lo que le viniera en gana.

Echó a caminar; casi corría. Iba pálida, confusa, despojada de afecto.

Capítulo 7

Conocía de sobra la avenida Ashford: larga, flanqueada de palmeras medianas y con tráfico incesante a ciertas horas. Caminaba rápido, mirando a un lado y a otro, nerviosa. Algunas personas reían, otras no. De la nada apareció un mendigo, un rostro joven surcado de arrugas que le pedía dinero.

—Es para comer —reclamó con voz triste. Ella tuvo dudas. Tenía dinero, pero no iba a abrir la mochila frente al desconocido y exponerse a que le robara. Negó con la cabeza. Las erupciones cutáneas en los brazos del individuo, llenas de pus, le causaron repulsión y pena—. Vaya, apiádate, ayúdame —gritó furioso cuando la vio alejarse.

—Lo siento —se excusó Sofía, aunque no estaba segura de que la hubiera oído. Una pareja se volvió a contemplar la escena y ella aceleró intranquila.

Pasó frente a su escuela. Evitaba dar rienda suelta a su frustración. Alcanzó el hospital. Se fijó en los rótulos solemnes de los bancos, los más alegres de los restaurantes, los clásicos de los hoteles: el Marriott, la Concha, el Condado

Vanderbilt. Con su Aba solía entrar a Cartier y saludar a Santiago Villar, el dueño, siempre elegante, vestido de traje y corbata, con un pañuelo rojo asomando como una lengua en el bolsillo, pero ambos habían muerto y aquellas tertulias agradables se esfumaron. La voz suplicante del joven mendigo flotaba aún en su cabeza. A su mente llegó la desesperación de Emma en *Madame Bovary*. Recordó a la protagonista ingiriendo el arsénico; había sido capaz de percibir el sabor a tinta en la boca de Emma, sentir el reflujo, las náuseas, los vómitos, el frío, el dolor en el estómago, los calambres y la asfixia final. Exhaló cansada; quería vaciarse de eso llamado muerte y que se había llevado a su abuela. En la esquina dudó en detener un taxi. Siguió a pie. «Demasiados turistas», pensó.

Estaba agitada, y era consciente de ello. Miró el reloj; habían transcurrido cuarenta y cinco minutos en su trayectoria desde Ocean Park al Viejo San Juan. Iba tensa. La suave brisa que soplaba desapareció. La posibilidad de ser secuestrada empezó a ser algo concreto y probable ahora que estaba sola. En internet había leído que los raptores no cambian: en su mayoría son sádicos que nunca podrían reinsertarse en las comunidades. Su deseo es incontenible y por eso reinciden en cuanto se les presenta una oportunidad. Siempre serían una amenaza. Aquel «Nunca cambian» centelleaba en su mente. Poco después se detuvo en el puente Dos Hermanos para observar a varios jóvenes lanzarse de cabeza a la laguna del Condado. Parecían alegres, a salvo de cualquier preocupación. En cambio, la expresión impenetrable de Sofía escondía las palabras y los gestos de sus padres. Recordaba con tristeza la frase de Pandora: «Sofía no irá a ningún internado en Miami».

Toda la discusión se repetía en su cabeza, como si los hechos acabasen de ocurrir un minuto atrás. No dejaba de preguntarse qué pasaría con la llamada de su madre a la policía. Sabía que su papá la había agarrado por las muñecas para defenderse de ella. Frente al Parque Sixto Escobar divisó la playa del Escambrón, a la que a veces iba con él a nadar. Preocupada, observó las nubes mullidas tornarse grises y aceleró el paso; pronto se desataría la tormenta. El edificio del Tribunal Supremo se mantenía oculto por la frondosa arboleda del Parque Muñoz Rivera. El follaje de los húcares permanecía quieto, siempre a la espera del viento para dispersar las frutas secas. Algunos jóvenes pasaban a su lado trotando. ¿Cómo se verían los secuestradores de chicas? ¿Siniestros, como el albino? ¿O quizá como esos jóvenes de apariencia inocente y despreocupada?

El olor desagradable de los desagües inundó el aire con repentina violencia.

—El olor es muy subjetivo —insistió una vez su madre para justificar su locura.

—Ni un biofiltro es capaz de combatirlo en esta casa —respondió Sofía.

La intensidad azul del mar desde el Paseo Lineal de Puerta de Tierra era admirable. Al llegar a la Loma de los Vientos desaceleró para ver la sombra oscura que caía sobre las ocho elegantes columnas de orden corintio y dórico revestidas de mármol que se levantaban en la entrada norte del Capitolio. En una ocasión había acompañado a su abuela a una protesta en el área denominada la Plaza de la Democracia. Desde el regreso de México, ella, que siempre fue una mujer comprometida, se había vuelto más luchadora, más decidida.

—La represión —le dijo entonces— nunca será el camino a la libertad. El mal se esconde en el lugar donde uno menos piensa, Gacelita, por eso nunca hay que bajar la guardia. Si miras hacia el lado te arrepentirás el resto de tu vida.

De pronto, la imagen de sus padres, incapaces de ponerse de acuerdo para algo tan sencillo como pasar unas semanas con su papá, la abrumó. La vida se le torcía otra vez.

Dejó atrás la fachada posterior del Comité Olímpico. Le costó trabajo subir la cuesta de la calle Norzagaray. Confirmó que había pasado poco más de una hora desde que abandonó la casa en medio de los gritos de Alberto y Pandora. Estaba sudada y pegajosa por el calor del mediodía. Planificaba ir al edificio que heredó de su abuela en la calle del Sol esquina Cristo y, a escondidas, diseñar un plan de huida que la llevara al interior de la isla, donde no la encontrasen. Tendría que ser un plan perfecto. Después exploraría la manera de viajar a Miami para ingresar al instituto anhelado. Cruzó la calle y le compró tres botellas de agua a un vendedor ambulante que las mantenía frías en una nevera de playa. Guardó dos en la mochila. Antes de proseguir, bebió varios sorbos frescos. No se movió hasta que la punzada del calambre que le fustigaba las pantorrillas desapareció del todo.

A la altura del Castillo San Cristóbal se distinguía un mar oscuro seguido de un área verde y, más adelante, las casas pintorescas y coloridas de La Perla. La mayoría eran de madera y estaban muy pegadas unas a otras, como si buscaran mutua protección. Atrás quedaron los autobuses repletos de turistas.

Las lloviznas la sorprendieron. Del lado opuesto de la calle atronaba la voz de Ismael Miranda en una radio puesta a todo volumen en el restaurante La Vergüenza: «Quiero que no quede una sola gota ni un solo recuerdo que contar, quemarlo ahí en el fuego todo, quedarme para siempre solo»... Las repentinas ráfagas eran tan fuertes que Sofía pensó que el viento la arrastraría como liviana hoja en tormenta. El cielo parecía haber descendido y su intensa oscuridad hizo que mirara alrededor en busca de refugio. Implacables rayos rasgaban el firmamento y los hilos de electricidad lo fragmentaban. Una luz mortecina iluminó el espacio por escasos segundos.

Se le hizo imposible evadir los charcos y terminó con los pies mojados. Había pensado llegar a la calle Cristo y doblar a la izquierda, pero como estaba todavía a varias cuadras, decidió acampar en alguna terraza. Descartó entrar a La Perla. Divisó al otro lado de la carretera una iguana de escamas verdes impulsándose con las cuatro patas cortas hundidas en el barro. La piel del cuello le colgaba hasta el suelo y la larga cola, llena de espinas, se agitaba de un lado al otro como si sopesara el peligro de cruzar la calle. La fealdad del reptil le causó repulsión. Al verlo en movimiento se fijó en las largas garras de sus dedos. Varios automóviles salpicaron a Sofía. Uno de ellos, aunque frenó, no pudo esquivar a la iguana, que había traspasado la cuneta, y la despedazó. El rechinar de las llantas le revoleteaba en la cabeza más fuerte que el ritmo del corazón. No volteó a ver a la iguana atropellada sobre el asfalto. Había ido muy lejos. Debía regresar. Le preocupaba pescar una pulmonía.

El aguacero desatado la obligó a cruzar la calle a toda prisa para resguardarse. Identificó dos estructuras abandonadas al lado del restaurante. Uno de los edificios tenía dos accesos que daban a una terraza techada, pero ambas entradas estaban clausuradas con paneles de madera. Quiso entrar, pero no sabía cómo. Vio que el panel de la derecha no tenía cadena ni candado; se acercó y lo empujó, pero el panel no cedió: estaba atorado. Con ambas manos forzó varias veces la hoja descascarada, sin éxito. Sintió la respiración entrecortada y la lluvia empapándola de la cabeza a los pies. No podía darse por vencida. Entonces notó que la parte baja de la madera estaba esponjada por la humedad y el salitre. Colocó los dedos de la mano derecha en el hueco donde faltaba la cadena, y la otra mano en el borde. Hizo fuerza hacia arriba y, tras otro esfuerzo, logró por fin separarla del suelo. Volvió a empujar, esta vez con el cuerpo, y después de varios intentos la tabla cayó al suelo. El ruido la hizo dar un salto. Sofía miró a todos lados, pero la Norzagaray estaba desierta. Con el súbito movimiento se le habían espetado unas astillas en el dorso de la mano izquierda, que se llevó a la boca para lamer los puntitos de sangre de las raspaduras. Era salada y le supo a desconsuelo. Subió los cuatro escalones que la separaban de la terraza, llena de latas, botellas y pedazos de madera. El frío le atravesaba los huesos. Las yemas de los dedos se le arrugaron.

Escapar significaba para ella liberarse de las pupilas acusadoras de Pandora. La frase «Ella no es tu madre: es la mía», que le había soltado al referirse a su Aba, le zumbó repentinamente en la cabeza. Se preguntaba qué sentiría cuando no la viera llegar. Llamaría a su padre, a su abuelo o a ambos. Sacudió la cabeza para rechazar las preguntas. Estaba segura de que no acudiría a la policía porque en su casa los asuntos personales se resolvían en familia, eso lo sabía bien. Por un instante la asaltó la imagen de los pies colgantes de su abuela y se estremeció.

Nubes grises se apoderaban del cielo, oscureciéndolo por completo. Cuando la lluvia volvió a arreciar, el viento meció el tendido eléctrico y las coronas de las palmeras. Tenía el pelo mojado. Sentía el embate de la tormenta recorrerle el cuerpo de pies a cabeza. El retumbar del mar convertido en un eco atronador le sacudía el esqueleto. Intentó serenarse frunciendo con los pulgares la camiseta verde monte, enchumbada y sucia. Por la carretera ladraba un pitbull negro que la vigilaba con expresión atenta, mas no amenazante. A ella nunca le habían dado miedo los perros, por más bravos que parecieran. Sentía una atracción natural por ellos, mucho más intensa que por la gente.

La lluvia eléctrica iluminó el cielo con gran intensidad. Hizo un esfuerzo para no morderse el pellejo alrededor de las uñas. El perro se acercaba husmeando mansamente, mientras a Sofía se le juntaban las lágrimas con los mocos. Al moverse tropezó con unas botellas vacías y tocó el suelo con las rodillas, aunque se incorporó con rapidez. Las botellas rodaron hasta parar contra unos tablones de madera. Se frotó las manos y las estrujó contra las caderas. Se cubrió los oídos para no escuchar el rugido del viento.

Tocó la flecha que colgaba de su cadena. Vio desatarse una guerra feroz entre los árboles y las ráfagas, que luchaban con una furia terrible por doblegarlos. Se mantenía en pie, resistiendo el embate interno. No deseaba volver a la mansión de la muralla azul, eso nunca. Tenía que soportar un poco más. Un rato después, el viento, como si se hubiera cansado de su propia furia, disminuyó, aunque el cielo permaneció nublado. Arribó la calma, seguida de una explosión de fusilazos, como fuegos artificiales. Sofía miró a su alrededor. Desde el balcón de columnas agrietadas en el que se había colado apreció, del otro lado, la muralla del Fuerte del Morro, las garitas, varias hileras de casas, una cancha de baloncesto y el mar: profundo, infinito. Se preguntó si luchar para ser diferente le ayudaría a alcanzar sus metas o si su destino estaba marcado por la decisión funesta de su Aba. Ella jamás tomaría esa decisión; le faltaba el valor para quitarse la vida. Sintió rabia de que su abuela lo hubiera hecho. «¿Por qué lo hiciste, Aba?» No pudo evitar mirar al cielo.

Vio acercarse la cabeza voluminosa del pitbull. Retrocedió unos pasos en actitud de cautela, por si ese perro estaba entrenado para atacar. Estabilizó las piernas. Iba a afianzar los dedos a unos de los tablones tirados en el suelo, cuando el perro se tumbó sobre el primer peldaño. No parecía agresivo. El pecho se le hinchaba, por lo que Sofía cogió aire. El can sangraba por una herida que tenía en el costado. Sintió pena por él. Nunca había visto unos ojos más tristes que los de aquel animal. Notó que ya no tenía fuerzas ni para ladrar. Igual que ella, estaba extenuado y la miraba ansioso. La luz dejaba de ser gris; surgieron unos destellos naranjas a través de la dilatada espesura. El perro abrió la boca y dejó ver la lengua rosada, los dientes filosos y blancos. Movió la cola. Levantó la cabeza y puso el hocico lastimado en los tenis de Sofía. Ella sacó de la mochila una botella de agua y le echó un poco en la herida del costado, pero la sangre coagulada no se disolvió. El pitbull la miraba con los ojos entrecerrados.

—Tranquilo, no voy a lastimarte. Estarás bien… Estaremos bien.

El perro buscó lamerle la cara, pero Sofía se puso una mano frente al rostro para esquivar la caricia. El animal gimió y cerró los ojos. Lo acarició. Resguardada de la lluvia, recostó el cuerpo contra la pared y, sin que se diera cuenta, el cansancio la venció y por un momento se quedó dormida.

Al despertar no estaba el perro y vio una mancha de sangre en el escalón inferior. Se levantó muy despacio; se refregó la cara y la nuca. Seguía tensa. Silbó para llamar al pitbull, pero se había marchado. Se dio cuenta de que no le habían robado la mochila con las fotografías, que para ella representaban lo más valioso de su vida. El rosario y el dinero también estaban allí. Salió del edificio y prosiguió su camino con la mochila colgada del hombro hacia el edificio de la calle Sol. Doblaría a la izquierda en la calle San Justo hasta llegar a la Sol. Se sentía tan sucia como en la casa de su madre. Intentaba buscar una respuesta a todo lo que le estaba pasando.

Las alcantarillas estaban tapadas y la corriente de agua seguía el declive de la carretera hasta perderse de vista. Solo habían pasado unas horas, pero parecía una eternidad; era imposible regresar como si nada a casa. Continuó su camino incierto y, casi al llegar a la calle San Justo, tropezó con la mano de un hombre tirado en la tierra al lado de un charco de barro. Subió a la acera de un salto y pegó la espalda a la pared. Se le aceleró el pulso. Vio que el individuo tenía los labios pálidos y apenas si respiraba. Dudó en auxiliarlo, pero enseguida se preguntó qué ocurriría si no lo ayudaba. «A Sofía no le gustaría que la dejaran tirada en el suelo», concluyó abatida.

Respiró profundo hasta reencontrar la calma. Retrocedió hacia él, se puso en cuclillas, le habló y no obtuvo respuesta. Acercó su oído al pecho del hombre. Llevaba una bata blanca, enlodada, con un apellido bordado en azul que no pudo retener, aunque sí la primera letra del nombre: D. Sofía venció las dudas y, con una sensación de malestar, apartó la bata y soltó los botones de la camisa. Le llamó la atención un tatuaje con una granada verde en el pecho. Sofía le dio rítmicos masajes en el esternón pese a que su primer impulso había sido irse de ahí y dejarlo tirado. Le costaba un gran esfuerzo intentar reavivarlo. La situación era diferente a todo cuanto le habían enseñado en la conferencia de primeros auxilios en el colegio. Un olor a mentol, ya conocido, llenaba el ambiente.

El hombre no reaccionaba, aunque Sofía percibía una respiración débil, como un resuello. Vivía. El individuo tenía los ojos semiabiertos, pero no estaba segura de que la viera. En realidad, aquellos ojos no miraban nada, o al menos, nada que se hallara frente a ellos. Era una mirada remota, ajena al mundo que los rodeaba. Sofía le pasó la mano por delante de la cara, pero las pupilas no respondieron. Pensó en cerrárselos y llenarlo de oscuridad, pero no se atrevió.

Lamentó no tener a la mano su celular. Temerosa, se decidió a hurgar en los bolsillos del hombre, y palpó un móvil. Lo sacó y llamó a emergencias médicas. Sin identificarse, explicó dónde se encontraban. Contestó varias preguntas sobre la condición del desconocido («Sí, sí, estoy segura, respira») y prestó atención a las instrucciones que le daba una voz femenina.

Sofía imaginó que el hombre era un tronco; los brazos, ramas extendidas, y las falanges, hojas. Solo así consiguió seguir las indicaciones. La operadora le pidió colocar los dedos índice y medio en la parte interna de la muñeca. Sofía confirmó que latía; el pulso era débil, pero estable. Los dedos anaranjados del extraño parecían flores incendiándose. De pronto, a lo lejos, Sofía escuchó un grito que la sobresaltó, seguido de los ladridos de un perro:

—¡Chica! ¿Qué haces? ¡No te muevas! —escuchó a lo lejos.

Levantó la vista y vio a un hombre alto acercarse veloz. Pensó en pedirle ayuda, pero se acordó de los secuestros de muchachas y se horrorizó. Tiró el teléfono y echó a correr. Subió la cuesta a toda prisa, aturdida, sin saber adónde dirigirse. Creyó que detrás del hombre iba el pitbull herido que había visto hacía un rato. Cuando estuvo segura de que el desconocido no iba tras ella, se detuvo a recobrar el aliento apoyada contra una pared. Sintió un dolor en el pecho, seguido de punzadas en el costado.

Poco a poco recobró la respiración. El aire olía a tierra mojada. Era un perfume almizclado, fresco; Sofía lo aspiró agitada. Al fin escuchaba voces de hombres y mujeres por la calle. El tintineo de la sirena de la ambulancia invadió el casco antiguo. Las oraciones que recitaba con su abuela en misa le salieron como una letanía ajena. Hilvanaba, una tras otra, el Credo con el Padre Nuestro y el Ave María con el Dios te Salve. «Sofía, hay que rezar con fe, no como el papagayo». Nunca comprendió la lógica de la fe; sin embargo, imitaba a su abuela y se aferraba a ello.

El miedo y la proximidad de la muerte de aquel hombre, o de su propio secuestro, hicieron que se replanteara su huida como un trayecto sin salida. Cabizbaja y defraudada consigo misma, barajó seriamente la posibilidad de volver. Entonces pensó en su mamá, quien le pedía, con una naturalidad hiriente, que fuera normal. «Sofía, la inteligencia puede ser un obstáculo», solía decirle con frialdad. Vio su propia sombra, a su lado, imitándola, prometiéndole consuelo, recordándole los motivos por los que había decidido alejarse de Pandora. Después de analizar su reacción, claudicar le pareció un acto de cobardía. Ya había avanzado mucho, y desistió. No, no volvería. Apretó los puños con decisión.

Los muertos no pueden escapar de sus tumbas.

Quería correr adonde su abuela, lanzarse a sus brazos, aspirar su olor. La primera vez que fue con su Aba al supermercado, apenas habían recorrido el pasillo de las frutas cuando Sofía comenzó a sentirse mal. Se asfixiaba y le dolía el pecho. Llegó a pensar que se desmayaría. Al salir del lugar le costó trabajo caminar al coche, debido al mareo. Ahora volvía a sentir aquella taquicardia y sintió pánico. La invadió el recuerdo de su Aba arrodillada a su lado, asegurándole con su voz suave que todo estaría bien:

—Sofía, mírame, estoy aquí frente a ti. Levanta la mirada y concéntrate en mí. —La voz de su abuela era como una melodía—. Vamos, respira conmigo. Inhala: cinco, cuatro, tres, dos, uno; exhala. Mírame, no dejes de mirarme. Concéntrate en la respiración. Relaja los hombros; estás trinca. Vamos, suelta los músculos, eso es. Deja que se te infle el vientre, aguanta el aire, déjalo salir por la boca. Túmbate en el suelo, cariño, cierra los ojos, aprieta los talones, respira, relaja los talones.

Quizás debió quedarse con el moribundo y confrontar al desconocido en vez de salir corriendo. Su respuesta fue el resultado de ver algo fuera de lo normal: un hombre desconocido acercándose después de una tormenta. Esa señal provocó de entrada un impulso: salir disparada. Aquel análisis no consiguió sosegarla.

Antes, su Aba Marta la habría rescatado. Ahora no existía esa alternativa.

Capítulo 8

Por primera vez, su vida no era previsible. La posibilidad de irse a Miami hizo que la sangre le regresara a las mejillas; una media sonrisa pugnaba en sus labios e iba reemplazando el miedo que crispaba su rostro. Decidió que lo mejor sería no regresar a casa, no volver a someterse a la voluntad de Pandora. Buscaría la manera de llegar al instituto por su cuenta. Después de todo, ya la habían aceptado. Dadas las circunstancias, la mejor opción era alojarse en algún hotel del Viejo San Juan y desde ahí trazar un plan. Volvió a desatarse la lluvia. Se resguardó debajo de un alero que chorreaba a raudales. El día parecía interminable, lleno de cambios de humor. Conseguir el pasaje para Miami no sería problema, analizó, pues tenía la tarjeta de débito, y la licencia de conducir, que apenas unas semanas atrás había sacado, le serviría como identificación. Necesitaba ir acompañada por un adulto y confiaba en que Ricardo, que ya había cumplido los dieciocho años, accediera cuando conociese su plan. Lo demás lo solucionaría una vez llegara allá. Abrazó su mochila, llena de recuerdos.

Las gotas zumbaban como guijarros contra la hilera de coches estacionados. Cuando el aguacero disminuyó y apenas chispeaba, cruzó al otro lado. Por la calle comenzaban a verse turistas entusiasmados moviéndose de un lado a otro; algunos llevaban aún los paraguas abiertos.

«No confiaré en nadie», afirmó para sí, tal y como le había recomendado Altagracia, pero pronto desechó el pensamiento y lo reemplazó por un «Debo confiar». Ella siempre había actuado de buena fe. Pensó en cuán lejos debía irse. Tenía suficiente dinero en la mochila como para pasar inadvertida varios días, eso era un hecho; era consciente de que si utilizaba la tarjeta de débito la podían rastrear. Ese aspecto, al menos, le daba seguridad. Una punzada en el estómago le dijo que debía conseguir algo de comer en el restaurante que estaba al subir la cuesta. Nunca había estado ahí con su papá; a él no le gustaba porque se llenaba de turistas. «Nada menos auténtico», repetía con cierto desprecio.

Una solución era irse a Isabela; llegar al noroeste de la isla, no a cualquier lado. Los padres de Ricardo tenían una casa cerca de la playa y guardaban la llave en un tiesto de barro frente a la puerta principal; además, en la última conversación que tuvieron él la había invitado. Podía esconderse allí y desde el aeropuerto de Aguadilla, acompañada por Ricardo, viajar a Miami sin tener que regresar a San Juan. En todo el universo conocido, solo podía confiar en que él no la traicionara.

Se miró la muñeca. Su abuela le había regalado el reloj de esfera circular, sin ser su cumpleaños ni por ninguna otra razón particular. Por nada, porque las razones, según su Aba, sobraban. Cerró los ojos y la presintió escondida en un portal cercano, cuidándola. Su mano quitándole un mechón de cabello mojado que le caía sobre la frente. Recordó las palabras que tanto repetía su abuela: «Todo es efímero, como el arcoíris».

Aunque apenas eran las cinco de la tarde, la luz había disminuido y los faroles antiguos se prendieron en sincronía, como en un espectáculo solo para ella. Volvió a pensar en el hombre del tatuaje. ¿Habría muerto o los paramédicos habrían alcanzado a prestarle los primeros auxilios? ¿Por qué el segundo hombre le había causado tanto miedo? Podría ser un asesino y el del tatuaje estar muerto. Se estremeció. Un claxon la sacó de sus cavilaciones.

Sofía se fijó en dos mujeres voluminosas vestidas con túnicas de colores brillantes y turbantes blancos que caminaban detrás de ella, como odaliscas. Una era muy gorda y parecía agitarse a cada paso. Iban acompañadas de dos perros famélicos. Reían a carcajadas. Los perros corrieron hasta Sofía y la alcanzaron. El chihuahua le olfateaba nervioso las piernas. Quiso lamerle una mano, que caía extendida pegada a su cuerpo, pero Sofía, al ver sus intenciones, cambió de posición. El perro la olisqueaba como a un hueso gustoso.

—Ustedes, desde que ven una muchacha, le caen atrás. ¡Vengan!

La voz grave de la más alta de las mujeres le resultó peculiar. Rápido advirtió que sus compañeras de escuela decían lo mismo de la suya. Los perros menearon las colas, pero no se despegaron de Sofía. El viento había menguado y algunos pájaros cruzaban el vacío celeste como saetas. Sofía se puso en cuclillas y saludó a los canes. Colocó una mano en el lomo del mediano y la otra en la cabeza del chiquito, que no dejaba de moverse nervioso. Las sombras de las mujeres se proyectaban en el suelo, gruesas y difusas. Llevaban sendas pulseras doradas y anchas, que destacaban en sus pieles negras.

—¿Estás mal? Te ves medio asustada —dijo la más alta, que parecía mayor que la otra.

Sofía negó con la cabeza varias veces.

—¿Andas sola por aquí?

—Sí —dijo con un tono neutral.

Calculaba los riesgos, aunque percibía buena sintonía de parte de ellas.

—Vengan aquí. Eso es. ¡Bebecitos de mamá! —exclamó la más baja.

Las mujeres no dejaban de hablar la una con la otra. Los perros echaron a correr. Al llamarlos, regresaron.

—¿Por casualidad tú eres la nieta de don Héctor? —interrogó la más alta.

—Sí —Sofía miró hacia el horizonte—. ¿Cómo lo saben?

Los perros salieron disparados detrás de un ciclista; ellas rieron. No hubo respuesta. Las desconocidas se alejaron agitando la mano en el aire. Sofía se quedó pensando en la mención del abuelo. Pensó que quizá la estarían buscando. Habían pasado muchas horas desde que se había ido de la casa. Si era así, esas mujeres la delatarían.

Emprendió la caminata hacia el restaurante. Al llegar vio que las mujeres también entraban y cogían una mesa. Sofía permaneció de pie al lado de la barra. La mesera, una señora de mediana edad en los huesos, se tomó su tiempo en llevarle el menú. Sofía pidió un refresco y ordenó de comer. Unos sorbos le quitaron la sed. No se había dado cuenta de que estaba deshidratada.

La más baja alzó la voz para dejarse oír sobre la música ensordecedora.

—¡Qué grande es la Providencia! Otra vez nos encontramos.

Sofía se sentó en uno de los taburetes de madera. Reflexionaba sobre lo que había dicho la mujer. Se escuchaba la voz de Bad Bunny en su *flow* de la canción "Callaíta", su último éxito, que así como sonaba en el bar, podía sonar veinte veces más por todo el Viejo San Juan. Hasta allí le llegaba el olor a parrillada de carne.

La mesera le dijo a Sofía que no podía sentarse allí a menos que fuera mayor de edad.

—Pensé que la orden era para llevar. Puedes sentarte en el salón —señaló varias mesas con la mano.

—Come con nosotras —determinó la mujer más alta—. Ya oíste a la mesera: no puedes quedarte en la barra.

Sofía dudó. Posó los ojos en el suelo con temor. El cansancio se le dibujó en el rostro. Quizás le conviniera aceptar la invitación, además de alejarse del retumbe de las bocinas. Se tocó el muslo derecho sin moverse de sitio. Al ver un hilo en la blusa le dio vueltas y se abstrajo hasta arrancarlo. Unos sorbos más de su bebida le refrescaron la garganta. Apretó la flecha del dije, que le rozaba la piel.

Las mujeres reían divertidas. Echaban los cuerpos hacia atrás hasta dar contra el espaldar y causar que las sillas temblaran por el peso.

—Muchacha, ¿y qué hacías bajo el agua? —preguntó la más baja con una amplia sonrisa. Parecía amable.

—Apenas llovía —respondió Sofía sin dejar de mirar las orejas puntiagudas de la mujer, que asomaron cuando se ajustó el turbante.

«Le sobresalen como las de las hadas victorianas de Edmund Dulac», pensó.

—Mírate, enchumbada de agua. —Bebió varios sorbos de cerveza antes de proseguir—. Te va a dar catarro... Me llamo Luna —se presentó— y ella es Sol. Te hemos visto por Condado con Altagracia. Eres la nieta de don Héctor. Cuando veas a Altagracia, pregúntale por Sol y Luna, o por las Flores. Ella nos conoce.

Sofía se sorprendió. La mención de la criada fue mágica y, extenuada, se relajó un poco.

—Siéntate con nosotras —insistieron al unísono.

Sofía vaciló en aceptar, pero finalmente accedió. Notó que Sol tenía una verruga negra sobre el párpado que hacía que el ojo pareciera más pequeño, lo que le daba a su mirada un aspecto inquisitivo y peculiar.

—Pero, muchacha, acaba de sentarte —insistió Luna.

Las tanteaba con los ojos. Olían a agua y jabón, un olor áspero, como el de los manteles cuando Altagracia les echaba blanqueador.

La mesera puso frente a las mujeres dos platos de pollo asado con tostones.

—¿Le traigo el sándwich de queso o se va a sentar en otra mesa? —le preguntó la mesera a Sofía. Ella asintió y se sentó junto a Luna y Sol, que pidieron dos cervezas.

—¡Qué raro, tú sola por aquí! —la abordó Sol cruzándose de brazos.

Sofía había colocado la mochila sobre su falda y la reacomodó. No quería que notaran su inquietud. Se detuvo antes de hablar y decidió hacerlo en primera persona. Eso lo había aprendido en las terapias: detenerse, un freno a la tercera persona y un cambio verbal, aunque detestaba hacerlo.

—Escapé de casa. —Se abrazaba a sí misma para entrar en calor, pues aún sentía el frío de la lluvia entumeciéndole los huesos.

Los ojos de las mujeres tropezaron con los de Sofía.

—Vaya, tú sí que eres honesta —celebró burlona Luna mirándola de arriba abajo.

Era lo que su madre le recalcaba que debía evitar. «Todo lo dices», le reprochaba molesta.

Sofía puso la mochila en el suelo, entre sus piernas.

—En tu casa seguro están bien preocupados —advirtió Sol.

—Igual no se han dado cuenta, o pensarán que estoy en casa de los vecinos —argumentó Sofía, y miró su sándwich—. No voy a volver a casa.

Saboreaba despacio el emparedado. Evitaba mirarlas, porque dejaban de masticar para hablar con la boca abierta y los residuos de pollo les asomaban entre los dientes. Los perros iban y venían, ladraban y regresaban a echarse al lado de ellas.

—Pobrecita, se ve muerta de frío. Dios quiera y no te agarre una pulmonía. Ven para la casa con nosotras. Necesitas calentarte —propuso Luna.

—Seguro encontramos ropa seca que te sirva. A un palillo como tú, cualquier trapo le sirve —intervino Sol.

Sofía notó que los ojos de ambas mujeres brillaban mientras intercambiaban miradas. Las examinaba cautelosa. No quería equivocarse. Los perros les ladraron a unos transeúntes.

—Esta maldita lluvia no parará en toda la semana —se quejó Sol mientras miraba unas imágenes que pasaban en la televisión colocada en la pared lateral.

Una reportera transmitía desde el oeste y mostraba una hilera de casas afectadas por los recientes terremotos. Aunque no se oía lo que decía, podían leer los subtítulos en la parte baja de la pantalla. Sofía observaba callada; no quería mostrarle su miedo a ninguna de las dos.

—¿Vienes o te quedas? —preguntó Luna.

—No quiero que llamen a Altagracia y me entreguen a mi abuelo.

—Vaya, vaya —dijo Luna—. Es una tremenda idea, pero ni siquiera se me había ocurrido.

Mientras la mujer abría y cerraba la boca, Sofía veía cómo le bailaba la papada. Le faltaban algunos dientes. Al hablar mostraba la mella y al reír le quedaban las encías al descubierto. Sin embargo, algo en su timbre de voz le atraía. Una punzada de indecisión la sacudió. ¿Y si aquellas dos eran de las que raptaban adolescentes? Desde la muerte de su Aba, lo desconocido formaba parte de su vida; tenía que afrontarlo. La lógica redoblaba un «No»; sin embargo, esa empatía que aprendía a reconocer y a expresar la instigaba a ir con ellas, a confiar, a actuar de buena fe, a ignorar su razonamiento. Se forzó a sonreír.

Volvió a mirarlas; no paraban de gesticular y moverse para enfatizar sus frases. Cuatro manos distintas: un par, curtidas, con las uñas manchadas de tierra y los dedos callosos. Luna se quitó el turbante y asomaron las raíces faltas de tinte. Se rascó la coronilla. Tenía el dorso de las manos agrietadas, los dedos torcidos con uñas largas, cuadradas, con diseños de estrellas multicolores.

Sofía necesitaba descansar, renovar las energías y pensar con claridad.

—¿Qué tanto piensas? O te vas con estas brujas o andas sola por ahí. —Luna sonrió mientras volvía a cubrirse la cabeza con el turbante—. Nosotras solo queremos darte una mano.

Sofía desvió la mirada al suelo. Comenzó a cuestionarse por qué había decidido causarles aquel disgusto a sus padres. Se puso triste. Solo pretendía tener libertad para decidir qué hacer con su vida.

—Leemos el futuro, y el tuyo, muchachita, el tuyo se está resquebrajando. Se te ve en los ojos. —Sol aguzó la mirada, como si le mirase el alma.

—¿Ustedes son adivinas? —preguntó Sofía arqueando las cejas.

—¡Cómo se te ocurre! De ninguna manera. —Luna alzó la voz y se llevó una mano a la boca haciéndose la ofendida.

Sol intervino:

—Sí: somos videntes y podemos ver lo que se esconde.

—¿Y cómo ustedes hacen eso?

—Tenemos visiones sobrenaturales, un poder fuera de lo común.

Sofía veía el mañana en términos estadísticos: la predicción de un escenario futuro previsto para una variable.

En otro momento habría echado a correr, pero estaba agotada y era tentador tener dónde esconderse y cambiarse de ropa. Era imposible huir y quedarse a la vista. Había concluido que en el edificio de la calle Sol estaba más expuesta a que la encontraran. Huyó al vecindario de su padre porque le resultaba familiar, y ahora admitía que debió haber ido en otra dirección. El frío le entraba por los pies: se le había despegado un pedazo de la suela de uno de los tenis. Levantó el pie para ver si tenía solución.

—Ah, caramba, se te rompió la suela. En la casa tenemos pega, igual tiene remedio —dijo Luna encogiéndose de hombros.

La mirada de la mujer se estrellaba con la suya. Tenía los ojos enormes y una expresión afable, a la que Sofía decidió aferrarse. Las figuras abultadas de esas mujeres la instaban a decidir. Y pronto.

—Y entonces, ¿qué vas a hacer? —preguntó Sol.

Regresó al pasado, al insoportable hedor, al momento en que cerró la puerta de su casa, al asesinato del albino, al hombre tirado en el suelo con su bata blanca salpicada de fango. Hizo acopio de toda su fuerza de voluntad para no echar a correr en dirección opuesta. Buscó el reloj en la muñeca. Eran más de las cinco de la tarde; pronto sería de noche. Se llevó la mano a la cadena que le colgaba del cuello y acarició nuevamente la flecha. Necesitaba ganar una noche, al menos mientras trazaba un plan.

Sí, ahora tenía claro lo que debía hacer. Miró a ambas mujeres y esbozó una sonrisa.

La vivienda de Sol y Luna era de madera, pequeña y rústica, pintada de un amarillo chillón, con unas persianas blancas donde asomaba un atisbo de coquetería. Se hallaba en uno de los extremos de La Perla. Desde la terraza, techada con planchas de zinc, ofrecía una vista casi panorámica al mar y al cementerio del Viejo San Juan. No la identificaba ningún número, similar a las muchas casas viejas del barrio. Las ventanas, con lamas de aluminio blanco, permanecían abiertas a causa del calor que se condensaba en las escasas habitaciones.

Sol le entregó una toalla y la enviaron directo a darse una ducha.

—Quítate toda esa mugre de encima.

Sofía llevaba la mochila aferrada y se pegó a la pared por precaución.

—Deja tu bulto ahí en ese rincón.

Sol estiró la mano gruesa para hacerse cargo, pero antes de que alcanzara la mochila, Sofía la dejó en el lugar indicado.

—El calentador es de línea. Cuidado, porque el agua pasa de fría a caliente en un segundo —advirtió Luna.

En el cuarto de baño había una maltrecha repisa de madera llena de potes y, de frente, una tablilla rectangular vacía. En el espejo circular, con los bordes enmohecidos, enganchado encima del lavamanos, Sofía contempló su semblante demacrado, su mirada triste. Cerró los ojos y aspiró hondo hasta llenar los pulmones del aroma a pino que emanaba de la toalla. Un silencio fugaz le recordó la huida y el desasosiego. «No regresaré a vivir tras la muralla azul», se prometió a sí misma para ahuyentar las dudas. No sin ganar algo, ahora que había llegado tan lejos.

El chorro caía fuerte y la presión le reconfortaba. Imaginó que la espuma que se juntaba en la rendija eran pétalos de gardenias, igual que los ramilletes blancos que recogía su abuela en el jardín.

La muerte de su abuela Marta le había cambiado la vida. No pudo evitar pensar en ella, recordar el último adiós. La cremación había sucedido al cuarto día de la muerte. Sofía quería asistir al proceso y, aunque su abuelo y Pandora se oponían a que presenciara la incineración, no hubo manera de hacerla desistir. Como la técnica ya les había informado que uno de ellos podía pasar, le preguntaron si podía ser Sofía y ella asintió con la cabeza, mirando hacia otro lado.

Entró a la sala de incineración acompañada de la técnica. Un lugar estrecho con una lámpara potente que guindaba por un cable del plafón. La mujer le explicó que el primer paso era abrir la caja, y el segundo, trasladar el cuerpo a una mesa de metal. Cuando la técnica se dio cuenta de que Sofía se mordía los pellejos de las uñas le preguntó con voz amable si se sentía bien. Le entristecía la muerte de la abuela, confesó bajando la cabeza. Con la voz empática de quien está acostumbrada a dar el pésame, musitó:

—Puede llorar.

—Lloro muy poco —replicó Sofía.

—A mí me pasa igual, pero a veces hay que dejarse ir y, si una puede, hasta explotar para que se libere el dolor.

La mujer movió el cadáver con una herramienta de metal parecida a la que se usa para introducir la pizza al horno, pero mucho más grande. No tenía el aspecto azulado de cuando lo encontró colgado; tampoco la lengua por fuera. Cuando el cuerpo estuvo colocado en el centro de la plancha de acero inoxidable, la encargada abrió la puerta del horno y un calor sofocante invadió el lugar. Sofía sintió un fuego intenso y comprendió que ese calor sería el último abrazo de la abuela. Contempló el rostro frío. Era como si antes de morir hubiera estado a punto de derramar una lágrima. Le había dolido no tener una despedida. Nadie parecía haberse detenido a reflexionar sobre la razón de la muerte de su abuela, como si esta hubiera sido un trámite inevitable.

Un vacío infinito la lastimaba. La empleada empujó con extrema suavidad el metal, que se deslizó hasta encajar en el conducto. Oprimió un botón amarillo y la puerta se cerró. Las llamas anaranjadas y amarillas salpicadas de vetas azules le llamaron la atención a Sofía. Supo que el fuego que abrasaba a la abuela consumía también sus alegrías y tristezas; engullía sus recuerdos y se apoderaba de su vida. El fuego era semejante al cuadro de Munch que había visto en aquel viaje con sus abuelos a Noruega, y luego en tantas reproducciones y hasta en un rompecabezas que le habían regalado una Navidad. Eran las mismas pinceladas anaranjadas de *El grito.* El grito de la vida, la muerte, el cielo y el infierno... el grito desolador del último adiós.

Sofía se sobresaltó al oír que tocaban a la puerta. Sol le preguntó si se encontraba bien.

—Ya salgo, lo siento.

—¿Todo bien en la ducha?

—Pensaba en mi abuela.

Desde el otro lado de la puerta Sol le dijo:

—Altagracia nos contó lo del infarto de tu abuela. ¡Una mujer con un corazón tan grande!

Sofía no respondió. Eso decía el informe oficial y ella no lo iba a refutar ante unas desconocidas.

—Esta noche prenderemos unas velas para que su espíritu encuentre el camino de la luz.

Al envolver su cuerpo en la toalla, Sofía notó la aspereza de la tela. Un par de minutos después abrió la puerta. Al verla, Sol se echó a reír.

—Quédate ahí. Deja ver si encuentro una bata más chiquita. Con esa pareces un fantasma.

Sofía extendió los brazos, y Luna, que se había arrimado al pasillo, se unió a la algarabía de Sol. Sus risas se transformaron en alegres carcajadas. En aquella casa se vivía un ambiente festivo. Rogaba no haberse equivocado con ellas.

Más tarde, reunidas en la diminuta cocina, Sofía y Luna esperaban mientras Sol exprimía limón con las manos, ayudándose con la punta de un cuchillo para eliminarle las pepitas. Sofía no estaba segura dc querer tomárselo, ya que a la mujer se le escurría parte del extracto por los dedos hasta caer en el vaso. Pese a las interrupciones de los perros, que iban y venían olfateando todo y corriendo de aquí para allá, y los gritos que Luna les pegaba, le explicaron a Sofía que patrocinaban una comunidad que daba albergue a jóvenes maltratadas. También que Luna iría a visitarlas al día siguiente. La mención del viaje le llamó la atención a Sofía. Tal vez Luna sabría explicarle cómo llegar a Isabela. Habría que preguntarle. Además pensó en Dulce Hogar, en lo importante que era para su abuela ayudar a las jóvenes, darles la oportunidad de educarse para enfrentar el provenir. «No pueden ser malas personas las mujeres que ayudan a otras chicas», se dijo. Nada era igual en su casa ni en la del abuelo ni en Dulce Hogar. Pero ¿por qué todo era tan distinto?

Sofía comenzó a mecer la cabeza, un movimiento apenas perceptible que la tranquilizaba. Con el pulgar atrapó la flecha del colgante para arañarlo con la uña. Advirtió que los perros se habían echado a los pies de Sol y de Luna. Mantenían el hocico sobre las patas delanteras y los ojos fijos en la puerta de entrada. Las chancletas descoloridas de las mujeres dejaban ver unos pies agrietados.

Al anochecer cenaron huevos con arroz blanco. La pareja bromeaba sobre Sofía porque se negó a mezclar la comida. Se comió ambas cosas por separado: no le gustaba que los alimentos se tocaran unos con otros. Sol y Luna actuaban como si ella no estuviera presente. Sofía se limitó a esbozar una que otra sonrisa, ya que no comprendía el hilo de los chistes.

—Lo único que no se llevan los muertos son los recuerdos que una tiene de ellos — dijo Sol, pensativa, cuando Sofía le contó que las fotos que conservaba de su abuela eran su mayor tesoro.

—Mientras más vieja me pongo, más miedo le tengo a la muerte —concluyó Luna mientras encendía un cigarro.

Al terminar de cenar, no accedieron a que las ayudara a recoger los trastes.

—Deja, deja, no te levantes.

Al menos le permitieron volver a colocar las flores plásticas en el centro de la mesa. Nunca había visto una canasta de rosas rojas tan descolorida.

Vio a Luna cerrar la puerta principal con una tranca de madera horizontal. Las mujeres encendieron una vela blanca por el alma de doña Marta y después otras, amarillas y azules.

El estrépito del mar marcaba las notas del entorno.

—Las amarillas son una invitación a la luz positiva. Las azules son la sombra que lleva al abismo —explicó Luna apagando la cerilla.

La frase llevó a Sofía a un documental sobre los colores, que cerraba con las palabras que, según afirmaba, Goethe pronunció antes de morir: «Buscar la luz hasta el último instante de vida». Eso quería hacer ella.

El olor a valeriana del incienso le llegaba muy suave y le gustó. Al inhalar el humo comenzó a sentirse relajada. Aspiraba colores, sombras y luces. Escuchó a lo lejos el leve gruñido de los perros en el patio. Sin aviso, Sol prendió un tabaco y comenzó a insuflarlo sobre Sofía, que, sorprendida por el acto, enmudeció sin saber qué hacer ante algo tan extraño. A través de los labios de Sol escuchó una voz masculina ronca, fuerte:

—Que el mal momento que pasa esta niña se convierta en un bosque frondoso. Alejamos el peligro de ella para que la energía productora que duerme en su interior despierte y la dirija a su destino. Que en su descanso pueda dejar afuera todos los pensamientos negros que la atormentan. Que esta hija sea de bien y aporte bienestar a su alrededor. Que sus sueños no la lleven al cementerio, sino a la luz del espíritu.

Sofía disimulaba las oleadas de inquietud que la asaltaban al escucharla. Trataba de acoplarse a las mujeres y de serenarse en aquella casa ajena, que por momentos le parecía hostil y por momentos, cálida. Se esforzó para no comerse el pellejo de las uñas. Tosió. Tenía los ojos inundados de lágrimas por la humareda que se había levantado, caldeando la pequeña habitación. Afuera, el rumor de la noche y del mar se alzaba con fuerza, como una presencia vigilante. Cuando Sol terminó la oración, Luna prendió un ramillete de hojas de tabaco ovaladas y lo pasó por encima de Sofía, de la cabeza a los pies y de los pies a la cabeza, y con un «Curada y salvada seas» procedió a la oración que cerraría el ritual.

—Doce mil veces los adoramos, doce mil veces los bendigo, doce mil veces pedimos que no nos pese haberla encontrado. Que esta noche ella descanse tranquila y la gracia de la caridad sea derramada sobre este hogar.

Sol, mirándola de cerca, añadió con una voz que le estremeció como si fuera una verdad irrefutable:

—Aquí encontrarás el verdadero camino. Ungirás con fuego a tu enemigo. Solo así serás libre. La quema te liberará de tu destino.

—Ahora, a dormir. —Luna le señaló a Sofía el colchón inflable.

Antes de apagar la bombilla enroscada en el rosetón del techo, Sol exclamó:

—¡Que duermas bien!

—Buenas noches —respondió Sofía.

Articuló las dos palabras sin mucha seguridad de poder descansar.

A pesar de estar acostada, no podía conciliar el sueño. «No dudes: ya estás aquí y solo te queda avanzar», se dijo. Al acostumbrarse a la penumbra, Sofía comprobó la austeridad en la que vivían aquellas mujeres. Un sofá de vinil rojo, una mesa de madera de pino con cuatro sillas desgastadas con un cojín marrón en la sentadera, un mueble descolorido con varias gavetas y, en las paredes vacías de cuadros, dos espejos anchos. Le llamaron la atención unas tallas de santos de madera sobre una repisa de metal, rodeadas de envases llenos de cristales de colores. Piedras sagradas, talismanes, amuletos. Había ventilación cruzada y, aunque no tenían aire acondicionado, no sintió calor. El mar traía un leve aroma a coliflor, a veces a maíz. Aquel lugar relajado, pulcro y modesto le era extraño a cuanto conocía. Aun cuando no recuperaba el ritmo normal de la respiración, celebró, pese a la bola que se le había formado en el estómago, haber sobrevivido al ritual. Comenzaba a creer en la posibilidad de ser ella sin preocuparse por sus circunstancias. Despojarse significaba una oportunidad de reiniciar. Colocó las manos sobre el regazo, entrelazó los dedos y notó la piel fría.

Cubierta de pies a cabeza por una sábana fina, casi transparente por el uso, escuchaba el siseo continuo de la conversación que mantenían las mujeres al otro lado de la pared. Al mismo tiempo le agradaba el canto persistente de los coquíes que llegaba de afuera y el rumor del viento salado que accedía por las persianas. Las voces de Sol y Luna se oían tan cercanas que era como si las mujeres estuvieran acostadas a su lado. El mar se ensañaba al embestir las rocas una y otra vez. Sofía no podía conciliar el sueño, aunque tampoco estaba segura de querer dormirse.

—De seguro andan buscándola —escuchó susurrar a Sol.

Se enderezó; intentaba no perder palabra.

—Es una mujercita hecha y derecha —afirmó Luna.

—Lo importante es que con nosotras no corre peligro —aseguró Sol.

Tras un silencio, Luna dijo:

—A lo mejor puede acompañarme mañana a la iniciación.

—Luna, suelta eso. Ya sé adónde quieres llegar. Una cosa es dejarla dormir aquí una noche, y otra llevártela de paseo. Mañana debemos llamar a Altagracia.

—Ay, Sol, ¿qué daño le va a provocar acompañarme al campo?

—Oye —dijo Sol muy bajito—, ya es demasiado que insistas en irte tú. Esos temblores que hay por allá meten miedo. No inventes. Mañana hablo con Altagracia.

—Y dale con Altagracia. Si la muchacha quiere volver a su casa, que la llame ella. El aire de la finca le hará bien —dio por sentado Luna—. Quizá hasta le guste y se quede al lado del Maestro.

—¡No te aceleres, Luna! Ella es la nieta de don Héctor y con eso no se juega.

Luna no respondió, o, si lo hizo, Sofía no la oyó. Comenzó a llover. Rápido la casa se inundó del olor fresco y suave que se levantaba de la tierra empapada. A Sofía le daban curiosidad el viaje y la iniciación que habían mencionado, pero también una escaramuza de pánico. Se puso boca arriba, abrió los ojos y miró al techo, intranquila.

Ya debía de ser medianoche —le parecía como si hubiera pasado un mes desde que escapó— y supuso que sus padres estarían al tanto de su huida. Imaginaba la turbia intuición que los puso sobre aviso después de no encontrarla en casa de Abo ni en el cuarto de baño, las habitaciones ni los alrededores de la casa. Gritarían su nombre sin conseguir respuesta. Las acusaciones entre Alberto y Pandora retrasarían el plan de búsqueda, la lucha de poder. Se entristeció aún más.

Capítulo 9

La despertó el aroma a café mezclado y el olor a pimienta proveniente del humo de un puro. Saludó con un «Buenos días». Se arrodilló en el suelo para retirar las sábanas. Una vez dobladas, las colocó encima de la almohada. Desinfló el colchón de aire, que, para su sorpresa, había resultado muy cómodo. Recordó que Luna le había dicho que solían venir chicas a pasar unos días. Flexionó una pierna para levantarse. A través de las persianas se colaban rayos de luz que hacían sombra en el vinil del suelo. Pidió permiso para usar el baño.

—Ve y vuelve de una vez, que se enfría el café. En la tablilla arriba del inodoro está tu ropa —dijo Sol masticando un pedazo de tabaco que se le asomaba entre los dientes.

—Los tenis hubo que ponerlos en el horno.

—¿Cómo?

—En el horno. ¿No sabes? El calor los secó rápido y el pegamento funcionó. —Le mostró la suela.

Sofía no pudo dejar de fijarse en la mella de los incisivos superiores.

—Gracias, Sol.

Las prendas de ropa desprendían un aroma a suavizante mezclado con vinagre.

Al acercarse a la mesa del comedor vio a las mujeres con unas tijeras pequeñas. Cada una cortaba la parte trasera de un habano. Retiraron la anilla de papel con cuidado e hicieron un corte justo encima de la línea donde el gorro se une con la capa. Asomó una diminuta tripa de tonos rojizos. Luna los envolvió en una toalla húmeda y los guardó en una caja de madera. Un pedazo de papel amarillo, cortado en forma de triángulo y pegado al estuche con cinta adhesiva, tenía dibujadas seis espadas alrededor de una flor.

Sofía no acostumbraba beber café, pero allí lo tomó acompañado de galletas untadas de margarina.

—Sofía, hazme el favor, ven acá. Al mediodía iré a visitar una congregación —anunció Luna encendiendo un cigarrillo—. Llevarán a cabo una ceremonia de iniciación. Es una finca grande, con quebradas y cuevas. Ahí reciben a jóvenes que necesitan apoyo. Se vive como en familia.

—¿Esas cuevas están cerca de las Cavernas de Camuy?

—Sí, entre Camuy, Quebradillas y, creo, Lares —masculló Sol.

—Ahí se unen los tres pueblos —intervino Luna, mordisqueando la galleta con sus dientes mellados—. ¿Por qué no me acompañas? Es un lugar seguro para una chica fugada de su casa.

—Luna, ya anoche hablamos sobre eso… —advirtió preocupada Sol.

Luna puso los ojos en blanco.

—¿A Sofía le gustaría saber qué tipo de iniciación llevan a cabo?

—Sofía, ¿por qué hablas como los robots?

—No la molestes —la amonestó Sol.

Sofía partía la galleta en trozos antes de untarle margarina.

Sol se levantó y regresó con más café, que repartió entre las tres tazas.

—¿Cuál es el propósito de la comunidad? —preguntó Sofía.

—Protegen a las muchachas, las sacan de la calle... algo parecido a lo que hacía tu abuela en Dulce Hogar. ¿Qué dices? ¿Vienes conmigo y vas con Clara a la iniciación? —dijo Luna, para enseguida cambiar de tema dulcificando la voz—. Tienes un dije muy bonito. Es una flecha extraña. Tiene unos dientes diminutos.

Sofía oyó la televisión a lo lejos. Se frotó las manos. Vio a Sol levantarse; arrastraba los pies hinchados. Al llegar justo a su lado, mostrándole la ancha encía al abrir la boca, la mujer le dijo:

—Mira, no tienes que ir si no quieres. Se esperan tormentas. No sé cuál es el empeño de Luna en ir hoy para allá.

Luna le contó que Clara había huido con su hermana menor porque su padrastro las hostigaba. Vivieron una pesadilla y tuvieron que escapar. Alquilaron una habitación barata en un barrio de Santurce; poca cosa: cuatro paredes grises, una cama pequeña y una invasión continua de cucarachas voladoras. Allí estuvieron tranquilas hasta que llegó a vivir un hombre que comenzó a acosarlas también. Día y noche.

—Bueno, estaban aterradas —intervino Sol.

Sofía observó con atención el rostro de la mujer, el movimiento de la boca, los pliegues del cuello, la cicatriz, las patas de gallo, la excesiva papada de sacerdotisa. Entrecerró los ojos para borrar el recuerdo del suicidio de su abuela. Luna notó el interés de Sofía por conocer más y se puso por delante de Sol para captar su atención. Le comentó que un sábado a media mañana, a mitad del culto, la chica entró al templo. Parecía una vagabunda. Iba descalza, llorosa, desorientada y con los ojos muy abiertos. Se sentó en una silla y escondió el rostro entre las manos. Comenzaron un círculo de oración por ella. La pobre había encontrado el cadáver de su hermana colgado de un árbol en la parte trasera de la casa. No pudo explicar los detalles de la muerte; solo hablaba de ese hombre que no las dejaba en paz, que había forzado la puerta de su habitación. Se había metido en la cama e intentó acariciarlas. Lo empujaron y echaron a correr. Él las persiguió. Ella pudo huir; no así su hermana. La chica se quedó a vivir con ellas por unos días.

—Intenté llevarla con su mamá —intervino Sol—, pero no hubo forma. Se quejaba de que aquello era un infierno. A ti no sé lo que te pasó, pero será alguna bobería.

Sofía solo la miró.

—Aquí no puedes estar mucho tiempo —le explicó Luna—. La policía nos vigila. La supuesta droga en el barrio hace que pongan los ojos en el vecindario. No has dicho por qué te fuiste de tu casa, pero te aseguro que en el campo estarás mejor. No me mires así. Eres rara y tu voz suena hueca, pero los espíritus te cuidan. Ven conmigo y nadie te encontrará. Quizás hasta te haga bien ser amiga de Clara. ¿Qué dices?

Luna se había quitado el turbante blanco y Sofía creyó que las orejas puntiagudas de la mujer se movían. Desvió la mirada y por la ventana pudo observar el cielo tiznado de cenizas, como un presagio oscuro.

Ambas la miraban, allí de pie, una al lado de la otra; parecían dos mujeres embarazadas sujetándose el estómago. Sonó el teléfono y Luna salvó la distancia para contestar el móvil, que había dejado sobre la mesa del comedor. Sofía observó una expresión fugaz de alarma en el rostro de Luna y luego indiferencia, tal vez fingida. Salió al patio para evitar la mirada inquisitiva de las mujeres. Los dos perros la siguieron. Los vio rastrear el terreno como si fueran cazadores. Eran flacos, pero estaban a gusto. Corrían con el hocico abierto y la lengua colgándoles por fuera. Se acercaron a las piernas de Sofía. Hasta que no les acarició el lomo, no sc alcjaron. El sato, que era de pelaje descolorido, entre amarillo y marrón, regresó, se irguió en dos patas y descansó las otras dos en el abdomen de Sofía. Con voz regañona le pidió que se bajara, pero no se fue hasta que la joven le dio unos golpes cariñosos. Chihuahua (así lo llamaban las mujeres) subía y bajaba de una punta a otra del patio, olisqueaba los troncos, levantaba la pata y orinaba. Cuando Sol lo llamó, el animal se detuvo, alzó las orejas y corrió hacia ella. Al cogerlo, el perro acomodó la cabeza en su hombro.

El cielo comenzó a despejarse; lucía muy diferente al nubarrón encapotado del día anterior. Sofía distinguió una que otra nube blanca. Se detuvo al lado de las trinitarias. Los perros habían vuelto a acercarse; jugaban a dar vueltas en la yerba y después echaban a correr. Observó las espigas moradas; acarició los brotes que florecían en grupos de tres. Eran suaves al tacto, como si una fina capa de cera las cubriese. Tuvo cuidado de no hincarse con las espinas. Supuso que el entorno en la finca a la que la invitaban no podía ser más árido que su hogar, pero la realidad era que la ecuación de personas desconocidas versus la realidad insostenible con su madre le causaba agitación: el pulso se le aceleraba de tal manera que escuchaba el eco repicarle por todo el cuerpo, como una alarma que se hubiera activado de pronto. Quedarse uno o dos días en un albergue que daba cobijo a chicas de su edad le pareció una buena idea. Luego trazaría su propia ruta.

Retrocedió al día anterior, pegada a las paredes para guarecerse de la lluvia como una vagabunda, pisando charcos, salpicada por olas de agua sucia levantadas por las llantas de los coches, impactada por la iguana hecha pedazos, el torrente de agua haciéndola pensar en una pulmonía, agobiada por la casa descolorida, el pitbull lastimado, el hombre del tatuaje en forma de granada tirado en el suelo, el otro individuo, el ulular de la sirena de la ambulancia, los biombos azules de las patrullas, la desesperación, la acogida de Sol y Luna, y ahora, como por arte de magia, la oportunidad de llegar al noroeste. ¡Qué más podía pedir! Estaría a un paso de instalarse en Isabela y a nada de consumar su viaje a Miami. Entró decidida a la casa. Luna abrió la boca para decirle algo, pero Sol le puso una mano en el hombro.

Sofía carraspeó y, con voz monótona y lenta, porque no le salía de otra forma, anunció:

—Sofía irá con Luna.

Un optimismo extraño arropó a Sofía al pronunciar aquellas dos palabras, que sonaron rotundas. Luna aplaudió. Se aproximó para abrazarla, pero Sofía extendió los brazos y la mantuvo a distancia.

—Sin abrazos —advirtió; las mujeres se miraron—. Sofía irá con Luna, pero quiere que después de la iniciación la lleves a casa de un amigo en Isabela —propuso mirándolas alternadamente.

Sol intervino:

—¡Eso es una locura! Una cosa es que acompañes a Luna; otra, que te deje en casa de quién sabe quién. Anoche te trajimos para que no estuvieras dando tumbos por ahí sola…

Luna interrumpió a Sol y, con una expresión en la cara de «Me salí con la mía», aceptó la propuesta.

—¡Sí, sí, cuenta con eso!

Sofía les informó que antes debía hacer algo más.

—No te pongas a inventar —sentenció Luna.

—Sofía quiere ir hasta la Capilla del Cristo.

Sin dejar que la interrumpieran, les explicó que siempre que visitaba el Viejo San Juan hacía ese recorrido.

—Oye, te fugaste de tu casa, no estás en posición de irte por ahí a turistear…

—Luna, déjala tranquila.

Todos los intentos de Luna por convencer a Sofía de no salir fueron en vano.

—Pero avanza; apenas llegues, nos vamos —enfatizó.

Mochila al hombro, Sofía se dirigió a la salida. Sol se ofreció a acompañarla hasta el cementerio, pero no aceptó. La mujer terminó explicándole cómo llegar a la Capilla del Cristo a través de varios callejones.

—Esa ruta dificultará que te vean, aunque yo que tú resolvería los problemas en tu casa. La calle no está para andar por ahí sola —insistió Sol mientras Sofía se alejaba.

La vista del cementerio Santa María Magdalena de Pazzis la entretuvo un rato. Aunque era una zona vedada a los vehículos, Sofía se ocultó tras unos árboles. Cuando era pequeña, su abuela le había contado que lo construyeron fuera de la muralla del Fuerte San Felipe del Morro y de cara al Océano Atlántico para que las almas pudieran cruzar al más allá. Le atraía visitar el camposanto. Desde lo alto divisó su lugar favorito: la capilla circular de estilo neoclásico, con su sólido techo de ladrillos. Pese a la advertencia de Luna de volver rápido, se quedó unos minutos mirando las casas de colores colgadas de la muralla y escuchando el crepitar del mar contra las rocas.

Una tarde, mientras charlaban en el jardín, su Aba le había dejado saber que deseaba ser enterrada allí. Sin embargo, según supo después, para su abuelo Héctor tal deseo representó un agravio, algo intolerable, y recién ese día, en esa libertad que le había conferido la huida, se daba cuenta de hasta qué punto su abuelo dominaba todas las decisiones de Aba, incluso la del descanso eterno. Por eso, contra su voluntad y la de Pandora, las cenizas de doña Marta yacían bajo los cimientos de una iglesia en Río Piedras. Luego de una propina a los trabajadores, la urna fue enterrada donde, según el plano, se levantaría el altar mayor. No hubo esquela ni velorio. No lo vio lloroso ni triste, aunque nunca había sido muy expresivo. Tenía una manera particular de querer. «Abo era como dos hombres en uno», pensó Sofía: «severo con unos, cariñoso con otros; como el camaleón, unos días exigente, otros, manipulador». Así lo veía ella. «Imposible definir su personalidad».

Sofía caminó por las calles del Viejo San Juan tratando de no tener miedo, pensando que estaba cerca de un logro en esta aventura sin sentido que ahora, al fin, parecía un plan realizable. Se desplazó por los callejones. Se detuvo en una de las calles y, después de mirar a derecha e izquierda, cruzó. Supuso que habían atracado cruceros en el muelle porque a esa hora de la mañana los turistas bombardeaban con sus cámaras la ciudad vieja, un verdadero ejército con pantalones cortos, gafas de sol y gorras de beisbol. Volvió a mirar su reloj. Apenas eran las nueve de la mañana.

Se negó a calcular la gravedad del peligro al que se exponía al haber huido. La cifra de una muchacha desaparecida cada semana en los últimos meses resultaba alarmante. Se propuso evitar seguir analizando su decisión y los riesgos: debía asumir las consecuencias de sus actos.

No había llegado aún a la capilla del Cristo cuando se detuvo en seco. Allí, a la altura de la calle Cruz con la calle Fortaleza, vio la todoterreno de Juanito doblando a la izquierda. Un policía desviaba el tráfico. No podía ser casualidad. Por supuesto que su abuelo estaría buscándola; ya habían pasado casi veinticuatro horas desde su partida, y no había mejor lugar que el Viejo San Juan para comenzar.

Supo que si la veía no tendría muchas oportunidades de escapar. Miró a su alrededor; decidió retroceder y guardar la mochila en uno de los casilleros que rentaban para turistas. No quería cargar hasta Isabela con las fotografías de su abuela ni el rosario. Si los extraviaba no se lo perdonaría jamás: eran su tesoro. Primero debía llegar al lugar al que la llevaba Luna, luego a Isabela y finalmente a Miami.

Entró a un pasillo con múltiples tiendas. Tenía que pensar rápido. Miró a todos lados hasta ubicar el rótulo de almacenamiento de equipaje y le informó al dependiente que dejaría la mochila por dos semanas. El joven, un pelirrojo rapado como *marine* y un arete en la nariz, le explicó, mirándola con cierta desconfianza, que solo guardaban equipaje por doce horas. Sofía supo que tenía que tomar una rápida decisión. Después de unos minutos de charla, el pago y cincuenta dólares de propina, dispuso de un encasillado «por el resto del mes, si quieres». Antes de guardar la mochila sacó una cartuchera pequeña que siempre llevaba consigo. Se cercioró de que tenía la licencia de conducir que recién había sacado y la tarjeta de débito, y extrajo quince billetes de veinte. Verificó también que estuviera en la cartuchera el cúter que siempre guardaba allí. Después de asegurarse de que lo tenía, metió el dinero y la llave del casillero, cerró la cremallera, y se la cruzó por encima de los hombros.

El objetivo era pasar inadvertida. Un paso en falso y acabaría en un cuartel de la policía o, si iba con suerte, de vuelta en su casa. Se sintió hundida. Por ser menor, los agentes podrían dejarla a cargo del Departamento de la Familia para que investigara qué hacía una jovencita tan lejos de su hogar y sin permiso de sus padres.

Aceleró el paso para evitar escuchar los golpes de la razón, como una mano que llama desesperada a una puerta. Al llegar frente a la casa amarilla vio a Sol sentada en el patio delantero, en un sillón al que le faltaba un brazo. Al notar su presencia se levantó con mucho esfuerzo. El exceso de peso no la ayudaba. Vio que Luna observaba desde el umbral de la puerta. A Sofía le bailaban los huesos.

Un poco antes de mediodía, casi cuando se disponían a marcharse, Sol contestó el móvil.

—Era Altagracia. Le conté que estás aquí —dijo Sol mirando a Sofía.

—Pero Luna dijo que llevaría a Sofía a Isabela —articuló nerviosa.

—¿Tú te estás poniendo loca? —recriminó Luna a Sol.

—Ella me llamó. Juanito anda como loco buscándola y alguien le dijo que nos había visto con ella. Altagracia llamará a Juanito para que venga a recogerla.

—Sol, ¿tú te estás escuchando? Sofía, rápido, avanza, vámonos de aquí.

Sol se dirigió a Sofía:

—Si yo fuera tú, no me movería de aquí. Altagracia me dijo que cuando tu papá fue a buscarte ayer a casa de tu abuelo, lo estaba esperando la policía. Tu mamá pidió una orden de protección contra tu papá y supuestamente en diez días se verá. Pero haz lo que entiendas…

—¿Qué ha hecho mamá? Ella miente, papá no le hizo nada —argumentó Sofía sin disimular el impacto de la noticia.

—Eso no es todo —agregó Sol bajando la voz—: Altagracia me dijo que después del revolú que se armó tuvieron que internar a tu mamá en Capestrano… Esto se ha ido de las manos. Lo mejor es que vayas con Juanito y luego veas qué hacer.

—Ya cállate, Sol —ordenó Luna.

—¿Y tú qué tanto empeño en ir? ¿No has visto en las noticias esas casas rajadas en dos? Muchas familias, en la madrugada, han tenido que mudarse a refugios porque están aterrados por los derrumbes. Hubo carros que se los comió la tierra. ¡Se los comió la tierra! No, no me mires como si estuviera loca. A mí esas crecidas de los ríos por allá me ponen mal de los nervios.

Sofía ponderó no ir a la iniciación. Pero si la vista era en diez días, reflexionó, ¿con quién se quedaría? La única opción era marcharse con Luna.

Con una mirada apagada, Sofía miró a las mujeres.

—Deja que esa muchacha vuelva a su casa —insistió Sol.

—De ninguna manera —intervino Luna—. Sol, ¿qué te pasa a ti? Tú no tienes remedio, siempre tan catastrófica. Nosotras nos vamos ahora mismo. Sofía ya lo decidió.

—Sofía, ¿crees que si vuelves a tu casa todo será como cuando vivía tu abuela? Ninguna diferencia vas a encontrar —afirmó Luna.

Sofía pensó en lo que Luna acababa de decir y supo que las cosas no cambiarían. Su mamá recluida en un psiquiátrico, su papá alejado por una orden de protección del tribunal, y ella sin otra opción que permanecer encerrada en la casa de su abuelo. Por un lado, la vida de siempre, y por otro lado, Isabela. Si fracasaba, le quedaría la satisfacción de haber luchado por su independencia. No deseaba que, después de tanto esfuerzo, su partida quedara como un pueril intento de fuga.

—Luna, ¿le prometes a Sofía llevarla a Isabela?

—Cuando finalice la iniciación, te llevaré a casa de ese amigo tuyo.

Sofía ayudó a Luna a cargar una caja llena de víveres. «El inicio de un nuevo camino», pensó abandonando aquel refugio temporero y subiendo a la camioneta. Al montarse, chocó la rodilla con la guantera y se abrió el compartimiento. Quedaron a la vista unas fotografías en blanco y negro. Eran jóvenes embarazadas, una muchacha por foto, paradas frente a un telón crema, sonriendo a la cámara. En ese momento, Luna, que subía a la camioneta, vio a Sofía pasando una tras otra las fotos.

Después de acomodarse en la silla, abrocharse el cinturón de seguridad y poner las manos en el volante, la mujer comentó:

—Fíjate qué felices se ven. Las vamos a usar para un catálogo. Hemos ayudado a todas estas chicas. —Sonrió orgullosa.

Sofía no supo qué responder. Devolvió las fotos a su lugar. «Un nuevo comienzo para Sofía», pensó, y le pareció una buena decisión correr el riesgo de acompañar a Luna.

SEGUNDA PARTE

Capítulo 10

Al escuchar el portazo del Jeep, Sofía se levantó asustada. Vio a Luna fuera del coche y se bajó también. Se encontraban frente al patio delantero de una casa solitaria, oculta por pinos y palmeras.

—Sofía siente como si un camión le hubiera pasado por encima.

—El viaje fue un poco cansón —estuvo de acuerdo Luna—. También yo estoy hecha polvo. Necesito una cervecita para espantar el calor.

—A Sofía un vaso de agua le vendría bien —dijo la joven estirando los brazos hacia el frente. Estaban paradas al costado del Jeep. Agregó—: Sofía está un poco cansada.

Lo último que recordaba era que había comenzado a llover. Se fijó en el parque que había al lado opuesto de la casa. Los bancos estaban vacíos y parecía como si el césped jamás se hubiera pisado. Le dolía el cuello. Giró la cabeza varias veces, de izquierda a derecha. Ningún alivio.

—¿En dónde estamos? —Vio el lugar vacío de gente.

—En la propiedad del Maestro.

—¿Por qué lo llaman así?

—Es el líder de la congregación —dijo Luna—. Les da trabajo y vivienda a los miembros de la comunidad. Es su guía espiritual.

—¿Esta es su casa?

Luna la miró con una sonrisa y extendió un brazo para abarcar una zona ilimitada.

—Todo el lugar es suyo.

—Increíble —dijo Sofía mirando a lo lejos.

Distintos verdes, algunos desteñidos, otros brillantes, asomaban en la grama y en los árboles. Era un lugar de silencios inquietos, poco común, nada parecido a los que conocía. Observaba la luz caer justo por encima de Luna. Su perfil quedaba a contraluz.

—¿Te gusta lo que ves? Aquí puedes ser libre —proclamó de pronto Luna muy segura.

Sofía fijó la vista en el parque; seguía desierto. Escrutaba el lugar muy despacio. Ni una sola persona. Tampoco circulaban automóviles ni había otras casas a la vista. Algunas palomas revoleteaban en torno a un cable que iba de un poste de electricidad a otro. Caminaron hasta la parte posterior del Jeep. Luna sacó un bolso de tela del baúl y se lo entregó a Sofía.

—Aquí tienes unos cambios de ropa unitalla que había en casa. Con eso puedes aguantar hasta que llegues a Isabela.

Sofía se colocó el bolso en el hombro; estaba tan deteriorado que le pareció que se desfondaría. Se acercó a Luna y, al igual que ella, se apoyó en el bonete. Una al lado de la otra, tan distintas y extrañas.

Un individuo se detuvo al otro lado de la calle de aceras quebradas. Llevaba un pantalón oscuro de patas anchas y una gorra de beisbol que desentonaba; por los lados se le escapaban mechones grises de cabello. Con la mano izquierda columpiaba un paraguas y había algo siniestro en ello, como si fuera un personaje de Dickens.

—¿Quién es él? —Sofía lo señaló con la barbilla.

—Es uno de los vigilantes del Maestro. Ya saben que llegamos. Espera aquí.

Sofía la vio cruzar la calle sin apresurarse, mirando a un lado y a otro.

Parecía un domingo de fin de semana festivo, uno de esos que la gente se marcha a disfrutar de la playa y la ciudad queda desierta.

Desde la acera opuesta, Sofía observaba a Luna hablar con el guardián. El hombre se movía inquieto y de vez en cuando miraba hacia los lados. No dejaba de mecer el paraguas hacia adelante y hacia atrás, como un péndulo amenazante. Parecían discutir, pero sin elevar el tono. Sofía trató de ignorar los movimientos de la pareja, pero solo podía concentrase en ellos. La pesadez de los párpados comenzaba a disminuir. El sueño se había esfumado, pero su mente continuaba cubierta por una nube rala.

Luna regresó a su lado y, sin dejar de mirar al vigilante, le dijo a Sofía que tenían que esperar por las llaves. Después agregó:

—Si yo fuera tú, nunca me iría de aquí.

—Sofía irá a Isabela como le prometiste. —Observó a Luna ajustarse el turbante con indiferencia.

Sintió el estómago virársele, como lo sentía en las montañas rusas al tomar un declive a velocidad de vértigo. Entendió entonces que el miedo podía ser peor en esta instancia que en el parque de diversiones.

—Ay, muchachita, no me mires así —se mofaba Luna.

—¿Acaso no cumplirás tu palabra de llevar a Sofía a Isabela?

—Basta ya, dame un respiro.

La conversación se vio interrumpida por un hombre de pelo rubio, corto, con mechones castaños, de mediana edad, que había aparecido en una bicicleta de montaña. Se detuvo; un pie en el pavimento, el otro en el pedal. Llevaba un polo negro muy ajustado, vaqueros y gafas que le cubrían incluso las cejas. Las observó con estudiada indiferencia. Al bajarse, se acercó a Luna, le susurró algo y después le entregó tres llaves.

—Haz bien lo que te corresponde hacer —pronunció despacio, con voz de barítono, en un tono más alto de lo normal. A Sofía no le pasó desapercibida la incomodidad de la mujer. Al verlo alejarse, le preguntó quién era.

—Mejor no saber —atajó Luna con mirada inexpresiva, apoyando la mano en el bonete.

Sofía temió que Luna la obligara a quedarse en ese lugar. La aspereza de su voz le hizo cuestionarse por qué había aceptado ir. Sintió miedo de haberse equivocado al confiar en ella. En el Viejo San Juan había sido atenta, pero allí se comportaba como si estuviera cumpliendo un cometido.

Sofía subió los escalones detrás de la mujer. No podía quitar la vista de los zapatos blancos y cuarteados de Luna. La suela del izquierdo estaba muy desgastada. Estuvo a punto de preguntarle dónde dormiría cuando contempló asombrada el imponente balcón que daba vuelta a la casa. Se detuvieron en el rellano.

—A Sofía no le gusta tu actitud.

—¿Vas a seguir? —advirtió Luna levantando la voz—. Después de un viaje tan largo necesitamos callarnos, al menos un rato. Estoy tensa; cuando cayó el diluvio universal tú venías dormida, así que cállate un rato en lo que me relajo un poco.

Tras varios intentos fallidos de Luna por abrir la cerradura, Sofía intervino.

—Deja que Sofía lo intente.

Luna se hizo a un lado, arrugando la cara.

Sofía haló la puerta hacia ella, giró la llave y abrió al primer intento. Al entrar percibió un vacío comparable con la soledad que la embargaba en ese momento. Observó una gran sala de estar. Tenía el área de comedor integrada y una estancia rebosante de luz, con un sofá y dos sillones con respaldares de paja iluminados con crudeza. El conjunto le daba al escenario un aire colonial. En las paredes colgaban pinturas que exhibían, al parecer, paisajes del lugar. En la pared del fondo había un reloj redondo con el borde de metal. Era moderno y por eso se veía extemporáneo. Las agujas marcaban las tres y media de la tarde. Sofía miró su reloj y comprobó que estaba en hora. Pese al comportamiento de Luna, no le quedaba más remedio que volver a confiar en ella. Después de todo, el lugar parecía apacible, nada dañino, como un club campestre de poca monta. Solo existía una oportunidad para llegar a casa de los papás de Ricardo en Isabela, y esa oportunidad, le gustara o no, se llamaba Luna. Avanzaron por un largo pasillo; al llegar al final se detuvieron frente a una de las puertas.

—Muchacha, ¿y esa cara de pocos amigos? Relájate —dijo Luna.

Entraron a una alcoba muy iluminada, con un área independiente de *kitchenette*. Las cortinas que cubrían las ventanas eran rosas y baratas, al igual que la del baño. La cama, una silla y un escritorio completaban el escaso mobiliario de la habitación. Sería modesto, pero estaba impecable, y eso le produjo a Sofía un gran alivio. La alacena estaba surtida con cereales y algunas latas que podía abrir, calentar y comer.

—Qué suerte has tenido de haberte topado con nosotras —sonrió ufana Luna, adivinando sus pensamientos—. Acomoda el cambio de ropa y me devuelves el bolso.

Sofía lo hizo todo a cámara lenta. Estaba exhausta. «Sofía no se rendirá», se repitió varias veces para darse ánimos y no desfallecer ahí mismo.

Al rato oyó a Luna gritando:

—¡Contigo se puede mandar a buscar la muerte!

Sofía fue corriendo a la sala y al llegar advirtió el semblante de Luna desencajado.

—Acabo de recibir una llamada de Sol. Estoy preocupadísima.

—¿Qué le pasó?

—Pues que el matón de Juanito, al no encontrarte en casa, se puso agresivo con ella.

—Juanito sería incapaz de lastimar a nadie.

Luna la miró y se echó a reír.

—Tengo que volver a San Juan ahora mismo.

—Sofía se va contigo…

Un tímido «Llegué», seguido por un toque en la puerta, las interrumpió. Luna abrió. Era una chica con una sonrisa algo tímida y cierta tristeza que oscurecía el verdor de sus ojos. Sofía intuyó que se trataba de Clara.

—Estoy segura de que serán muy buenas amigas —dijo Luna al presentarlas.

La joven tenía las manos hundidas en los bolsillos del vestido, los ojos verdes muy abiertos pero apagados, y la nariz chata. Sofía tuvo la impresión de que, al igual que ella, era una muchacha solitaria. Supuso también que podía estar equivocada, ya que la realidad no siempre se reconocía a simple vista ni se manifestaba en la primera impresión. Vio que la chica había dejado caer los brazos a los lados. Era más baja que ella, tenía busto y un rostro redondo que le recordaba al de las muñecas. Movía los dedos y apretaba el índice con el pulgar. No se enterraba las uñas porque las tenía muy cortas, sin pintar.

—Más tarde, Clara te llevará a dar un paseo para que estires las piernas. El lugar es seguro y, si después lo deseas, podrás descubrirlo por tu cuenta —dio por sentado Luna.

—Estoy muy agradecida de que hayas venido —intervino Clara.

Sofía la miraba de reojo. Aunque Luna las había presentado, ni ella ni Clara se habían hablado la una a la otra. Aquella voz le sonó familiar; era suave y rítmica.

—Tienes un nombre bonito. Al pronunciarlo, suena líquido —dijo Sofía sin pensarlo mucho.

Luna se volteó a mirarla y, con ambas cejas levantadas, la increpó:

—¿Líquido? ¡Cuánta bobería!

—Tu nombre, en cambio, suena potente —prosiguió Clara la conversación.

—A Sofía nunca le habían dicho algo así.

Hubo un breve silencio. Clara seguía con la cabeza gacha, como si hubiese dicho algo impropio.

—¿Tienes algo para mí? —le preguntó Luna a Clara, interrumpiendo su sigilo.

—Daniel dijo que pasaras a ver al Maestro —respondió mascullando las palabras y entrelazando los dedos de las manos a la altura de las caderas.

—Pero ¿no viste al Maestro?

—Cuando lo llamaste a media mañana, yo estaba con él. ¿No te acuerdas que hablamos un rato?

—Sí, pero es muy extraño, porque me dijo que cuando yo llegara él estaría atendiendo un asunto fuera de aquí.

A Sofía la pusieron nerviosa la cara de preocupación de Luna y la tensión de Clara.

—¡Qué mal! No quiero que de vuelta me agarre la noche —comentó Luna.

—Sofía volverá contigo.

—Ni lo sueñes; si después de la iniciación insistes en abandonar este paraíso, volveré por ti.

Se recogió el pelo y dejó ver las orejas puntiagudas, que enseguida escondió al ponerse el turbante. Mientras veía salir a Luna contrariada, Sofía se preguntó si no había caído en una trampa por ir en busca de su libertad. La mujer ahora le parecía perversa, o cuando menos poco transparente, y ese lugar, una nueva prisión.

Antes de abandonar la estancia, Luna se acercó a Sofía y, como si se tratara de un secreto, musitó cerca de su oído:

—El Maestro es tu camino. —Al pronunciar esas palabras salió disparada de la estancia sin volverse hacia ellas.

Desde el balcón, Sofía alcanzó a ver la humareda que dejaba el mofle del Jeep al doblar la esquina. Avanzaba a toda prisa, como si huyera.

Al girar casi choca con Clara.

—¿Confías en Luna? —le preguntó aprehensiva.

—No te preocupes por Luna. A ella le gusta el drama —dijo Clara con una sonrisa dulce, y se tocó la mejilla—. Imagino que estás contenta de estar aquí. Con la basura que hay acumulada en tu casa, el cambio de ambiente te vendrá bien.

Un estremecimiento le subió a Sofía a la cabeza como un torbellino. Acudieron a su mente, otra vez, el torrente de imágenes que la motivaron a escapar: las pilas de periódicos y revistas amarillentas, bolsas de basura a reventar, las cajas hasta el techo, la cocina llena del hedor a comida podrida, el fregadero repleto de trastos, las hormigas, las cucarachas, los ratones… Estaba irritada; deseaba saber por qué Clara conocía aquella información. La cogió por el brazo y la apretó con fuerza.

—¡Dile a Sofía quién te ha dicho eso!

El arrebato solo le duró unos instantes. Peleaba consigo misma por contenerse, hasta que la mano fue relajándose.

—¿Acaso Luna y Sol no te contaron sobre mí? —preguntó Clara con suavidad mientras se tocaba el brazo.

—Sí, pero ese no es el punto —reclamó molesta.

La tensión era palpable. Sofía hizo un esfuerzo por serenarse. Clara la miraba con ojos atentos y tuvo la sensación de avanzar sobre arenas movedizas.

—Oye, soy una aliada, no una enemiga —afirmó Clara con cierta gravedad en la voz.

—Sofía nunca les mencionó a Sol ni a Luna nada sobre la basura —explicó, frotándose las manos con fuerza—. ¿Cuándo te enteraste? Apenas hemos llegado.

—El Maestro dijo que vendrían, que habías escapado de tu casa porque tenías problemas con tu mamá. Le contó también a Luna lo de la basura. Yo estaba con él y lo escuché. Después ella me contó todo, y también que vendrías para acompañarme a la iniciación.

No conocía a nadie que pudiera contarle al Maestro sobre aquella situación tan delicada y personal. Frunció la boca y se le dibujó en el semblante una mueca de extrañeza. ¿Quién lo sabía? La pregunta sin respuesta la mortificaba.

Cambiemos de tema —propuso Clara mientras se alisaba el vestido.

«Piensa, Sofía, piensa, y por una vez, calla».

—¿Por qué no salimos a dar una vuelta por ahí? Es mejor que permanecer aquí encerradas —propuso Clara sirviéndose un vaso de agua—. A dos cuadras hay una plazoleta. ¿Qué tal si caminamos hasta allá? Aprovechemos esta tarde soleada; la última semana no ha parado de llover, y para mañana se espera otra vaguada.

—¿Cuántos años tienes? —preguntó Sofía de pronto.

—Hace un mes cumplí dieciocho —respondió Clara sonriendo.

Sofía paseó la vista por la habitación y su rostro se llenó de la luz que entraba a raudales.

—Sofía tiene dieciséis —confesó.

—Cuando yo tenía tu edad, escapé, al igual que tú.

—¿Así fue como conociste a Luna y a Sol?

—Conozco sobre todo a Luna; ella me trajo hasta aquí. —Hizo un mohín—. Oye, en serio, salgamos a dar una vuelta para que te despejes.

Sofía aceptó.

El aire olía a esencias florales, y Sofía respiró aliviada. El parque continuaba desierto. Durante el primer tramo de la caminata vio árboles frondosos a ambos lados de la carretera de piedras, pero a ninguna persona. Al cruzar una explanada rodeada de robles amarillos escuchó voces. Prestó atención a lo que las rodeaba. Se concentró en la figura de un anciano que avanzaba frente a ellas con unas espigas de orquídeas en los brazos; las cargaba con gran cuidado, como si llevara a un bebé. Otros dos hombres, vestidos con camisa de manga corta, las adelantaron a grandes zancadas.

—¿Estás a gusto en este lugar? —preguntó Sofía después de caminar un rato en silencio junto a Clara.

—Sí, aquí encontré tranquilidad y no he tenido que preocuparme por sobrevivir.

Por un segundo Sofía cerró la boca. Miró los ojos verdes de Clara. Inhaló despacio.

—Clara, ¿no extrañas a tu familia?

—Antes sí. Mi hermana y yo abandonamos la casa porque la situación con mi padrastro se puso insoportable. Mi padre le pegaba a mamá; por eso se divorciaron. Luego ella volvió a casarse con un hombre que a las tres nos parecía un buen partido.

Al llegar a la siguiente cuadra, el ruido estruendoso de una grúa destartalada que iba a toda carrera hizo que voltearan a mirar.

—¿Tu papá también les pegaba a ustedes?

—No, a mi hermanita y a mí nunca nos puso una mano encima. Tenía cambios de ánimo; a veces parecía calmado y otras un demonio furioso.

Entraron a una plaza. A Sofía le llamó la atención un edificio rectangular, construido en cemento. Se accedía a través de un portal sencillo: la misma austeridad que veía por todas partes.

Cayó un rayo y ambas se inquietaron cuando la tierra se estremeció.

—Clara, ¿por qué escapaste de tu casa? Sofía quiere escuchar tu versión.

—¿Siempre eres tan directa?

—Sofía dice lo que piensa. A mamá eso le disgusta.

—Los secretos no existen; si le cuentas algo a alguien, ya no hay secreto. Por eso aquí somos honestos unos con otros... No hay nada que ocultar. —Bajó la cabeza y clavó la mirada en sus sandalias—. A mi padrastro le encantaba tocarnos. Cuando mamá estaba en el trabajo, después de que mi hermana y yo nos tomábamos una ducha él nos pedía que nos sentáramos en una silla y nos acariciaba el pecho. Sus dedos caminaban desde el abdomen hasta la entrepierna y allí permanecían un rato. Se le alteraba la respiración y, aunque nos dolía, nos quedábamos tiesas. Le gustaba que tembláramos.

Entonces bajaba el zíper de su pantalón y se acariciaba el... tú sabes. Volvíamos a ducharnos para limpiarnos lo que derramaba sobre nosotras. Por eso huimos sin decirle nada a mami, para no darle un disgusto. Queríamos evitarle más tristezas. Nos equivocamos. Debimos ser francas con ella, contarle lo que pasaba, pero no lo hicimos. Después, sin mi hermana, no tuvo sentido volver.

Al terminar de hablar cruzó ambas manos en el regazo, como si tuviera frío. Había agachado la cabeza y sus ojos permanecieron inexpresivos como los de un pájaro moribundo. Sofía vio cómo a Clara se le esfumó la alegría y se le congeló la sonrisa. Sabía bien del sufrimiento de perder a alguien querido, de la desesperación y las sombras que asomaban al no obtener respuestas a los porqués de una muerte inesperada.

—¿Es verdad que tu hermana se suicidó? —murmuró Sofía con una mezcla de impotencia y tristeza. Se levantó inquieta.

—¿Te lo contó Luna? —preguntó Clara alzando la vista.

—Sol.

—La encontré colgada de un árbol en la parte trasera de la casa.

—Sofía no tiene palabras.

—A veces es mejor no decir nada. —Clara sonó abatida.

Sofía, al escuchar a Clara, intuyó que el suicidio era como una mancha imborrable que, en vez de disiparse con el tiempo, se expandía como un cáncer. Volvió a sentarse.

—Sofía encontró a la abuela colgada de una viga de ausubo en el baño de su habitación.

El desconcierto de la muchacha, después de la mención del suicidio de Aba, le llamó la atención. Vio a Clara levantarse afligida de la banca, dar unos cuantos pasos, regresar, mirarla como si no se atreviera a decir lo que rondaba su mente.

Clara bajó la cabeza y al fin sollozó.

—¿Por qué lloras? —preguntó Sofía preocupada. Podía ver sus lágrimas, pese al esfuerzo de Clara por ocultarlas.

—El suicidio de tu abuela me ha tomado por sorpresa —dijo en voz baja.

—Está bien, Sofía ya lo ha asumido.

—¿Quieres entrar a la asamblea? —preguntó Clara, recompuesta, señalando el edificio frente a ellas.

Sofía negó con la cabeza. Observó la estructura con techo de cuatro aguas. Una apacible brisa soplaba, refrescando la tarde y moviendo las copas de los árboles con su rumor de hojas.

—Los que vienen hasta aquí nunca se van.

Sofía miró a Clara; evaluaba sus palabras. Poco después preguntó:

—¿Por qué nadie se va de aquí?

—Te darás cuenta por ti misma.

—Sofía solo piensa quedarse hasta que regrese Luna.

—Deja que este lugar cambie tu visión del mundo. No todo es blanco y negro como te han dicho. Te lo puedo asegurar. Aprende a descubrir lo que tienes alrededor.

—Clara, eres tú quien piensa que todo es blanco o negro. Estás en los extremos. El lugar puede lucir apacible, pero Sofía no quiere vivir encerrada aquí.

—Mamá era como tú, decidida —dijo Clara.

Sofía observó a unas mujeres salir de la Asamblea; volteó a Clara y le preguntó:

—¿Tu mamá era cristiana?

—En casa de mamá había un altar con tallas de santos y muchas velas. Tenía poderes.

—¿Y eso?

—Ella perseguía la espiritualidad a su manera.

—Pero tu mamá era libre de escoger. En cambio, ustedes están dirigidos por esa persona a la que llaman Maestro —aseveró Sofía mirándola.

Él es nuestro profeta.

—Aquí todo es extraño.

—Solo es diferente. —El rostro de Clara pareció iluminarse—. Los miembros compartimos un mismo ideal. Los problemas de una persona nos afectan a todos; somos una piña.

—A Sofía le gusta la individualidad. Lo de pertenecer a un grupo la incómoda.

—El Maestro y su familia están por encima de las Escrituras —afirmó con resolución—. Ellos son diferentes; no hay glorias, infiernos ni promesas de eternidad. —Su voz sonaba sincera, pero también ansiosa—. Comprometes tu vida y ellos te facilitan lo esencial: protección y seguridad. Somos un todo.

—Sofía no ha comprendido.

—Nosotros somos la familia del Maestro. Él nos ha reunido. A través del compromiso, alcanzamos lo mejor de cada uno. Unidos somos indestructibles.

—Suenas demasiado adoctrinada.

—No te pongas nerviosa. Estoy consagrada a servir a esta comunidad.

Sintió los ojos de Clara fijos en ella. Alzó la vista para observar las palomas que se posaban en los aleros del templo, espulgándose y levantando vuelo casi de inmediato. Se puso de pie, estiró los brazos y volvió a sentarse. Intentó reprimir un comentario, pero no lo logró:

—Las palomas ensucian todo y poco a poco van convirtiéndose en una plaga.

Sofía bostezó dos veces seguidas.

—Clara, ¿qué más te contó Luna sobre Sofía?

De nuevo, la muchacha pareció dudar sobre lo que iba a decir, como si temiese alguna reacción.

—Hablaron de tu abuelo.

—¿De mi abuelo?

—Ya sabes, no hay secretos... No te preocupes, con nosotros estarás bien.

—Sofía no pretende quedarse aquí. Quiere ir a estudiar a un instituto en Miami.

—¿En Florida? Fíjate, Daniel estuvo dos años en un instituto en Estados Unidos —dijo Clara con admiración, meneando la cabeza—. ¿No lo viste al llegar? En realidad es sobrino del Maestro, pero él lo ha criado como a un hijo. Estudió interno en Utah. ¿Sabes dónde queda? Yo lo busqué en un mapa.

—Abuelo estudió en Utah. Se encuentra en la región oeste de los Estados Unidos, colinda al norte con Idaho, al sur con Arizona, al este con Colorado, al oeste con Nevada, al noreste con Wyoming y al sureste con Nuevo México. Geográficamente está dividido en tres regiones y veintinueve condados.

—Wow. Increíble la memoria que tienes. Daniel vivió ahí un par de años. Ahora mismo está distanciado del Maestro.

Llegó a mediodía; no vino antes porque tuvo un problema de salud.

Dos chicas, con aspecto reservado, voltearon a mirar a Sofía antes de entrar al templo.

—¿Daniel sabe todo sobre todos?

—Se involucra mucho porque es el sucesor —afirmó Clara con admiración—. Quiere dirigirnos hacia la plenitud. Las diferencias entre el Maestro y él no nos afectan como comunidad; al final, ambos desean el bien para todos. En sus diferencias vemos su humanidad.

Ahora otras palomas se acercaban al alero. Sofía preguntó cómo era Daniel.

—¿Que cómo es Daniel? Es una sombra que se escurre entre los iniciados con suavidad.

—Lo que dices no tiene ningún sentido para Sofía.

—Es que no has asistido a los cursillos que yo he tomado. En uno de ellos, el Maestro dijo que todas las personas, en algún momento, han sido heridas por alguien que las ama. Todos los que estamos en la congregación cargamos con esa herida; también tú.

Sofía no quiso caer en el juego peligroso de Clara.

—El Maestro también dice que no existen la casualidad ni la coincidencia; todo está escrito antes del nacimiento y un día se manifiesta claramente en nuestra vida. Por eso, no es un azar que estés aquí.

—Sofía está aquí solo porque la trajo Luna para llevarla luego a Isabela.

La manera en que Clara hablaba del Maestro y su sobrino le causó confusión. No le gustaba la idea de permanecer en la comunidad; no en un lugar tan indescifrable. Se volvió a levantar, esta vez decidida.

—Sofía siente que quieres convencerla de algo, pero no insistas. —Su voz sonó nerviosa—. Sofía no quiere convivir en un ideal común. Prefiere el análisis: pensar, opinar, diferir.

Ya no estaban tan solas. Un grupo de adolescentes, delgadas y pelinegras, iban acompañadas de mujeres adultas, como si fueran niñas a las que es necesario proteger. Algunas tenían un semblante serio, grave, nada parecido a la alegría de las otras que caminaban a su lado. Sofía notó que una de las jóvenes estaba embarazada y recordó las fotos en la guantera del Jeep de Luna.

—Mamá hablaba con los espíritus de los muertos —dijo Clara. Sofía abrió los ojos bien grandes y la muchacha se echó a reír—. Usaba velas para brindar luz a los seres que necesitaban encontrar el camino. —Ahora también Clara observaba a las palomas—. Aprendí con ella a realizar despojos. Mezclaba flores con alcoholado para alejar lo negativo.

Sofía notó que el cielo se oscurecía. Le sonaron las tripas.

—¿La extrañas? —preguntó, sentándose.

—Mucho —dijo Clara, y se alisó el vestido.

Sofía vio cómo se le crispaba el rostro a la muchacha, pero no la interrumpió.

—Unos meses después de que nos fuimos, a mamá se le quedó prendida la hornilla —explicó Clara apretándose las manos—. Cocinaba con gas. Hubo un escape y la bombona explotó. Desde aquella tarde, todos los días imagino su cuerpo envuelto en llamas. La casa quedó llena de cenizas y las paredes tiznadas de hollín. No he podido quitarme de la mente el dolor al imaginar el cuerpo de mi madre carbonizándose.

—Clara se tapó los ojos como si aquella visión la asaltara en ese preciso momento—. Algunas noches sueño con sus gritos y entonces me arrepiento de haber huido.

Sofía la acompañó con su silencio. Las palomas formaban ahora una línea recta a lo largo de la cornisa del edificio destinado a las asambleas, como si estuvieran en un conciliábulo, como si en realidad fueran ellas las que las vigilaran.

—Cuando supe de su muerte, grité y grité. Al recordarla pienso en lo feliz que la hubiera hecho volver a escuchar mi voz. Verme.

Clara propuso continuar el recorrido.

El polvo se levantaba en las calles sin asfaltar. Sofía pudo observar el poblado: pequeñas viviendas de madera, humildes, sencillas, pero bien cuidadas. Pocos autos, unas motoras, muchas bicicletas y algunos triciclos para niños.

Sofía se agachó a recoger una pequeña piedra pulida. La miró un rato, pensativa, como si en ella se encontrara la solución a un enigma.

—Suena extraño que te quieras ir —Clara interrumpió el silencio—. Aquí solo llegan personas dispuestas a cambiar, deseosas de vivir de acuerdo al credo del Maestro, resueltas a renunciar a lo material a cambio de recibir amor.

Sofía esquivaba algunos charcos y también algunas cabras que aún movían las mandíbulas triturando la hierba. Varios gatos intentaban subir a los árboles. Pensó en cuántos ratones habrían cazado y volteado boca arriba y boca abajo hasta dejarlos muertos.

Una paloma pasó cerca y Sofía agitó las manos para espantarla.

—Parece que, para traerte hasta aquí, Luna te convenció con mi historia —dijo Clara.

Se oyó un trueno, como si en cualquier momento se fuera a desatar la tormenta, pero el sol brillaba en el firmamento.

—¿A qué te refieres?

—Tu abuela fundó Dulce Hogar, ¿no? Te puedes sentir identificada conmigo... Ya sabes, uno más uno...

—...igual a uno. Valor booleano —agregó Sofía sin poder contenerse—. ¿Cómo sabes que mi abuela fundó Dulce Hogar? ¿También te lo ha contado Luna? ¿Qué más sabes de mí? ¿Vendrá Luna por mí o me ha mentido? ¡Tú lo sabes, Clara!

—Me gustaría poder contestar todas tus preguntas, pero desconozco las respuestas.

—Sofía ni siquiera sabe si también tú le mientes. —Se tapó la cara—. No sabe nada.

—Tengo un poco de hambre —dijo Clara, ignorándola—. Vamos a comer aquí a la vuelta.

—Sofía quiere una respuesta.

—No la tengo. —La voz de Clara sonó franca—. Lo único que sé es que Luna identifica chicas que pueden ser parte de la comunidad, le dice a Daniel quiénes son y, si él lo aprueba, ella las trae. Contigo fue diferente, porque Daniel no sabía que vendrías hasta que yo le comenté que estaría contigo. Al contarme Luna cosas tuyas, supongo que el Maestro te ha investigado. No lo sé, en realidad es una suposición.

—Pero le dijiste a Sofía que aquí no existen los secretos.

—Lo que pasa es que llegaste de repente.

—Entonces, en cierto modo, el Maestro ha raptado a Sofía —argumentó exasperada—, porque Luna la ha traído con engaños. Dijo que la llevaría a Isabela y se fue.

—Relájate, aquí no le hacen daño a nadie. Si Luna dijo que te llevaría con ella a Isabela, quizás lo haga. —Sonaron varios truenos, como piedras retumbando desde el cielo.

En aquel lugar alejado, pese a la tranquilidad aparente, a Sofía todo le resultaba sospechoso.

Las sombras de las ramas formaban figuras sobre la tierra y ellas las pisaban sin fijarse. Dejaron atrás una línea de árboles con faroles apagados. Sofía se rezagó y pudo ver pequeñas manchas de luz en la espalda de Clara. La invadió una especie de melancolía. Lo mejor sería fingir que todo estaba bien, hacer como que entendía y aceptaba los argumentos de Clara, y luego, aguardar hasta encontrar el momento adecuado para escapar de allí.

—Aquí es —anunció Clara, mostrando la casa adonde habían llegado—. ¿Por qué no dejas de preocuparte y comes algo? Nos atenderá una de mis cuidadoras.

El lugar era de cemento. No estaba pintado, y por eso destacaban las tejas de terracota en los aleros. El aroma del sofrito hecho al natural inundaba el comedor. Las recibió una mujer de pelo gris y ojos claros que destilaba hospitalidad.

—Pasen, chicas, pasen —les dijo como si las hubiera estado esperando. Las acomodó al lado de una ventana, por donde se veían las montañas. El aire fresco les devolvió un intento de sonrisa.

La señora, una mujer obesa pero de asombrosa agilidad, les propuso probar el arroz blanco con gandinga y tostones de plátano.

—Está buenísimo —agregó sonriendo.

—Sofía no come gandinga.

—No te preocupes —dijo zalamera la mujer—. ¿Comes carne?

—Solo si la cocinan en aceite de oliva y poca sal.

—Pues andas de suerte, porque así la preparamos aquí.

Casi todas las mesas estaban ocupadas por jóvenes que apenas levantaban la cabeza de los platos.

—No se preocupen; allí al fondo hay una mesa libre, miren. —Las condujo señalándoles el camino.

Los manteles plásticos tenían adornos circulares de todos los colores. En el centro de cada mesa había una pequeña pava y una caneca llena de pique.

—Está delicioso —dijo Clara.

—¿La llamaste cuidadora? ¿Es como una empleada tuya? —preguntó Sofía.

—Son un grupo de voluntarias que siempre están pendientes de una. Es una apuesta para mantener unida la comunidad, según dice el Maestro. No son empleadas de nadie: solo cumplen su parte.

—¿Qué significa?

—Es simple. Los actos de la comunidad se hacen en sitios alejados. Solo asisten los que van a participar en el rito; en tu caso, serás mi acompañante. Dejamos atrás las ataduras. Somos liberados del dolor.

—¿Actos de la comunidad? ¿Entonces por qué han traído a Sofía para acompañarte a la iniciación? Sofía piensa que cuando alguien pretende mantener a una persona en un lugar aislado es porque su objetivo es alejarla de los familiares y del ambiente al que está acostumbrada. Captan gente para dominarla.

Al oír aquello, Clara negó con un movimiento enérgico de cabeza.

—Aislarnos es una elección —sentenció. Bebió un sorbo de agua y continuó comiendo con apetito, pero parecía molesta con las interrogantes de Sofía.

Sofía se cuestionó sobre lo que debía hacer. Era un lugar extraño al que se exponía. El Maestro, los rituales, el aislamiento, todo iba en serio. Miró a Clara y le sonrió con tristeza.

La cuidadora puso un caldero de hierro sobre la mesa. Al quitarle la tapa, el vapor empañó la visión que Sofía tenía de Clara.

—Apenas te veo —dijo, y ambas rieron.

—Son vegetales al vapor —explicó la mujer—. ¿Te gustan cocinados así? —le preguntó a Sofía, que asintió con la cabeza—. Enseguida traigo la carne y los tostones —añadió, mirándolas con picardía.

Sofía observaba a Clara y, aprovechando que acababan de poner el resto de los platos sobre la mesa, preguntó:

—¿Y ahora sí puedes contarme cómo es la iniciación?

Vio cómo se le iluminaron los ojos a Clara.

—Se divide en dos partes. La primera es una ceremonia en el río. Al acompañarme verás el laberinto de las esculturas, coincidirás con los apóstoles de la comunidad y conocerás al guía del Maestro. El ritual de la ofrenda se lleva a cabo en unas cuevas. Después viene la iniciación; esta se celebra al pie de una montaña y a orillas del río. Antes del rito se elevan oraciones por la salvación de las almas.

A Sofía la cabeza se le hundía entre los hombros. Hincó el tenedor en un trozo de carne. Masticaba, pensaba y tragaba. Se sirvió agua de la jarra y le puso a Clara también.

—Sofía vino para acompañarte y conocer el lugar, pero ahora no sabe si hizo bien. Todo parece demasiado extraño. Debo irme lo más pronto posible.

—¡Qué insistencia! ¿Siempre repites una y otra vez lo que piensas? —exclamó Clara con suavidad.

—Sí. —Sofía torció los labios.

—Nada es lo que parece —dijo Clara—. Las personas que se creen libres y viven de acuerdo con sus reglas, en realidad no lo hacen: son presas de los demás. Mi madre decía que solo el fuego es capaz de liberar el destino. Solo uno mismo puede decidir cuándo ir al encuentro del fuego.

Sofía no comprendió del todo las palabras de Clara. Cerró el puño con fuerza y trató de callar, pero no pudo.

—Da la impresión de que te manipulan.

Se convencía cada vez más de que necesitaba concretar un buen plan de salida.

—Clara, ¿no se te ocurre pensar que ambas estamos secuestradas? Ven con Sofía, vámonos de aquí. —Miró alrededor, como temiendo que pudieran escucharla—. Por más que tú creas que has elegido este lugar, te han engañado.

—Te equivocas. Tuve dudas. Pensé que, una vez engendrado el fruto que contribuiría a la evolución del espíritu, sería desechada, pero no. Fíjate, ahora estoy a punto de ser iniciada.

—Sofía no entiende a qué te refieres con eso de engendrar y la evolución del espíritu.

—Todavía no estás lista para saberlo.

Sofía consiguió controlar el temblor de los labios.

—Todo a su debido tiempo. —El tono de Clara no aceptaba réplica.

Esta vez Sofía abrió y cerró la boca sin decir nada más.

Desaparecieron los ruidos y el comedor pareció quedar en silencio.

—Sofía solo desea completar sus estudios en el instituto e ir a la universidad.

—Está bien si eso es lo que quieres. Eres como tu abuela Marta; lo supe cuando te vi. La misma mirada, la misma intensidad, el mismo amor a los demás, pero también la misma fragilidad y la fe en el mundo de las apariencias.

—Hablas como si hubieras conocido a la abuela de Sofía. —Se le quedó mirando interrogante.

—La conocí.

Las primeras gotas golpeaban contra el tejado, cada vez más gruesas. Pronto comenzó a llover con fuerza y el estruendo apagó las voces.

Los ventiladores del techo dejaron de girar.

Capítulo 11

No recordaba cuándo había caído rendida en la cama. Se desperezó. Debía ser persona. Quería serlo, pero se sentía maniatada, impedida de ser quien era. Parpadeó varias veces. Estaba demasiado cansada. No había previsto nada de lo que le había sucedido desde que llegó a esa comunidad.

La noche anterior, Clara le había contado que, luego de la muerte de su hermana, había sido rescatada por Luna y Sol. Ellas fueron quienes la llevaron al hogar de acogida llamado Dulce Hogar y allí conoció a Aba. Al llegar le hicieron un chequeo médico. Obtuvo ropa, cama y comida. Esa primera noche se aisló. No quería hablar ni ver a nadie.

—Al día siguiente doña Marta me trató con dulzura —le dijo a Sofía—. Afirmó que pagaría el entierro de mi hermana y me aseguró que allí estaría protegida. Para mí, fue como una segunda madre. Me acabo de enterar por ti de su suicidio. —Sofía no pudo creer que Clara no supiera de la muerte de su abuela—. No sé nada del mundo fuera de la comunidad. Aquí no tenemos acceso a navegar en las redes sociales o realizar búsquedas en internet; así evitamos la contaminación del espíritu.

Clara le explicó que en Dulce Hogar encontró amigas, personas que la cuidaban.

—Por un tiempo fui feliz —dijo. Sin embargo, luego descubrió que ser una chica de acogida no era suficiente. Supo que podía aspirar a más: convertirse en un ser especial, un ser de luz. Así se lo dijo Daniel, a quien había conocido en Dulce Hogar.

Sofía continuaba repasando mentalmente la última conversación que tuvieron antes de retirarse a dormir.

—Conociste a Daniel allí?

—Sí, él era el médico de Dulce Hogar. Cada martes pasaba a revisar que todo estuviera bien. Se hizo mi amigo y me habló de la comunidad.

—Parece increíble que la Aba haya conocido a Daniel. Sofía nunca supo que ella trabajara con la comunidad o con el Maestro.

—No lo hacía, no me has entendido. Tu abuela no sabía nada de la comunidad. Daniel era quien nos hablaba de estas cosas. Doña Marta era como tú: se preocupaba de lo que íbamos a hacer cuando saliésemos de Dulce Hogar. Lo importante es que yo vine porque quise y enseguida me integré a la rutina. Abandoné Dulce Hogar para darme una oportunidad de vida.

—¿Y la abuela nunca supo que estabas aquí?

—No sé si se enteró o no, si me buscó o no; yo simplemente desaparecí para seguir mi destino. Daniel me prometió que nadie volvería a lastimarme, y así ha sido.

Una punzada de irritación sacó a Sofía del colchón. Al poner los pies en el suelo, sintió el frío de las baldosas. Después de aquella plática con Clara, todo había cambiado para ella. Todo le resultaba irreal. Ahora se daba cuenta de que Clara era la misma chica que había visto abrazada a su abuela, agradeciéndole su ayuda. Se miró en el espejo; aún tenía los ojos medio achinados por el sueño. Se asomó a la ventana y sintió el roce del viento. El colorido del árbol de maga la sorprendió. Estaba cundido de flores rojas con sus cinco pétalos abiertos y rodeadas de hojas gruesas. Se asomaban solitarias, al igual que ella. El cielo, de una tonalidad azul hasta hacía escasos segundos, se vio opacado por las nubes, que poco a poco se habían hecho grandes. Las gotas no se hicieron esperar.

Sofía reconoció que estaba en el ojo de un huracán y que se enfrentaba a un panorama sombrío. ¿Por qué había sido elegida para ser parte de la congregación, como le dijo Clara? No encontró la respuesta. ¿Qué tenía ella de especial? Lo único que tenía claro era que Luna no volvería a buscarla y que su meta ya no podía ser llegar a casa de Ricardo ni a Miami. En un instante, su objetivo se transformó en buscar la manera de escapar de allí. Debía ser fuerte. Con Luna fuera de la ecuación, entre ella y ese lugar quedaba el vínculo con Dulce Hogar: Clara había residido allí y Daniel se desempeñaba como médico. Recordaba que cuando leyó la noticia de la desaparición de la tal Meche, se decía que un médico ahora se encargaba de Dulce Hogar; le quedó la incógnita de si sería Daniel. Entendió que solo siguiéndole el juego a Clara conseguiría huir de ahí. La echó de menos; la llamó sin conseguir respuesta. La única salida que se le ocurría era apropiarse de un vehículo y arrancar hacia donde la carretera la condujese. Aprisionó una mano con la otra para controlar el temblor que le ocasionaba saberse acorralada.

Miró hacia la ventana como impulsada por una extraña nostalgia. Se dio cuenta de que desde su llegada había pensado poco en Pandora, en su Aba, en su pobre papá metido en un lío por su culpa; menos mal que ella podía atestiguar que su mamá mentía. Tal vez eso era crecer. Miró alrededor. Después de una noche de abundante lluvia, había amanecido nublado. Estaban a punto de recogerla para la primera parte de la iniciación; se apresuró en vestirse. Apenas había terminado de desenredarse el pelo cuando oyó el claxon.

Decidió no darle más vueltas a lo que le depararía la extraña ceremonia. Se encaminó a la salida, pero se dio cuenta de que le faltaba su cartuchera. La encontró enredada en las sábanas. Volvió a oír la bocina protestando, pero antes verificó si no le faltaban el dinero y la navaja. Todo estaba en su lugar. ¿Dónde estaría Clara? El claxon sonó por tercera vez. Al montarse en la camioneta, Sofía saludó con un escueto «Hola» al chofer y a las dos mujeres sentadas en la tercera hilera. Una de ellas era la cuidadora que les había servido el almuerzo el día anterior. Reconoció al chofer como uno de los guardias del Maestro, por la gorra de beisbol. Ellas le sonrieron; él apenas volteó a mirarla. Clara también le sonrió y Sofía se ubicó al lado de ella.

Esa camioneta podía convertirse en su salvación. Debía seguir a Clara hasta que, en un descuido, pudiera adueñarse de ese todoterreno y escapar. También podía sobornar al hombre de la gorra ofreciéndole dinero. Salir. Salir de ese lugar, sin importar el método. Lo que importaba era ponerse a salvo.

Enfilaron por la finca hacia las montañas por angostas carreteras sin pavimentar. Desde lo alto veía riscos y pastizales con árboles dispersos. La acosaba aquel sentimiento de nostalgia. Iba silenciosa. La cuidadora de Clara también iba callada; no se parecía en nada a la mujer parlanchina que les había dado de comer. La otra dormitaba. Había pocas áreas descampadas, y las que existían estaban cubiertas de hierba verde. Las curvas cerradas se sucedían unas a otras hasta alcanzar la cima. La reverberación del sol forzó a Sofía a cerrar los ojos. Los arbustos estaban inmóviles y no soplaba ni la más leve brisa. El cielo, teñido de azul, contrastaba con las noches lluviosas y las nubes de la mañana.

—Se espera mal tiempo —advirtió Clara en voz baja.

De vez en cuando oía algún pájaro o divisaba algún campesino solitario. Durante el trayecto, Sofía tuvo tiempo de organizar sus pensamientos. Debía mantener la calma, controlar el miedo, interesarse en lo que hacían, tratar de identificar a Daniel, conocer su verdadero vínculo con Dulce Hogar. Deseaba conocer al Maestro, el verdadero responsable de que estuviera allí, preguntarle por qué ella. Resignada, aceptó que todo se reducía a identificar una oportunidad que le permitiera escabullirse. Pasada una bifurcación, giraron hacia la derecha por un sendero áspero y poco transitado. Según subían, los riscos que observaba desde el borde de la carretera se hacían más profundos. Luego giraron de nuevo a la derecha y el coche comenzó a descender. La carretera era estrecha y avanzaban despacio. La vegetación a ambos lados del camino era frondosa. A Sofía el paisaje le pareció precioso y al mismo tiempo aterrador. Su mente iba de la esperanza a la duda y al desánimo. Aquella incertidumbre era peor que vivir con Pandora enferma, se dijo.

Unos minutos más tarde, al bajarse del todoterreno, sintió que se le revolvía el estómago. Las mujeres les señalaron un estrecho camino casi oculto por los árboles. Entraron en la boca de una cueva cubierta por helechos, como si la propia naturaleza hubiera pretendido esconderla. Con su olor vegetal y rancio como de otro tiempo, el lugar le trajo a la memoria las Cavernas de Camuy,

Le tomó unos segundos acostumbrarse a la penumbra. Un haz de luz se colaba por el lado sur. La humedad, en contacto con el aire fresco, formaba una neblina que limitaba la visibilidad en el interior de la cueva. Sofía tuvo cuidado de no caer en las pequeñas pozas de agua. Una pared caliza estriada, teñida de verde por las algas, le llamó la atención. Parecía un torrente embalsamado. Si se desprendía un pedazo, quedaría presa entre aquellas piedras.

Los murmullos de las mujeres resbalaban por las rocas húmedas. Debido a la oscuridad, no divisaba los malabares que hacían para mantenerse en pie. Nadie decía nada en voz alta. Le extrañó el profundo silencio de Clara. Un millar de grillos rompía la quietud. Lamentó no haber llevado los tapones de oídos para mitigar aquel alboroto tropical. Sin embargo, se percató de que iba adaptándose a los entornos y a las personas, aunque lo hiciera recurriendo mentalmente a las matemáticas. Su padre estaría orgulloso de que se comportara un poquito más normal. Quizá también Pandora. Se desviaron a la izquierda. Al bajar varios escalones, entraron a una cámara de paredes iluminadas por tenues luces provenientes de candiles de gas y velones encendidos que le daban un aspecto místico a aquel escenario natural. El aroma fresco y alcanforado del romero relajaba el ambiente.

Las cuidadoras se dividieron: una a la derecha y otra a la izquierda. Eran muy bajas de estatura, aunque de brazos fuertes. Comenzaron a llenar de agua caliente un cajón rectangular de madera rústica que servía de bañera. Añadieron gotas esenciales de azahar y lavanda. Sofía también alcanzó a ver que vertían miel y leche para mezclar los extractos de manera homogénea. Clara ya se había quedado desnuda y se metió en el agua lentamente, sin quejarse de la temperatura, como una deidad de otro tiempo, aunque todo su cuerpo adolescente parecía erizarse. Las mujeres la restregaron con un estropajo mientras decían una plegaria. Al terminar de rezar, la secaron y le embadurnaron la piel con crema. Frotaron a conciencia hasta que la emulsión desapareció.

Sofía sintió de pronto dos manos pesadas sobre los hombros y, sin pensárselo, giró hacia la mujer que la tocaba. La agarró por el pelo hasta casi hacerle perder el equilibrio. Respiraba alterada. Clara y las mujeres la miraban con los ojos llenos de incredulidad.

—Relájate, Sofía —pidió Clara con un gesto apaciguador de las manos—, solo quiere vestirte para la ceremonia.

—No vuelva a tocar a Sofía —reclamó, cortante.

Las mujeres se apartaron con expresión desencajada. Sofía, oculta detrás de unas rocas, decidió ponerse el vestido que le habían entregado. Tuvo miedo de que su reacción perjudicase su plan de fuga. Tenía que pasar desapercibida y encontrar la oportunidad. «Concéntrate, Sofía».

Su malestar no se resolvía con la ecuación para medir el impacto en las personas con relación al miedo que produce el terror, y eso que la había aplicado en varias ocasiones:

$T = (es + u + cs + t)2 + s + (tl + f)/2 + (a + dr + fs)/n + \sin x - 1$

—¿Estás bien? —preguntó Clara, preocupada—. Eras otra persona. Impresionante. Le has dado el susto de su vida a esa pobre mujer.

—A veces Sofía reacciona así, pero en realidad está avergonzada.

Sofía aún veía los ojos asombrados en el rostro redondo de la cuidadora.

Las llevaron a otra bóveda más profunda, en la que el aire estaba impregnado de humedad y un fuerte olor a líquenes, y donde les pusieron una capa larga por encima de los vestidos. La cuidadora de Clara les comunicó que volverían enseguida. Tenía que elaborar unas diademas, explicó.

Al verlas desaparecer, Sofía notó que Clara miraba muy fijamente su colgante con el dije de la flecha. De manera instintiva, lo protegió con la mano.

—No temas, jamás tomaría algo tan tuyo. Además, no me corresponde a mí descubrir los secretos de tu familia. A partir de aquí vamos a ir en direcciones opuestas, Sofía —anunció la muchacha.

—¿No tienes miedo? —Sofía plegó los labios en un gesto de abatimiento.

—Soy fiel a lo que me han enseñado.

Las gotas de agua se estrellaban en el suelo y sonaban como un eco constante que mantenía a Sofía muy alerta.

—No has respondido. ¿Tienes miedo? —insistió Sofía.

La tensión era tangible.

—Lo perdí cuando encontré muerta a mi hermana.

Había bajado tanto la voz que la última silaba se oyó como una gota solitaria.

Uno de los candiles de gas se apagó. Sofía recordó las palabras de Clara cuando se conocieron: «Solo el fuego es capaz de liberar el destino».

En la penumbra vio la silueta de Clara moverse para coger una vela y acercarla a la mecha hasta que la llama encendió, iluminando apenas el entorno de un modo fantasmal. Caminaron al fondo de la cueva, a la derecha de los candiles y de frente a la entrada.

—¿Quieres hacer esto? ¿Estás segura?

—Aunque quisiera, no podría irme —dijo Clara bajando la mirada, como si realmente hubiera considerado huir—. El Maestro tiene mis documentos.

—¿Cómo es posible?

—Al ingresar aquí renunciamos a quienes éramos. Es lo correcto.

Las mujeres regresaron con unas tiaras hechas de hojas de menta y se las colocaron sobre la cabeza. A Sofía le llegó el aroma dulce que desprendían. Con un gesto las instaron a seguirlas. Los peldaños estaban iluminados por cirios negros. Se concentró en las pequeñas llamas, que se extendían hacia adelante como una línea temblorosa.

Los custodios, dos hombres apostados a la entrada del aposento, vestían severas túnicas negras y capuchas. Sofía contuvo la respiración. Lentamente soltó el aire. Aquello no le gustaba nada. Ellos les entregaron a cada uno de los presentes una vela roja insertada en un cono para recoger la esperma. Sintió un fuerte olor a mentol. Al mirar a su alrededor vio una figura, con bata blanca de médico, desaparecer por otro corredor. La vela se le deslizó de las manos a Sofía y cayó al suelo entre chisporroteos. Al agacharse para recogerla, resbaló. Se levantó presurosa. A la tela, ahora húmeda, se habían adherido unas piedrecillas, que sacudió.

Atravesaron un arco. El olor a humedad en las paredes era cada vez más intenso y el suelo presentaba desniveles resbaladizos. Las goteras creaban un coro persistente y repetitivo capaz de enloquecerla. Pisó un grillo y recordó las cucarachas marrones, cargadas de huevos, multiplicándose en la cocina de su casa. La vida brotaba en los lugares por donde se esparcían los escasos rayos del sol. Los helechos parecían colgar del aire; ella también.

Sofía llevaba la vela roja asida con fuerza. En el trayecto había intercaladas, a un lado y a otro, siete esculturas revestidas de pedazos de mosaicos con las tonalidades del arcoíris. Clara le explicó que los colores de los mosaicos destilaban energía. Al fondo se distinguía una estatua.

Al entrar a la siguiente cavidad, levantó la mirada. La altura de la gruta se tragaba la luz de las velas, dejando una densa penumbra que se iba volviendo solo oscuridad. Al torcer más adelante, una fina luz se filtró y un jardín colgante asomó de las paredes junto con hongos blancuzcos. El espacio cerrado y los estrechos pasadizos le hacían sentirse agobiada. En el techo descubrió estalactitas; en el suelo, enredaderas que se enlazaban unas con otras a lo largo del sendero. Cuatro hombres descalzos parecían cuidar el final del laberinto.

Vio entonces un altar iluminado por la luz dorada y danzante de velas y quinqués. Las llamas de los quinqués creaban sombras que cambiaban de forma y de lugar, como imágenes fantasmagóricas. Las dos mujeres que las habían escoltado se arrodillaron, mientras que los demás permanecieron de pie con solemnidad. Numerosas velas negras se consumían alrededor de un círculo. Con las cabezas inclinadas, los participantes mostraban sus respetos a la divinidad que servía de guía al Maestro: una escultura de aproximadamente dos metros de alto que representaba a un hombre con cabeza de cabra. En cada hombro de la criatura aparecía un niño sonriente. Sofía pudo contar hasta cinco círculos de fuego sobre platos de piedra que calcinaban con lentitud la madera.

Quería huir, evitar participar de aquello, pero sería incapaz de encontrar el camino de regreso sin ayuda. Estaba atrapada. «Paciencia, concéntrate», se amonestó. El crujido de los troncos al consumirse tuvo el efecto de recordarle a Sofía el cuerpo de su abuela convertido en polvo. Un escalofrío le recorrió la espalda. El aroma a sándalo avanzaba por la quema del incienso e impregnaba el lugar.

Dos ancianos se arrodillaron ante Clara y proclamaron: «Hay diferentes espíritus, según las cosas a las cuales presiden. Somos regidos por el cielo empíreo, el primer móvil; otros por el segundo Cristalino, otros por el primer Cristalino. Los hay que presiden el Cielo Estrellado, los saturninos, los espíritus jupiterianos, marciales, venusinos, mercuriales y luminares... Solos, los seres iluminados atraviesan los cielos».

Al final de la cueva, Sofía observó un escenario de fondo que imitaba un cementerio, con tres cruces invertidas y varias lápidas con la inscripción *RIP.* Antorchas clavadas en el suelo alumbraban dos muñecas de bebé recubiertas con un líquido rojo intenso que parecía sangre; frente a ellas, cirios rojos y negros, y en el centro uno blanco, como una presencia inmaculada en medio de aquel escenario tenebroso. Sofía parecía hipnotizada, incapaz de dar crédito a lo que veía. Sus ojos turbados, cargados de miedo, se clavaron en la cabeza de conejo que había sobre un segundo altar, junto a dos rabos de vaca y múltiples patas de gallina. Observaba a Clara acercarse al altar y poner en un jarrón de cerámica la ofrenda: unas espigas de orquídeas amarillas. La muchacha se giró e inclinó el cuerpo hacia adelante. Con las manos juntas frente a la barbilla, hizo una reverencia al guía del Maestro y dijo: «Aquí traigo el símbolo de una nueva vida, la que desde este momento te entrego sin ninguna reserva». Clara recibió una copa; bebió el brebaje muy despacio.

Un eco de voces coreaba: «En el nombre del supremo Señor de la Tierra, Rey de las Aguas, pedimos que inviertas tu poder sobre esta joven que se iniciará para servirte. Aclara sus pensamientos con fuego, hazla tan liviana como el viento para que se regocije siempre en ti».

Sofía escuchaba en su cabeza el retumbar de las voces de los adoradores como si de maldiciones se tratara. Casi paralizada, notó la mirada perdida de Clara y a la gente observándola embelesada, como si fuera una diosa salvadora. Dio un brinco al oír la copa hacerse trizas contra el suelo; se le había resbalado de las manos a Clara, que permanecía quieta, en trance.

—Que la visión del Maestro te sea revelada —le dijeron.

—Seré una columna en el cielo. Hecho está —respondió.

El «Hecho está», que gritaban los asistentes a viva voz, dio paso a que varios hombres prepararan un círculo con piedras, colocaran dentro dos troncos de madera en forma de cruz y prendieran una hoguera. Sofía se sentía atormentada por unas fuerzas oscuras que luchaban en su interior. Ahora le parecía imposible su plan de escape. Estaba en el centro del propio infierno.

De repente vio a Clara arrodillarse a sus pies. Actuaba en cámara lenta. La cogió de la mano sin que lo esperara.

—Sofía, estás envuelta en luz, eres poderosa de corazón. No adormecerán tus sueños; las aguas turbias no te vencerán.

Ayudó a Clara a levantarse del suelo. Ambas se miraron muy serias. A Sofía no le pasaron desapercibidos los ojos escabrosos de Clara ni el súbito silencio que la envolvía; era como si evocara la muerte misma.

Después de esto, las mujeres las condujeron por un pasillo que las llevaría a la salida. Los hombres, de mirada tenebrosa, permanecieron inmóviles, pronunciando palabras que a Sofía le sonaron incoherentes. Iba seria y con la vista fija en Clara, que se le había adelantado unos pasos: no quería perderla. Al sentir que el aire era menos denso, levantó la cabeza y por fin divisó el exterior. Al llegar al bosque, Sofía seguía desencajada y respiraba por la boca.

Las ramas se mecían al compás de la tenue brisa. Las hojas alargadas simulaban espejos que sostenían lágrimas listas para desplazarse a la tierra como leves gotas. Debía seguir su plan de permanecer junto a Clara o irse a esconder en otro lugar. Dentro de las cuevas se había sentido pequeña.

No alcanzaba a ver el río, pero lo intuía cercano porque oía la bravura del agua bajando fuerte, junto con el viento que soplaba de vez en cuando sobre la quietud que la rodeaba. Olió el aroma de las flores muertas mezclado con el de la hierba. Aún estaba pálida. Por un instante cerró los ojos como para despejarse de una pesadilla. Se percató de que Clara se había rezagado. Se detuvo, dio media vuelta y le preguntó turbada:

—¿No vienes con Sofía?

—Ve tranquila. Yo tengo que prepararme para la ceremonia final, pero cuando todo esté listo, te traerán.

Había regresado la Clara que conocía bien. La chica como ella, y no la voz desconocida que le había hablado antes.

Se dio cuenta de que seguir a Clara no la llevaría a ningún lado. Levantó la mano y la agitó en el aire automáticamente. Sofía contuvo el deseo de gritar y confrontarlos a todos. Una de las cuidadoras que la acompañaban le ofreció una botella de agua, que ella rechazó negando con la cabeza. La dirigían al portón de salida, donde la esperaba el chofer en la camioneta. Inició el recorrido a paso lento. Todavía sentía la voz y la mirada estremecedora de Clara diciendo «Hecho está». Al avanzar oyó un cuchicheo detrás de ella, pero no volteó a mirar. Comenzó a llover muy fuerte. No se dejó amilanar por la lluvia ni por el bramido del viento, que ahora parecía despertar, enfurecido, del letargo matutino. Escuchó un resoplido que viajaba por el aire y aceleró el paso. No sabía si el ruido provenía de un caballo, de una cabra o de un perro, solo que resonaba detrás de ella. Continuó en línea recta, con todos los sentidos despiertos, obsesionada por robarse la camioneta, pero sin saber bien cómo lo conseguiría. Pisó un zapato blanco tirado en el suelo, con la suela desgastada, muy parecido al que calzaba Luna. El corazón le dio un vuelco. La imaginó descalza. «Quienes mueren con violencia siempre pierden los zapatos», se dijo devastada.

El hombre de la gorra de beisbol, al verla acercarse, le abrió la puerta. Ella entró cabizbaja, sin mirar atrás, sin despedirse de la mujer que la escoltaba. El chofer arrancó mientras la miraba a través del retrovisor. Pensaba decirle que se detuviera, que le daba dinero, que había decidido irse de allí, pero calló al ver su actitud, tan parecida a la de los hombres que visitaban al abuelo. Regresaron por un camino de tierra. En cada cambio de marcha el motor retumbaba; el corazón de Sofía también. Habían avanzado apenas cinco minutos cuando se percató de un detalle que la hizo estremecerse: el asiento de atrás del coche olía a mentol. En el último giro por aquel camino de tierra, la camioneta bamboleó un poco.

Por primera vez desde que llegó, estaba sola. El chofer recibió una llamada y quitó el altavoz. Sofía prestó atención, pero el hombre no pronunció ni una sola palabra. Era preferible despertar rodeada de miles de hormigas en línea recta, con cucarachas voladoras y moscas de alas gigantes y zumbidos ensordecedores, a estar atrapada en ese sitio. Luna no había dado señales de vida. Sofía se resignó. Mejor abandonar la esperanza y centrarse en la realidad. Lo vio observarla por el retrovisor y apretó las manos sobre la falda. El olor a mentol era cada vez más tenue. Se dio cuenta de que no provenía del hombre de la gorra de beisbol, sino de alguien a quien había transportado mientras ella estaba en la ceremonia. Al llegar, Sofía bajó apresurada de la camioneta y corrió hasta la casa.

Un aguacero se desató con gran estruendo, como si el cielo fuera a desplomarse, aunque la tormenta interior surgía con más bríos que los vientos que azotaban. Necesitaba escapar para sepultar sus miedos.

Capítulo 12

Poco después de mediodía, el chofer, que había permanecido vigilante, estacionado frente a la casa, le avisó a Sofía que era hora de marcharse.

De nuevo se encontraba en contra de su voluntad en el mismo auto y con el mismo hombre indescifrable dirigiéndose a la ceremonia final. Instintivamente aspiró profundo buscando el olor a mentol, sin encontrarlo. Como había parado de llover, Sofía le pidió al conductor que abriera las ventanillas, pues se sentía indispuesta. A pesar del cansancio, aspiró el aire fresco y se sintió mejor. Se acomodó la cartuchera. Después de girar varias veces a un lado y a otro, se adentraron en un monte. A la izquierda asomaba un gran precipicio. Veía alzarse los árboles, silvestres y llenos de verdor. Cuando dejaron atrás el corto tramo pavimentado, la camioneta empezó a mecerse a causa de los tropezones de las llantas con los baches que encontraban en el camino. Las piedrecillas que pisaban impactaban a veces la carrocería o se estrellaban contra el cristal delantero. Por un momento, las nubes se volvieron oscuras y pesadas, pero los focos del vehículo, al prender, iluminaron uno tras otro los gruesos troncos.

El chofer subió el volumen de la radio. Eso le llamó la atención a Sofía, pues Clara le había dicho que no tenían acceso a ninguna información. En la radio anunciaban más precipitaciones para esos días. Las inundaciones habían afectado a varios municipios. De acuerdo con el Servicio Nacional de Meteorología, se trataba de una actividad de lluvia inusual, producto de una fuerte vaguada. Varias administraciones municipales se preparaban para declarar zonas de desastre en todo el país. Los derrumbes eran la orden del día. «Se cancelaron los conciertos y los eventos deportivos», dijo el locutor. La mayor parte del país estaba sin electricidad y sin acceso a internet. No le sorprendió la información, pues la lluvia durante la noche había sido continua, implacable. Al menos había escampado. Sofía prestó atención al siguiente segmento para ver si en la radio anunciaban a alguna chica desaparecida. Sintió alivio al no ser así. De pronto, el chofer apagó la radio y se colocó unas gafas de sol innecesarias por la penumbra, lo que le hizo volver a recordar a los visitantes de su abuelo Héctor. Le quedó claro que ese hombre no pertenecía a la congregación. Trabajaba directamente para el Maestro, como Juanito con su abuelo. Conducía con ambas manos firmes en el volante.

Aumentó la desesperación de Sofía por bajarse de la camioneta. Se reacomodó en el asiento, puso las manos contra la ventanilla, se mantuvo alerta. Tuvo que reconocer que la situación no era tan fácil como se la había planteado; no podría sobornar a ese chofer. Ya llevaba dos noches fuera de su casa. Con la mirada clavada en el paisaje frondoso que veía a través de la ventanilla, se preguntó: «¿Cómo será la muerte?». Quería saber dónde acabaría ella; esperaba que no fuese en el lugar de la iniciación. Le costaba creer cómo su deseo de alejarse de la basura había terminado colocándola dentro de un vertedero.

Se desviaron hacia una carretera secundaria llena de baches. Cuando habían salido de un charco, caían en otro, y la camioneta se sacudía y el parabrisas se llenaba de barro. Al alcanzar la cima, todo parecía lavado y al mismo tiempo exhausto. Sofía seguía pendiente de alguna oportunidad para alejarse de todo aquello, pero le faltaban fuerzas hasta para pensarlo. Se sintió como una nadadora extraviada en la profundidad del mar; ya no podía bracear más para intentar salir por sí misma. Solo le quedaba permanecer quieta, esperar paciente a que una ola la arrojara hasta la orilla.

Se bajaron del coche y accedieron a una estrecha vereda. La vegetación le impedía ver a lo lejos. Caminaron ladera abajo hasta divisar movimiento. Los helechos habían marcado la senda, que se veía con nitidez. Descendían con cuidado por el camino serpenteante hasta llegar a la falda de una montaña. El viento soplaba húmedo y pegajoso. Una mujer esbelta, vestida de blanco y con los ojos maquillados de negro y los labios de rojo, la estaba esperando. No parecía una cuidadora. Le sonrió y, sin darle la bienvenida ni presentarse, la condujo a un remolque estacionado al lado de una cabaña de madera abandonada. En lo que aparentemente había sido la cocina, solo quedaba una estufa sin hornillas y una bombona de gas. Se encontraban en un paraje solitario, rodeado de altos árboles, donde se oía de vez en cuando el rumor de los pájaros y otros animales. El sonido de una guitarra, estridente y ajeno al paisaje, le incomodó. Retumbaba en los oídos de Sofía y la mantenía en vilo. La música provenía de un altavoz a todo volumen. Levantó la vista al cielo cruzado por nubes blancas y grisáceas. Respiró hondo.

—Cuando te cambies, iremos al lugar de la ceremonia —dijo la mujer que la acompañaba mientras señalaba con la mano hacia una bajada que pudo distinguir entre la vegetación.

—¿Veré a Clara antes de la iniciación? —preguntó a la desconocida.

No obtuvo respuesta.

Al cerrar la puerta se apagaron los sonidos. Solo quedó Sofía, con su presente y su pasado. El futuro le resultaba cada vez más incierto. En el interior del remolque encontró el vestido ancho, color esmeralda, que usaría para la actividad. Lo sacó del gancho y se lo puso; le cubría hasta los tobillos. Un golpe de la mujer en la puerta le indicó que debía apresurarse. Permaneció unos segundos en silencio. Antes de salir, comprobó que el dinero, su tarjeta de débito, la licencia de conducir, la llave del casillero y el cúter siguieran en su cartuchera.

Al abrir la puerta del remolque notó que la mujer se había alejado. La distinguió de espaldas; parecía darle instrucciones a la cuidadora de Clara. Aunque el cielo lucía encapotado, aún no llovía. Al verse sola, Sofía visualizó una oportunidad de escapar, aunque sin rumbo y sin plan. Estaba desesperada. Bordeó el remolque donde se había puesto el vestido y subió por unas escaleras cubiertas de vegetación. Entre los árboles, a pocos metros, distinguió una edificación que parecía moderna, aunque camuflada por la pintura verde y el follaje. Se sorprendió de ver una especie de pequeña cabaña oculta, construida en un armazón de acero. No parecía un lugar adecuado para esconderse, pero era su única alternativa: adentrarse en el bosque podía suponer el fin. Se encaminó decidida hacia la cabaña. La puerta estaba cerrada, pero un ventilador en la parte trasera funcionaba. Fue hasta él buscando alguna entrada secundaria, un cuarto de máquinas, algún lugar que le sirviera para esconderse mientras pensaba en algo. Subió a una piedra para atisbar por el ventilador, buscando alguna rendija que le permitiese entrar. Le llamó la atención un tragaluz y se acercó hasta él. Entonces la invadió un olor a mentol, como una ola gigantesca que reemplazaba todos los olores del bosque. De ahí nacía el que la había acosado durante días. Al asomarse para descubrir cuál era su origen vio algo que la hizo titubear. Una muchacha, tal vez de su edad o un poco mayor, acostada sobre una camilla de aluminio, con las piernas abiertas, se dejaba atender por un hombre de bata blanca. Le costó entender lo que sucedía. Parecía una operación médica, pero ejecutada con malas condiciones de higiene. Una intervención clandestina. Había sangre alrededor, además de instrumentos quirúrgicos, y una mujer con mascarilla y guantes. Vio cómo el supuesto médico introducía una tenaza por el cuello cervical de la muchacha y poco después extraía un bebé, que puso sin ningún cuidado en una bandeja de metal. Era un bebé cubierto de sangre; las manos y los pies se movían. El hombre vertió un líquido en los ojos, los oídos y la boca de la criatura hasta que el cuerpo dejó de moverse. Un terror inmovilizó a Sofía al imaginar los fetos desarrollándose para, una vez formados, quitárselos a sus madres y matarlos. Ni viéndolo lo podía creer. Deslizó nuevamente la mirada hacia el hombre, quien diseccionaba el pequeño cuerpo por partes, que luego colocaba en un envase rectangular similar a una nevera de playa. La asistente recolectaba la sangre en un tarro de cristal. No encontraba respuestas para lo que había visto. Apretó con fuerza la flecha que colgaba de su cuello. Le faltaba el aire. Quería salir corriendo, pero, al mismo tiempo, no se podía mover. Quería gritar, pero de su boca abierta no salía sonido alguno.

Unos ruidos cerca de ella rompieron el intenso silencio. Al fin echó a correr para alejarse de aquel matadero. Sintió que desfallecía. Se detuvo a vomitar; se sostuvo el cabello detrás de la nuca con una mano. Se preguntó si la muchacha que estaba allí había accedido a que le practicaran un aborto, pero aquello no era un embrión: había visto un bebé moviéndose. Ni haber vomitado le hizo sentirse mejor. Sudaba. ¿Tendría esto que ver con las jóvenes desaparecidas? Altagracia le había dicho que la última chica en desaparecer, Meche, estaba embarazada. Antes de encontrar una respuesta, sintió los dedos de la mujer que la había llevado al remolque, sujetándola por el brazo.

—¿Dónde estabas? —preguntó sin alterarse—. Te he estado buscando. Vamos, que la iniciación está a punto de comenzar.

Sofía la miraba paralizada, asociando su voz a la de un proyectil que tarde o temprano impactaría contra ella.

—¿Y esa cara de espanto?

En un principio Sofía contempló a la mujer y reaccionó abatida:

—¡Sofía tiene que salir de aquí! ¡Ayúdala!

—Este es tu lugar. Bienaventurados los inocentes que traen consigo la bondad. Vamos.

—No entiendes a Sofía. No viste lo que acabo de ver.

—Niña, yo viví el proceso. Yo también fui iniciada.

Al escuchar el tono solemne de la mujer, Sofía se quedó sin habla. Descendieron juntas por el sendero pedregoso. Las zapatillas de Sofía se hundían en el fango o se resbalaban, y varias veces estuvo a punto de perder el equilibrio, pero se las apañaba para mantenerse en pie. La música había aumentado de volumen.

Comenzó a chispear.

—Vamos a llegar tarde, apresúrate.

Los bordes de aquel camino silvestre estaban delimitados por dos precipicios. Sofía se dejaba guiar. Pese a que el viento soplaba de vez en cuando, sentía la piel pegajosa. Podía escuchar el fluir del río. Hacía unos días buscaba ser ella misma, pero el camino elegido la había llevado a su peor pesadilla o a ser protagonista de una película de terror.

—Suena a música satánica.

La otra abrió mucho los ojos.

—Qué ocurrencia. Es *Damnation*.

—Música satánica —insistió Sofía.

—No.

—¿A quién quieres engañar? —gritó Sofía.

—El Maestro dice que el Creador es quien tuerce o endereza los caminos. No hay Dios ni Satanás.

Sofía se llevó las manos a la cara.

—Tranquila, contrólate; solo así conseguirás lo imposible.

La humedad del calor golpeaba con fuerza.

Casi al terminar de bajar la cuesta empezó a oír más fuerte el balbuceo de la corriente del agua, pero aún no alcanzaba a ver el río. Estaba flanqueado por una montaña cubierta de selva, cada vez más densa y tropical. El solo de la guitarra eléctrica le había causado un fuerte dolor de cabeza. Altares, gallos, fogatas, rosas rojas y un olor intenso a hierbabuena, romero y lavanda emergían como preámbulo al ritual.

—Déjame ir, por favor —pidió, tratando de sonar amable, como último intento.

—Cuando conozcas el poder transformador del Maestro no te querrás ir.

Pese al terror por lo que había visto, no podía evitar seguir a esa mujer, que parecía un ser sin voluntad, uno de esos androides de inteligencia artificial. Al vislumbrar la orilla, Sofía se percató de un séquito de cinco parejas vestidas de negro.

El cielo estaba cada vez más oscuro. Unos hombres preparaban los altares orientados al oeste; sus dos niveles construidos en bloques eran rectangulares. De pronto tañó una campana inubicable que llenó todo con su solemnidad de liturgia. Los individuos prendieron unas fogatas y continuaron alimentándolas con piñas y pedazos de madera que crepitaban y chisporroteaban, dejando que una tenue columna de humo se elevara al cielo. El repicar de la guitarra se intensificó. Sofía se tapó los oídos. Una agudeza inquietante hizo que todos callaran bruscamente. Poco después, la música resurgió nítida, con la insistencia de una oración.

Sofía se concentró en el fuego, en cómo se consumían los troncos, en las diferentes tonalidades de las llamas, azules y rojas, de vez en cuando naranjas intensas, y que producían un silbido, el de los chisporroteos y crepitares de la leña al quemarse. Los presentes murmuraban ahora al unísono: «Somos infieles tuyos. Nos arrepentimos para vivir en ti porque te pertenecemos».

El crepitar de las llamas se hacía más fuerte. Los fogonazos oscilaban, crecían, cambiaban de forma y colores, se elevaban al cielo como una protesta. Mientras unas llamas se avivaban, otras morían.

—El fuego es capaz de liberar a una persona —oyó proclamar a uno de los hombres, y los demás asintieron.

Luego empezaron las invocaciones: «Bienaventurados los fuertes porque de ellos será la Tierra. Malditos sean por miles de veces los débiles, porque ellos heredarán el yugo; quedarán desangrados aquí y ahora».

Sofía giró la cabeza y vio a Clara. Apareció enfundada en una larga túnica, sencilla, pero con un escote pronunciado. Avanzó entre los demás hasta detenerse junto a Sofía, y le susurró al oído con una voz casi maternal:

—Sofía, que el brillo de luz de tu mirada nunca se apague.

El río discurría como una lámina de cristal hacia la vegetación del monte. Observó que el lápiz labial rojo contrastaba con la piel tostada de Clara. La notó resplandeciente; de sus ojos redondos, verdes, delineados con tinta negra, emanaba un aura transparente. Se había transformado.

Se dio cuenta de que probablemente esa sería su última oportunidad de hablar con ella. Se acercó. Como todos miraban el fuego y estaban sumergidos en sus invocaciones, nadie le prestó atención. Cogió a Clara del brazo y le dijo:

—Clara, Sofía vio cómo a una muchacha le arrancaban un hijo de su vientre. Este lugar no es lo que crees. Tenemos que escapar.

—Viste la procreación. Te dije que pronto lo entenderías. Ya pasé esa prueba y por eso seré iniciada. Ojalá pronto puedas ser inseminada también. Concebir te hará entender lo que es ser desprendido. Tú serás una de las ungidas. El fruto de tus entrañas te devolverá la libertad.

—¡De eso le hablabas a Sofía! ¡Lo que no quisiste explicar! Tuviste un bebé para que fuera sacrificado en nombre de tu Maestro...

—No entiendes nada. Procreé para salvar a otros.

Clara levantó la mano izquierda y tocó el dije de flecha que colgaba del cuello de Sofía.

—Aquí podrás salvar tu alma y cumplir tu designio.

Aquella voz enmudeció a Sofía. Era tosca, muy diferente a su voz habitual. Clara volvió a mirarla fijamente a los ojos y agregó:

—Sofía, aquí hallarás aceptación; por algo a este lugar lo llamamos Puerta del Cielo: este es tu verdadero hogar.

La polaroid con los jóvenes y el abuelo que vio en el estudio, y que tenía escrito a lápiz el nombre Puerta del Cielo, le llegó como una bofetada a Sofía. Armándose de valor, preguntó con un tono de voz que, a medida que hablaba, iba desvaneciéndose:

—¿Puerta del Cielo?

No hubo respuesta. Sofía se aferró a la cartuchera; allí tenía el cúter. De ser necesario, estaba dispuesta a usarlo. «Jamás manipularán a Sofía», afirmó para sus adentros. El corazón le latía con rapidez. Reconoció que las oportunidades de huir eran remotas, pero debía aferrarse a ellas. Aunque no podía entender del todo, la vinculación de su abuelo con ese lugar resultaba evidente. Quizá, como decía Clara, no era casualidad que ella estuviese ahí, pero no por motivos espirituales. Las náuseas regresaron.

El ronroneo de un motor la sacó de sus pensamientos. Vio llegar por el este una embarcación como de siete metros de eslora, construida en madera marina, de apariencia muy sólida. Sofía identificó al hombre canoso que los recibió cuando llegó a ese lugar y se llevó a Luna, y detrás de él a una persona que solo podía ser el Maestro. Este vestía pantalón y camisa blanca arremangada, que parecía la vela de un velero a causa del viento. Tendría unos sesenta años, los brazos bronceados, el pelo rubio y una amplia sonrisa. El canoso bajó de la embarcación y dejó solo al Maestro.

Para llegar navegando hasta allí debieron de atravesar la represa, pues no parecía que en esa parte de la isla hubiera un río navegable, pero con las crecidas por las copiosas lluvias todo era posible. Se puso a hacer cálculos: creía encontrarse cerca de Camuy, aunque después de oír las noticias en el todoterreno estaba casi segura de que podía estar más pegada a Quebradillas. Si su premisa era correcta, su ubicación se hallaba a cuarenta o cuarenta y cinco kilómetros del Océano Atlántico. El gruñido del motor del bote cesó, y al mismo tiempo las voces de los presentes se silenciaron. El canoso amarró el cabo a un árbol de tronco grueso e hizo un nudo marinero.

Frente a los altares improvisados, dos individuos se quitaron las camisas. Sus pechos sudados lucían fuertes. Cada uno sacó un gallo de una jaula. Las aves, cogidas por las patas, se agitaban desesperadas y batían las alas. Los hombres las levantaron y les dieron vueltas en círculos sobre sus cabezas. En la otra mano empuñaban unas cuchillas afiladas. Al detenerse, ubicaron los gallos con el pico hacia abajo sobre el altar, y de un solo golpe les cortaron los pescuezos. Sofía se tapó la boca con la mano para callar el grito que quiso salírsele como rayo de la garganta. Tras recolectar la sangre en copas de cristal, depositaron las vísceras de las aves en un envase y ofrecieron los restos de comida a los pájaros que sobrevolaban el lugar y descendían en picado, ávidos de aquel inesperado festín. Los hombres sacudieron las manos para desprenderse del exceso de sangre viscosa que se les había quedado entre los dedos.

Volvió a tañer la campana y las voces resucitaron al primer repiqueteo. Sofía sintió que se hundía en un vacío. El olor metálico de la sangre fresca se mezclaba con el de los inciensos, penetrantes y terrosos. Recordó la imagen de la criatura sobre la mesa de metal meneando las piernas y los brazos; volvió a sentir pánico. Se aguantó la cabeza con ambas manos. Clavó las yemas de los dedos en las sienes, pero no consiguió que dejaran de latir. Le entregaron una copa a Clara, quien emprendió el recorrido hacia la orilla del río con un andar seguro. Sus pasos cortos daban la impresión de flotar en el aire. El plasma dentro de la copa oscilaba. La sombra de Clara dejaba un rastro alargado, mientras sus ojos se dirigían hacia el Maestro. A Sofía la turbó no verla dudar.

Las briznas de los troncos de la hoguera se esparcían por el ambiente y olía a madera quemada. Sentía el aroma limpio del aire, el agua, la tierra y el fuego, pero esos olores de la naturaleza no podían hacerle olvidar la muerte del recién nacido. Tomó aire y exhaló con fuerza.

El Maestro continuaba con la vista fija en Clara. A Sofía, como un flechazo, la alcanzó un pensamiento oscuro. En la mirada calculadora del Maestro percibió que el hombre se aprovechaba de la necesidad de protección que tenía Clara. Al iniciarla la sometería a algo terrible, que evitaba imaginar, aunque en algún rincón de la mente lo intuía de todas formas. Pensó en las chicas desaparecidas, en el dinero que su Aba donó a los albergues y en cómo la había instruido para que fuera más consciente, más alerta contra las injusticias. Se aterró nada más imaginar que los hogares de acogida eran el sitio donde buitres como Daniel y el Maestro encontraban jóvenes débiles que engañar para llevarlas hasta allí. Dulce Hogar entonces era una tapadera, pero ¿de quién? ¿De Daniel? ¿Del Maestro? ¿De Abo? ¿De uno de ellos, dos o los tres? Y luego, cuando quedaban embarazadas, ¿por qué mataban a sus bebés? ¿Esos fetos grandes, formados, eran parte de este ritual o de algún otro más satánico que no había visto? Dos ideas más terribles aún le cruzaron la mente: la imagen de su propio secuestro y la pregunta de si su Aba había sido asesinada o si realmente se quitó la vida. Probablemente había empezado a investigar tras la conversación con Abo en el PerSe y al enterarse de todo se sintió incapaz de soportarlo. Pero eran sus abuelos y no podía concebir que la hubieran dejado a ella así de expuesta. No entendía nada.

Las lenguas de fuego se elevaban alimentadas sin descanso por nuevos trozos de madera. Algunas piñas detonaron. Sintió el calor, más dentro de sí que fuera del cuerpo tenso, y la ebullición causó que le ardieran las sienes. Sofía clavó los ojos en el Maestro, altivo, con los brazos color bronce y los cabellos rubios mecidos por el viento. Los hombres que habían matado a los gallos se acercaron a él y con actitud reverente le pusieron encima una capa oscura. De inmediato continuó el recorrido hacia el encuentro con Clara. El hombre canoso recibió al oído una orden del Maestro y empezó a meterse entre la gente. Sofía, de manera instintiva, supo que la estaba buscando y decidió salir de ahí, no dejarse atrapar jamás. De pronto, un leve temblor de tierra seguido por un ruido estremecedor detuvo todo. El Maestro miró hacia la montaña, como si olfateara el aire.

Al sentir el temblor, Sofía, asustada, recostó la espalda contra una roca. Los hombres y las mujeres, de amplias túnicas, de pie, descalzos, justo al lado del monte, habían pausado la ceremonia, un poco aturdidos por el movimiento telúrico, sin saber qué hacer. Sin embargo, un instante después se tomaron de las manos con fervor y se arrodillaron. Sofía escuchó cánticos en una lengua que le era desconocida.

Clara esperaba al Maestro, que se desplazaba con lentitud hacia ella. Caminaba erguido, con el rostro adusto y la mirada serena. Otro temblor, esta vez más intenso, hizo que las facciones del Maestro se contrajeran en una mueca de miedo. Las voces se mezclaban unas con otras, ahora más bien crispadas. El rumor del río, junto con el calor, la humedad y la sensación de que el hombre canoso la encontraría, hicieron que Sofía estuviera a punto de desmayarse.

La mujer que la había recibido para que se cambiara de ropa giró sobre sus pies y se separó del grupo. La vio alejarse rápidamente y subir por el sendero por el cual habían bajado juntas a la iniciación. Sofía no se lo pensó dos veces y la imitó. Al subir por la senda pensó en internarse en el bosque y pedir auxilio. Observó a la mujer refugiándose en el remolque, pero ella permaneció de pie en el tope observando a los adoradores, a Clara, al Maestro, al río y la montaña. Continuaban las alabanzas, los cánticos y las oraciones. El Maestro no había reiniciado el camino hacia Clara. Lo vio pálido, sin asomo de la solemnidad del ritual. Parecía más pequeño y encorvado. Tenía la boca entreabierta, como si un objeto punzante no le permitiese cerrarla. Sofía buscó a Clara y la advirtió muy quieta a la orilla del río, con la copa en la mano y la ropa salpicada de sangre. En su rostro no detectó expresión alguna. Los adoradores recitaban más fuerte: «Bienaventurada la vida y la muerte, el aquí y el ahora, el cielo y el infierno. Nadie está por encima de ti. Malditos los que temen a las sombras».

Las oraciones se alternaban con los cánticos.

Un rugido brotó de las entrañas de la tierra y otro remezón, esta vez más fuerte, la hizo tambalearse. Las voces se apagaron. Sofía, con los hombros temblorosos, se llevó las manos al rostro. Finalmente azotó el aguacero. Comenzaron a oírse gritos y voces desconcertadas, el ladrido de un perro solitario y el corretear de la gente. El hombre canoso que la perseguía había retrocedido para ir a proteger al Maestro. Varios pedruscos se desprendieron y, según iban cayendo, la tierra bajo sus pies se estremecía. Los segundos se hicieron eternos. Sofía decidió llegar hasta el remolque. Trató de moverse, tambaleó y cayó. Intentó levantarse, recogerse el vestido manchado de lodo hasta las rodillas, pero toda ella se sacudía también. Se escondió entre dos grandes peñascos. Desde allí podía ver cómo permanecían paralizados a la orilla del río los guardianes de la comunidad. Aunque no había vuelto a temblar, todo era ahora confusión, gritos y súplicas al cielo. Sofía permanecía petrificada mirándolos. Vislumbró a Clara inmóvil, con los brazos extendidos, como si fuese ella quien hubiese desatado el temporal. Estaba como en un trance.

El retumbar de un rugido se escuchó con fuerza: otro temblor. Antes de que los fieles corrieran hubo un deslizamiento que sepultó a varias personas, entre ellas la cuidadora de Clara. Sofía, aterrada, observó cómo algunos de los adoradores trataban de apartar deprisa las piedras que cubrían varios cuerpos. Divisó la figura del Maestro, que corría hacia el bote y hacía caso omiso de una mujer que le pedía ayuda; no detuvo la marcha hasta subir a bordo. Lo vio inclinarse, levantar una maleta azul similar a una que solía usar Abo, con el gráfico de una estrella y un rayo de luz a su alrededor. Luego se arrodilló y la guardó en el compartimiento de popa. Al levantarse alzó la vista y Sofía notó sus ojos clavados en ella. El hombre trató de prender el motor, pero no logró que arrancara. Lo intentó varias veces, hasta que lo consiguió, pero enseguida el ronroneo se apagó. Múltiples truenos hicieron que Sofía se tapara los oídos. La fuerza del viento levantó el motor y lo removió con todo y soporte. El Maestro, que apenas mantenía el equilibrio, no pudo esquivar el golpe del motor en el tórax. Tras el impacto, Sofía presenció cómo caía sobre la cubierta. Al ver la embarcación oscilar, Sofía gritó del susto, pero la nave de madera, al igual que ella, resistía las inclemencias del tiempo.

La iniciación se había transformado en caos y pánico. La lluvia arreció; los fuertes estampidos de los truenos parecían lamentos. En segundos, el aguacero se convirtió en un verdadero diluvio que apenas le permitía ver a las demás personas.

La fuerza de la tierra y del agua la intimidaron. Clara continuaba parada al margen del río. Seguía con los brazos extendidos.

—¡Clara, ven! —gritó.

No recibió ni siquiera una mirada por respuesta.

Las nubes grises, troceadas como ladrillos, se tornaron densas. Un manto de oscuridad cubrió el cielo. La corriente transparente se volvió implacable y hacía que el río se viera inmenso y amenazante. Sofía, con la cara desencajada, permanecía a la intemperie, enchumbada, pero a salvo de la rabia que traía consigo el río. Una pestilencia repentina profanó el aire. Comenzó a gritar que subieran a resguardarse junto a ella:

—¡Vengan! ¡Suban! —gritaba con un vozarrón que en la vida se había oído—. ¡Corran! ¡Clara! ¡Clara! ¡Ven!

Sofía permanecía agachada, con la cabeza erguida, observando cómo la corriente marrón anunciaba el golpe de agua. Lo que le venía a la mente era la posibilidad de no volver a oler su casa; no el vaho a huevo podrido, sino el olor de sus libros, el de la ropa doblada y limpia, incluso el aliento de Óreo.

Cuando pudo mirar más allá, en medio del agua y el lodazal en que se había convertido el lugar, vio cómo algunas manos y piernas intentaban aferrarse al bote y trepar, aunque habían esperado demasiado para apartarse del río. Trataban de subir a la embarcación, pero no tenían fuerzas para lidiar con la corriente. Sofía observó unos brazos inertes que parecían brillar con luz propia. Rápidamente comprendió: eran los de Clara, salpicados de sangre. La copa había desaparecido. Sofía estaba exhausta. Presenció despavorida cómo el caudal del río acababa con la vida de varios adeptos del culto. Un momento estaban frente a ella y el siguiente ya no estaban más.

Desde su posición, Sofía pudo ver nuevamente el cuerpo de Clara río abajo. Parecía tranquila, como si estar muerta fuera sinónimo de flotar en el agua turbia con placidez. Fue la despedida. Se puso en pie. Sentía que no le llegaba el aire a los pulmones. Aspiró y espiró. Luego se sacó el flequillo de la frente y lo exprimió con ambas manos para que el agua no siguiera chorreándole por la cara. La inesperada tranquilidad volvió a interrumpirse por el fragor de un ruido que acrecentó el deslizamiento. Toda ella temblaba; la tierra también. Miró hacia el bosque. Volvió a pensar en la posibilidad de alcanzar la carretera y huir en la camioneta que la había llevado hasta allí, pero temió perderse en esas tierras tan siniestras. Ver los cuerpos de los adoradores y el de Clara navegando por aguas turbias le hacía replantearse la manera de abandonar el lugar. Cualquier riesgo valdría la pena. Se sintió desfallecer.

El desbocamiento del río había durado poco y la escorrentía, aunque iba más rápido de lo normal, comenzaba a ceder. Era increíble que la embarcación no hubiera zozobrado. Sofía pensó que, tarde o temprano, la policía llegaría a ese lugar para inspeccionar las consecuencias del desastre natural y se toparía con muertos flotando. Si tenía suerte, también la encontrarían a ella con vida. Pero esperar en medio del bosque uno o dos días era demasiado riesgo. Al no atreverse a subir al tope de la montaña, solo le quedaba huir por mar. Aunque peligrosa, la última opción era la más sensata, porque el bosque se la podía tragar.

La fuerza de la corriente seguía disminuyendo. Era su oportunidad. Tenía que atreverse a llegar al bote, enfrentar al Maestro, cortar la amarra y alejarse de allí. Frotó las manos una contra la otra, como para darse fuerzas, y empezó a descender muy despacio por el sendero, evitando tropezar con las piedras.

Dos troncos anchos habían hecho de salvavidas; por eso el bote no había naufragado. Notó que la amarra seguía tensa. Para no rendirse en su afán de abordar, evitó pensar en los cadáveres que pasaron flotando ante sus ojos, arrastrados por la implacable corriente.

Capítulo 13

Sofía se lastimó la muñeca al subir a la embarcación; le ardían los brazos y las piernas, llenos de rasguños. Al principio de la tormenta había visto al Maestro caer golpeado por el motor, y desde aquel inesperado impacto no lo había vuelto a ver. Una vez en el bote, se dio cuenta de que estaba tirado sobre la cubierta, con una herida en la frente y la cara ensangrentada, en estado de sopor, probablemente inconsciente.

Múltiples truenos hicieron que Sofía volteara a ver al cielo. El Maestro yacía en un letargo, ajeno a lo que pasaba. La luz de los relámpagos rasgaba la tela cenicienta del cielo y la fraccionaba en fugaces vetas claras, como si en cualquier momento fuera a desplomarse sobre ellos. El Maestro resoplaba fuerte. A veces abría los ojos, sobresaltado por el estruendo de los truenos, pero enseguida volvía a su estado de somnolencia.

Ansiosa, Sofía analizaba cómo cortar la amarra cuando de pronto el Maestro, con los ojos semiabiertos, le preguntó con un habla arrastrada:

—¿Tú? —Se enderezó y sentó con dificultad.

Ella notó la palidez del hombre. A pesar de que el bote se ladeaba, subiendo y bajando, Sofía no desaprovechó la oportunidad para enfrentarlo.

—Todo esto es culpa suya —dijo bruscamente.

—Yo no tengo una varita mágica para generar terremotos.

—Tampoco es un ilusionista, pero con sus mentiras los ha embaucado a todos.

Al dispersarse las nubes, el firmamento comenzó a aclarar. Sofía distinguió los altos pinos del cerro; le parecieron inalcanzables.

—Estás asustada —se esforzaba en hacerse escuchar—, pero no puedo decir que no sea culpa mía.

Miró al hombre de arriba abajo con un gesto de rechazo y mantuvo la distancia.

—¿Por qué secuestró a Sofía?

El Maestro miró hacia otro lado.

—Sofía ya sabe que secuestra adolescentes, por eso la raptó —gritó furiosa. Aspiró y espiró para tranquilizarse.

—No tenemos mucho tiempo. Debemos salir de aquí.

—¿Qué quiere de Sofía?

—Te protejo de tu abuelo Héctor.

Sus miradas se encontraron y ella insistió:

—Mentira. Ustedes atrapan a las chicas como Clara y les quitan sus documentos. Debería estar preso —increpó, fuera de sí.

La soga seguía tensa.

—Estás confundiéndolo todo, pero eso ya no importa —dijo él muy suavemente.

Sofía ignoró el tono calmado de aquella voz.

—Sí importa.

—Mira, Gacelita, guardo los documentos para que otros como Daniel y tu abuelo no puedan hacer transacciones con las chicas.

—¡No llame así a Sofía! —exigió, sorprendida e incómoda.

—Así te llamaba Marta.

Sofía no pudo controlarse:

—¿De dónde conoce a Aba? —preguntó alterada—. Ella no pudo ser amiga de usted. Aba nunca hubiera comprometido la vida de ninguna persona. —Tenía la cabeza a punto de explotar.

—Tu abuela no, pero Héctor sí.

—¿De qué habla?

El hombre cogió aire.

—Él fue el responsable de la muerte de mi hermana, de que Daniel me traicionara, y casi podría asegurar que de la muerte de Marta también. Se aprovechó de tu abuela para llegar a las jóvenes.

—¡Miente!

—Eso es el pasado —dijo extenuado—. Ahora yo te tengo a ti en este bote. Quise que vinieras para que conocieras al verdadero Héctor y evitar que te sacrificara.

Sofía sintió que el cuerpo le bailaba y se abrazó para que él no se percatase de su temor. El vaivén de la corriente seguía siendo muy suave y había salido el sol.

Ya no estaba segura de nada. Tenía que descubrir por sí misma en dónde estaba la verdad. Confiaba en que el río siguiera en calma.

—Hay un bichero. —Su voz, aunque débil, era exigente—.

Abre esa escotilla; está detrás de la maleta —dijo señalando a la izquierda de ella.

Surgió una calma inesperada; el río se apaciguaba aún más. Sofía aprovechó para ponerse de pie. Siguió sus instrucciones y levantó el tubo redondo que sujetaba el garfio; no le pesaba. Descubrió que podía extenderlo o achicarlo y eso le dio algo de seguridad. Agarró el bichero y colocó ambos pulgares como si sujetara un palo de golf. Tensó las manos y, al tocar la cuerda, encajó con un movimiento preciso el gancho metálico. Las manos de Sofía temblaban; temía que se le resbalara el bichero. No contaba con tiempo para verificar la correntía del río; supuso que disminuía cada medio minuto. Miró el reloj varias veces. Fuerza igual a masa por aceleración. Empujó hacia arriba, pero no fue suficiente el impulso y estuvo a punto de caer por la borda. Acortó el bichero para no perderlo y se arrodilló. Sabía que debía arriesgarse. Volvió a colocar el garfio en la cuerda y empujó, pero el filo puntiagudo no rompió la soga. Un tronco impactó contra el bote, y aunque ella consiguió agarrarse de la borda, el bichero cayó al río.

Escuchó un murmullo proveniente del Maestro:

—Acabas de malograrlo todo.

Sofía miró a babor y a estribor, pero solo alcanzó a divisar la silueta del monte. El verdor se había desdibujado por la neblina cada vez más densa que lo cubría, como si nada hubiera sucedido allí. Sin moverse, fijó la vista en el Maestro e instintivamente la desvió hacia la maleta. Reconoció la estrella y el haz de luz. «Estrella Libre», pensó, y no fue difícil asociarlo con el mafioso que intimidaba al abuelo. Sentía en su interior como si su mundo se derrumbara.

—Reconoces la maleta, ¿verdad?

—Es de mi Abo —dijo señalándola.

—Ahí tienes la respuesta de por qué estás aquí.

—Abo nunca pondría a Sofía en peligro.

—Él es culpable de tantas cosas… —dijo jadeando—, ¡No confíes! No confíes en nadie. Ya no podré hacer nada por ti.

Sofía no le creía. Percibió los ojos del Maestro fijos en ella, irguió más la espalda y resopló. Incómoda, bajó la vista y vio que el hombre llevaba una pistola en la cintura. La visión la intimidó. Trató de mantener la calma. Caviló preocupada sin poder quitarse de la cabeza la imagen de esa arma con la cacha blanca. Cogió aire para contener el nerviosismo. Su rostro estaba demudado, los ojos fijos en la cacha de marfil. La suavidad con la que el Maestro le hablaba le hacía cuestionarse todo.

Las acusaciones en contra de Abo parecían genéricas y llenas de rencor, trató de justificar Sofía. Entonces recordó las veces que había oído a su abuelo en el estudio sobornando al médico y meneó la cabeza para enterrar aquellas conversaciones.

—Nunca sobreviviremos —dijo Sofía.

Cuando Sofía vio al Maestro abrir los ojos, suspiró aliviada: estaba tan blanco que lo había creído muerto. Acarició el dije en forma de flecha que le había dado su abuela. Un movimiento repentino sacudió el bote: otro tronco había chocado contra ellos. El hombre miró el colgante; Sofía lo apretó más fuerte.

—Tu abuela te ha entregado la memoria —dijo de pronto, y se echó a reír con la poca fuerza que le quedaba—. ¡Fue más inteligente que todos!

Lo vio quedarse dormido. En la noche, solo la tiniebla la acompañaba. En la madrugada vio a los murciélagos surcar a gran velocidad el cielo. Tuvo la impresión de que todos habían salido de un escondite cercano para revoletear sobre ellos, amenazantes.

Dormitaba en contra de su voluntad y despertó aterrada por el jaleo de una pelea, golpes, aletazos. Dejó escapar un suspiro de alivio al ver que eran las gaviotas anunciando el alba. Comprendió que debía bajarse del bote. El bosque parecía ser su única oportunidad para alejarse de aquel inhóspito lugar, aunque, por otro lado, la idea de perderse en aquellas tierras la horrorizaba. Debía serenarse, se dijo. Se acercó al Maestro; tenía la boca entreabierta.

—Sofía quiere saber dónde conoció a Abo.

Los párpados del Maestro no volvieron a abrirse. Lo llamó varias veces. El hombre tenía el rostro tostado por el sol; contrastaba con la blancura de sus labios. Hilos de baba le colgaban de la boca.

Un calambre en el abdomen de Sofía resurgió como una advertencia concreta de que no había acabado el peligro.

Capítulo 14

Sofía escuchó una voz lejana preguntando si había alguien por ahí. Cuando estuvo más cerca, silbó y Sofía respondió con un movimiento de manos que surcaban el aire. Respiró con alivio: se avecinaba ayuda.

En el cielo afloraba un raquítico azul y las nubes gruesas se dispersaban. Alcanzó a distinguir a la persona que le hacía señas desde la loma donde ella había presenciado el golpe de agua del río.

—¿Hola? ¿Estás bien? —El desconocido hizo bocina con las manos—. No te asustes. Voy a bajar.

Sofía gritó que sí. Los nervios la hacían estremecerse aún más. No podía creer que hubiera sobrevivido al río y al Maestro.

El hombre soltó la amarra, haló hacia él la embarcación, tensó la soga e hizo de nuevo un nudo.

Sofía se fijó entonces en el pelo corto, negro y lacio del rescatador; debía de tener unos cuarenta años. Las mangas de la camisa arremangadas hasta arriba del codo dejaban ver la piel curtida por el sol y unas manos delgadas y rápidas que se movían con soltura. Llevaba un chaleco amarillo fosforescente y unos vaqueros salpicados de barro. Era fornido y musculoso. Sus ojos, cubiertos por oscuras gafas de aviador, la pusieron en alerta. Abordó la embarcación con agilidad y se le acercó.

—Hola, soy Javier —sonrió amable—. ¿Estás bien? ¿Qué haces aquí?

Ella retrocedió un paso y cogió aire antes de responder.

—Sofía se refugió en el bote.

—¿Sofía? ¿Quién?

Sofía se quedó mirándolo fijamente.

—Oh, estás hablando de ti misma, ¿verdad?

Ella asintió varias veces con la cabeza. Estaba exhausta.

—¿Perdieron el motor?

—Con el golpe de agua —respondió aturdida, con las manos temblándole y la vista fija en él, como en busca de señales de lo vivido en las últimas horas.

—No temas, soy voluntario de la brigada. Auxiliamos a una mujer, estaba muy asustada. La pobre nos contó que hubo un derrumbe; nos señaló el camino y bajé a mirar. ¿Estás sola? Has tenido mucha suerte.

Sofía señaló al hombre tendido sobre la alfombra que cubría la cubierta. Javier giró y al ver al Maestro se arrodilló a su lado, le palpó la carótida a la altura de la tráquea con el dedo pulgar y se alejó con el semblante tenso.

—Murió —confirmó, visiblemente consternado.

Sofía juntó las rodillas y desvió la mirada al río.

—Le informaré a la brigada para que ellos se ocupen. —Javier encontró un toldo y cubrió el cadáver—. Lo importante es ponerte a salvo.

Sofía respiró aliviada.

—Tengo una toalla. —La sacó de su mochila y se la colocó por encima de los hombros.

—Estar seca te ayudará a entrar en calor. Debes de estar deshidratada —dijo con gesto de preocupación. Le ofreció una botella de agua y le recomendó que bebiera despacio—. Menos mal que ha salido el sol; el día va a resultar hermoso. Una pena esta tragedia —agregó señalando al Maestro.

Sofía prefirió no pensar en lo ocurrido: deseaba borrarlo de su mente. Vio al desconocido revisar meticulosamente la pequeña embarcación de proa a popa. Palpaba con pericia cada resquicio. Finalmente, abrió la escotilla de proa, se agachó y sacó la maleta azul. Parecía haber encontrado lo que buscaba. El hombre hizo un esfuerzo para cargarla; los músculos de los brazos se le tensaron al levantarla, como si pesara. La colocó sobre la cubierta. La cremallera se encajaba; Javier, con pequeños movimientos, halaba suavemente hacia atrás y hacia adelante para destrabarla, hasta que consiguió abrirla. Alzó la tapa con mucho cuidado, solo un poco. Al ver el contenido la cerró, como temeroso de que alguien más pudiera atisbar su interior. Sofía apartó los ojos, pero advirtió rápidamente que la maleta parecía estar llena de billetes de cien dólares.

—Vengo enseguida —dijo él.

A Sofía le sorprendió que ni siquiera le hubiera preguntado si conocía al Maestro ni hubiera dicho nada de la pistola, que había recogido y guardado como si estuviera familiarizado con las armas.

Cuando regresó sin la maleta, ella pensó en preguntarle qué había hecho con la valija y la pistola, pero no lo hizo por miedo a alguna represalia; lo único importante era salir de allí. Javier la ayudó a bajar del bote. Le explicó consternado que no había conseguido comunicarse con la brigada y dijo que la escoltaría arriba.

El terreno estaba muy húmedo y caminaban despacio para no hundirse en el barro.

—Mi hermana Nicole se refería a veces a sí misma en tercera persona. Dejó de hacerlo ya de adolescente.

Sofía no respondió; le molestaba que trataran de encajonar a las personas en clases, maneras, conductas.

El río seguía en calma y el viento callado. Sofía se estremeció. Aunque no quería, recordó el ritual, a Clara inclinarse ante la efigie compuesta de animales, las tres cruces invertidas junto a las lápidas, las dos muñecas recubiertas con sangre y el sacrificio de la criatura recién nacida. Sofía cerró los ojos, los abrió y, como en una película en retroceso, visualizó los cuerpos de Clara y los devotos desaparecer arrastrados por la turbulencia del río que poco después se había apaciguado.

Cuando llegaron al área desde donde ella había observado la tragedia, vio bajando a otro brigadista con un chaleco similar al de Javier. Se saludaron con la mirada. Permanecieron unos minutos allí. El remolque continuaba en pie. Sofía sintió de pronto unas ganas tremendas de abandonarse al sueño, descansar y olvidar lo sucedido. Ese hombre, por alguna razón, trataba de transmitirle tranquilidad, pero ella desconfiaba porque se había apropiado de la maleta y de la pistola. No podía confiar en Javier, pero tampoco tenía otra opción; por ahora lo necesitaba, así que no hizo preguntas.

Comenzaron a caminar. Ella observó alrededor en busca del hombre canoso, pero no lo vio.

—¿Cómo llegaste al bote? —preguntó Javier con cierta indiferencia, concentrado en el sendero enlodado. A Sofía le perturbaba no poder ver su expresión a causa de las gafas.

—Sofía asistió a un rito. Él era el maestro de una comunidad. —Se frotó la nariz—. Iba a iniciar a una chica llamada Clara, y Sofía la acompañó al ritual. Nos llevaron a unas cavernas. Hubo unos temblores y ambos nos refugiamos en el bote. Sofía cree que todos los demás murieron.

Javier dirigió la vista al cielo.

—Lo increíble es que tú hayas sobrevivido.

Sofía decidió que, apenas llegase a la carretera, saldría corriendo y se entregaría a la policía o pediría ayuda en el primer negocio que viera.

—¿Entonces dices que ese hombre era un maestro y formaba parte de un ritual? —dijo Javier al fin—. Tendrás mucho que contar. —Prendió un cigarrillo.

Sofía guardó silencio.

El cielo mostraba distintos tonos de azul. Javier le comentó:

—A mi hermana le encantaría conocerte; se le da bien trabajar con jóvenes, consigue ayudarlos.

—¿Es policía?

—No, no, era monja.

En su dedo anular se veía la huella de un anillo de casado que ya no llevaba. Sofía pensó en su padre, a quien nunca había visto usar uno. Quería evitar a toda costa el recuerdo de su padre.

Subían lentamente.

—Cuéntame cómo llegaste hasta aquí.

—Sofía escapó de la casa.

Él no volvió el rostro hacia ella; siguió mirando hacia el sendero.

—¿Tus padres te han hecho daño? —preguntó al fin.

—No. Bueno, nada grave.

Sofía prestaba atención al camino, para no tropezar con los troncos y ramas de árboles, las piedras y los pedazos de zinc que encontraba a su paso.

—Si me quieres decir algo, yo guardo tu secreto; tal vez pueda ayudarte. —Se le cayó el cigarrillo, sacó otro y lo prendió.

Mientras avanzaban, ella lo escuchó comunicarse con el *walkie talkie* y preguntar si necesitaban ayuda. A todo contestaba con un «Ok, ok, cambio y fuera». Apagó el aparato y la miró.

—El brigadista, que bajaba cuando subíamos, ya les hizo saber del hombre en la barca.

Sofía mantuvo la vista en el camino. Cuando Javier le pidió el número de teléfono de sus padres, ella se agitó y lo miró aprensiva.

—Sofía prefiere ser ella quien hable con ellos. Han pasado muchas cosas.

Él le pasó el móvil. Ella marcó el número de su papá, pero la llamada no conectó.

—Hay muchos problemas de señal; no te preocupes, en un rato vuelves a intentarlo.

Sofía comprobó en su reloj que eran casi las ocho.

—De seguro te llevarás bien con Nicole —masculló Javier entre dientes. Expulsó el humo y volvió a colocarse el cigarrillo entre los labios.

Pocos minutos después, Sofía advirtió que faltaba un pequeño tramo para llegar a la carretera.

Cuando alcanzaron el tope de la montaña observó con atención al hombre. Caminaron una veintena de metros baldíos sin avistar a nadie y recorrieron otro tramo pavimentado hasta un vehículo estacionado con las luces de emergencias encendidas. Aunque seguía pensando que, más allá de si Javier era sincero o no, correr era la mejor opción, no se sentía con fuerzas y se dejó llevar.

Una vez en la pick-up, él puso su mochila en la cajuela. Sofía se sentó en el asiento del pasajero y fijó la mirada en la carretera. Iban despacio, sorteando algunas ramas en el camino.

—Vas muy callada. ¿Tienes algún plan? —Se rascó detrás de la oreja.

Casi le dijo que deseaba echar a correr, pero se mordió los labios.

—Pronto Sofía irá a estudiar a un instituto en Miami.

Javier levantó una ceja con incredulidad.

—¡Wow, Florida!

Sofía asintió. Encogida en el asiento, permaneció callada, llena de dudas sin respuestas.

Observó varias brigadas del municipio limpiando. Con suerte, después de la tormenta tendrían un día de verano con cielos despejados. En la radio, el locutor de turno anunció: «El Servicio Nacional de Meteorología advirtió que el caudal de varios ríos se desbordó, ocasionando inundaciones en la mitad de la isla. El tramo de la autopista de Quebradillas a San Juan fue cerrado debido a un deslizamiento de tierra. Está previsto que lo abran temprano en la madrugada. Algunas familias desalojadas comienzan a regresar a sus casas». Escuchó que la mayor parte del país volvía a estar sin electricidad. Algunas antenas de comunicación habían cedido a los fuertes vientos, por lo que el servicio de telefonía e internet también se había visto afectado en algunas áreas.

—Debo llevarte al hospital. La deshidratación es un asunto serio cuando se está expuesto al sol sin beber líquidos. ¿Qué te pasó? —preguntó Javier fijándose en la mano de Sofía.

—Solo son raspaduras —afirmó Sofía mirándose los rasguños.

—Deben revisarte.

El hombre se quitó las gafas. Sus ojos eran oscuros y penetrantes.

—En un hospital llamarán al Departamento de la Familia y Sofía no podrá ver a papá —dijo con los ojos clavados en sus zapatillas.

—Tranquila. —Una pequeña curvatura marcó las arrugas alrededor de los labios de su rescatador—. Hay un centro de diagnóstico cerca, y con tanto inmigrante que llega en yola, apenas piden datos: suelen evitar el papeleo. —Javier encendió otro cigarrillo. Le dio unas caladas contemplando el horizonte.

El cielo despejado parecía una sábana estirada.

—Perdona que fume. Se supone que no debería hacerlo, pero me relaja.

Sofía no le respondió.

—No eres la única que se ha escapado de su casa, ¿sabes? —continuó Javier con una voz que pretendía ser tranquilizadora—. Yo me fugué cuando tenía más o menos tu edad.

Pero eran otros tiempos y es diferente cuando uno es varón. Debes tener mucho cuidado. ¿Qué pasó? ¿Quieres hablar de eso? —Dio varias caladas profundas.

Ya no se sentía capaz de esconder más su realidad. «Hablar en voz alta de los problemas ayuda a ver mejor las opciones y a lidiar con las situaciones que molestan», solía decirle su terapeuta. Si hubiera hablado con su padre, tal vez habría evitado la catástrofe en que se había convertido su vida, pensó cabizbaja.

—Mamá acumula basura dentro de la casa. Ella no está bien.

—Te entiendo. Yo también odio la basura.

Sofía decidió no entrar en los detalles de su verdad. Con lo dicho era suficiente para ella, y al parecer para Javier también, pero, al darse cuenta de que había dado más información de la que debía, apretó los labios y tensó la mandíbula. Se arrepintió de haberse ido de la lengua. Lo miró con un dejo de tristeza.

A través de la ventanilla, clavó la vista en aquel paisaje por donde circulaba la camioneta: árboles, pequeñas casas de madera. Sofía intentó poner atención en memorizar el camino, pero la asaltaba la relación de su abuelo con el Maestro, a quien ni ella ni Javier habían vuelto a mencionar. En el último giro a la izquierda entraron por un camino sin asfaltar, custodiado por grandes árboles. Aquella súbita tranquilidad de la naturaleza le pareció perturbadora. Al final de la vereda apareció una casa con una fachada de apariencia sencilla.

—¿Adónde has traído a Sofía?

Tuvo una intensa sensación de sofoco y la acometieron el pánico, un mareo, las arcadas.

—Estás muy pálida. —Javier la miró de reojo—. Ey, ey, tranquila. No llamaré a las autoridades. Me pediste que no te llevara al hospital, por eso te traje aquí. Es la casa de mi hermana. Aquí te relajas y le cuentas las razones por las que te fuiste de tu casa. Ella te ayudará a contactar con tu papá. Cálmate.

Le zumbaban los oídos. Se sintió desprotegida.

—Créeme, ella se hará cargo de que estés bien. ¿Te parece intentarlo?

Quiso responder, pero le falló la voz. Todo comenzó a darle vueltas. Estaba estupefacta.

—Oye, ¿qué te sucede? —Javier parecía preocupado.

Sofía escuchaba las palabras del hombre cada vez más lejanas. Una fatiga física la arropaba como un manto pesado. Pasó de las palpitaciones y sudores al ahogo y las náuseas. Las oleadas de escalofríos culminaron en movimientos involuntarios de las manos. Toda ella temblaba. Los ojos se le nublaron, la cabeza le pesaba, los párpados se le cerraban. Con las fuerzas que le quedaban intentó aspirar otra bocanada de aire fresco. Se desvanecía. Vio una luz brillosa diluirse hasta alcanzar la oscuridad y, sin poder evitarlo, se desmayó.

Capítulo 15

Lo primero que notó Sofía al abrir los ojos fue a una mujer sentada al pie de la cama.

La mujer levantó la vista y miró a Sofía; luego la saludó con un «Bienvenida». Sofía observó que tenía los labios gruesos y bastante abultados hacia adelante. La escuchó repetir las sílabas de su nombre muy despacio, como si al hacerlo la fuera descubriendo. Sus ojos inmensos se posaron en ella.

—¿Dónde estoy? —le preguntó azorada.

Vio a la mujer sonreírle, levantarse de la butaca y dar unos pasos hacia ella. Era alta; vestía una blusa negra con los botones cerrados hasta el cuello y una falda larga de un tono menos opaco, como desteñido por el tiempo.

—Soy Nicole.

—¿La exmonja?

—Así es —contestó ella jovial.

Sofía respiró profundo. La habitación era acogedora. Descansaba sobre una cama doble de pilares antigua, al igual que las mesas de noche, de líneas rectas, colocadas a cada extremo, con unas lámparas idénticas sobre ellas. Todo era muy sencillo; también el pequeño escritorio, excepto la silla tapizada de verde terciopelo a juego con las cortinas. Le llamó la atención que dos de las paredes estaban ocupadas por estantes llenos de libros, desde el suelo hasta el techo.

—Quise llevarte al hospital, pero Javier se opuso. Dijo que cuando te lo propuso te afectó muchísimo. ¿Cómo te sientes? —Esbozó una sonrisa.

—Cansada. —Sofía cerró los ojos.

—Es lógico que estés agotada. ¿Qué tal si te traigo un jugo? ¿Te apetece?

Sofía asintió con un «Sí» muy soso.

—Con qué tono de tristeza lo dices. En cuanto hables con tu papá te sentirás mejor. Ya me dijo Javier que lo intentaste dos veces. ¿Le dejaste mensaje?

—Ni siquiera conectó la llamada. —La monotonía de su voz fue más palpable.

—Tendrás que volver a llamar. Cuando llueve, casi siempre nos quedamos desconectados. Lo de siempre desde María. Ese huracán sigue tan presente como si hubiera sido ayer.

Sofía, curiosa, estudiaba el rostro de Nicole.

—Espero que, pese a todo, tengas hambre. Voy a preparar unas viandas para el almuerzo, pero si te apetece, también puedo hornear carne —propuso contemplándola.

La suavidad de la voz de Nicole le hizo fijarse en ella.

—Vengo enseguida.

Sofía ya no la escuchaba. Tenía las manos crispadas sobre el regazo. Sintió una profunda decepción: era obvio que había fracasado en su camino a la libertad. Deseaba ver a su familia y se preguntó si bastaría con regresar a su casa para solucionarlo todo, para que todo lo vivido se esfumase. Las pasadas tres noches habían sido una prueba ardua. La única salida era ir con su padre por un tiempo y luego volver a intentar lo de Miami. Tenía que planificar qué hacer, pero estaba exhausta. Tocó la flecha. No le pasó desapercibida la sorpresa del Maestro al verla. «Tu abuela te ha entregado la memoria». Sofía se dijo que había muchos tipos de memorias: conocía muy bien la que se recibe a través de los sentidos. «Tenía razón, no era solo un dije», pensó. Para Sofía aquella flecha representaba un lazo inquebrantable con Aba. Había sido un error dejar la mochila en el casillero. «Debo recuperar las fotos y el rosario de la abuela», se propuso. Miró a su lado; al notar que no llevaba consigo la cartuchera, se agobió.

Javier entró a la habitación, sacándola de sus cavilaciones. Observó que tenía los ojos grandes, el rostro limpio y el pelo corto, engominado. Por eso y por la complexión habría podido ser uno de los extraños que veían a su abuelo, pero su ropa era ordinaria: vaqueros y camisa de manga corta. También el chofer de la gorra de beisbol que la llevó a la iniciación le recordaba a esos hombres misteriosos de la casa de Abo. ¿Sería cierto o era una paranoia sentir que todo confabulaba contra ella? El Maestro le había dicho que Abo era el culpable de la muerte de su hermana y tal vez de la de Aba. Eso le martillaba las sienes; difícil olvidarlo.

Javier se acercó. Tenía la piel oscurecida por el sol, pero sin manchas ni pecas.

—¿Te encuentras mejor? le preguntó con una sonrisa amigable.

Sofía quería desaparecer, pero contestó:

—Algo mejor.

Se incorporó hasta quedar sentada y se disculpó por el mal rato que le hizo pasar.

—Sofía no encuentra su cartuchera.

Javier abrió la gaveta de la mesa de noche, la sacó con cuidado y se la entregó.

—Aquí también tienes un cambio de ropa y unas zapatillas. Nicole me dio instrucciones. Tenía razón: había varias tiendas abiertas y el pueblo estaba cundido de gente. —Le acercó una bolsa—. Mírate, estás que das miedo. —Sofía revisó que la llave del casillero, los tapones para los oídos, el cúter, su identificación, la tarjeta de débito y el dinero estuvieran allí; también vio la hoja de papel que había guardado el último día que estuvo en casa de Abo. No faltaba nada—. Me diste tremendo susto.

Sofía hizo una mueca con la cara y se puso de pie. Javier le señaló el cuarto de baño.

No fue capaz de articular un solo pensamiento en voz alta. Había tratado de evitar recordar, pero al ver a Javier, todo volvió a su mente. Brutalmente le asaltó la imagen de los gallos desangrándose durante el ritual: el cuchillo en el gaznate, el tajo limpio. La muchacha desconocida con las piernas abiertas sobre una camilla de metal. El bebé moviéndose hasta ser asesinado. Clara hundiéndose en el río. El Maestro con la pistola, su fallecimiento. Se enjugó el sudor de la frente con el dorso de la mano.

—Definitivamente, bien no estás —observó Javier—. Ven, siéntate aquí. Deja que pasen unos minutos antes de volver a levantarte. —Le señaló a Sofía la silla y ella obedeció.

Pensaba en el día anterior como una pesadilla inacabable. No tenía idea de qué les diría a sus padres y a su abuelo sobre aquella huida. Raptos, sacrificios, asesinatos... Ni siquiera estaba segura de poder contarles algo. Toda ella se sacudía. ¿Qué explicación, si alguna, le daría Abo a ella?

—Vuelves a estar muy pálida. —Javier estiró el brazo y la tocó con familiaridad. Sofía se sobresaltó—. Si pudieras conseguir al menos relajarte por un rato.

Irguió la espalda, el tacto de los dedos tocándole el hombro la había paralizado. Cuando aquella fría sensación desapareció, observó la mirada extrovertida de Javier fija en ella. Cuando él se estaba retirando, entró Nicole.

Después de beberse el jugo, Nicole quiso mostrarle la casa. Era un lugar diferente al balbuceo de la ciudad y a Sofía le había parecido muy grande para una sola persona. Le había gustado mucho porque estaba llena de ventanas, por las que entraba una luz espesa, celeste y cálida que bañaba los muebles y los objetos, haciéndolos acogedores. Era de techo alto, paredes color hueso y acabado mate. Sobre una mesa lateral reposaba una docena de fotografías. El más elaborado de los marcos estaba vacío, como si una foto hubiera sido retirada adrede. En el piso de cemento pulido y al lado de un moderno sofá de cuero marrón dormían, agrupados en columnas, libros, periódicos, mapas, un par de zapatillas y dos pares de botas de hule, de las que utilizan los trabajadores en las fincas. Sobre la butaca tapizada color mostaza había una manta gris y un abrigo de tela suave con botones.

—Ve a darte una ducha —le sugirió Nicole.

Después de lo sucedido, aquel lugar le parecía cálido a Sofía, pero ella estaba llena de miedos. Luego de ducharse se asomó a la cocina y vio a Nicole moviéndose de un lado a otro.

—Tienes mejor semblante, esa ducha te hacía falta —sonrió afable la mujer. Sofía le dio las gracias por acogerla allí—. Mira, vamos a animarte. ¡Javier! ¡Javier! ¡Ven! —Está medio sordo, le explicó a Sofía—. ¡Javier!

Él se acercó a ellas con un cigarrillo en la mano.

—¡Qué tanto alboroto!

—Apaga ese cigarrillo —pidió Nicole con un gesto de «¿Cuántas veces más te voy a decir que no fumes?»—. Cuéntale a Sofía, alégrale el día.

Javier posó la mirada en Sofía:

—Cuando te fuiste a duchar, mi celular sonó y, adivina qué… ¡Tu papá telefoneó! Vio las llamadas perdidas en su pantalla y se puso en contacto conmigo. Casi no hablé con él, porque Nicole me hizo señas de que me callara y no tuve más remedio que pasarle el teléfono: ya irás conociéndola.

A Sofía se le iluminó el rostro. Con todo, sintió un miedo indescriptible al darse cuenta de que había llegado el momento de la verdad; tanto miedo que hasta dudó en llamar de vuelta a su padre. Contuvo la respiración, botó despacio el aire. La tristeza se reflejó en la curvatura caída de sus labios.

—Debes llamarlo ahora mismo —dijo Nicole—. Vamos, cambia esa cara, todo va a estar bien.

Estaba angustiada; no quería preocupar a su padre. Sintió que le dolía la cabeza. Miraba a Nicole perpleja, hasta que admitió:

—Sofía no sabe qué decirle.

Vio a Nicole destapar una de las ollas y hacerle señas para que sirviera agua en una jarra. Al abrir la nevera, la encontró llena. Tenía las etiquetas de las botellas de agua hacia el frente, al igual que las líneas de refrescos y los zumos. Cada cosa estaba en su sitio. Por eso le extrañó el marco sin fotografía. Desentonaba con el resto del lugar, como la falta de un botón en una camisa elegante.

—Pues dile que estás bien, que mañana te llevaremos, que metiste la pata al escapar de tu casa, que lo sientes, que no volverá a ocurrir, que lo extrañaste. Puedes contarle los detalles personalmente. Anticípale que tendrán una larga conversación cuando se vean. Charlas con él como estamos haciendo nosotras ahora mismo.

—Sofía necesita pensar...

—Será mejor que hagas esa llamada. —El tono de Nicole no admitía negativa alguna.

El timbre del celular de Javier los interrumpió e hizo que los tres se miraran.

—Es tu papá —dijo él mirando a Sofía.

—¡Qué esperas! Contesta ese teléfono —ordenó Nicole.

Sofía habló con Alberto por unos minutos, hasta que la llamada se interrumpió, aunque ya no quedaba mucho por decir. Su papá se había enfurecido cuando se enteró de su huida, pero se había calmado al saber que estaba a salvo. A su abuelo le había dado un infarto el mismo día que ella desapareció. Su padre acababa de enterarse, porque después de hablar con Nicole telefoneó a Héctor y le respondió Juanito. El chofer lo puso al corriente de los acontecimientos. Su abuelo estaba fuera de peligro, pero continuaba hospitalizado. Al parecer, ni el abuelo ni Alberto, y probablemente ni Pandora, se habían enterado de que Sofía había huido. Alberto quería salir a buscarla de inmediato, pero el acceso estaba cerrado y además podía meterse en problemas por esa absurda orden del tribunal que le había interpuesto Pandora. Como se esperaba que abrieran en la madrugada el tramo de la autopista, Nicole estuvo de acuerdo en llevarla a San Juan muy temprano el día siguiente. Se encontrarían los tres en la Comandancia de la Policía. Su papá le mencionó que tenía unos amigos en común con Nicole, que le hablaron muy bien de ella y de la labor social que desde hacía años desempeñaba ayudando a jóvenes. Sofía no tuvo tiempo de contarle lo sucedido esos días, así que respiró aliviada.

El teléfono de Javier sonó de nuevo; no era su papá. Se desplazó hacia la sala para responder. Al colgar, volvió adonde ellas.

—Chicas, ¡hace hambre!

Nicole sonrió. A Sofía le pareció simpática.

—Aprovechemos el buen tiempo para comer afuera —propuso Nicole cogiendo unos platos—. La última semana y media hemos estado inundados de agua. ¡Es que no para de llover!

La mesa estaba en la terraza exterior. Los robles florecidos habían desplegado sobre la tierra un tapiz de flores y bellotas verdes. Javier estornudó tres veces corridas y dijo algo sobre el polen y las abejas.

—Qué fastidio. —Tenía los codos sobre la mesa. Sofía miró a los hermanos. Él se levantó y regresó con una cerveza.

Durante el almuerzo, Nicole fue condescendiente.

—No hace falta que cuentes nada —afirmó con empatía.

Sofía escuchó a Javier despotricar contra el mal tiempo de la última semana. «Cada cual en su mundo», pensó.

—Está rica la lechuga —dijo.

Su abuela le había explicado muchas veces que hablar de la huerta era caminar por una senda segura, un espacio común que ayudaba a mantener la serenidad... y a Sofía le venía al dedillo. Con ello conseguía soslayar, al menos de momento, una conversación sobre los oscuros y difíciles días pasados. Aspiró profundo para borrar de su mente el cadáver del Maestro, el de Clara y el de los adeptos de Puerta del Cielo. Todo había sido una situación inesperada, igual que encontrarse con Javier y ahora en aquella casa.

—Es fresca. En el huerto siembro lechuga, cebollines, ajíes, recao, albahaca, cilantro, pepinillos, pimientos y tomate.

—Aba también tenía un huerto.

Un temblor casi imperceptible bajo los pies la transportó a la fuerza del río, a la incertidumbre de su propia circunstancia. Sintió la garganta seca y tomó un sorbo de agua. Retornó al día que huyó de su casa, a la discusión de sus padres que terminó con la citación para la orden de protección contra Alberto, su deseo de vivir lejos de la insanidad de Pandora, al frágil hilo que las unía desde la muerte de Aba. Dejó transcurrir unos segundos. Su mente era un auténtico caos. La llamada con su padre la había alegrado, pero también confundido. Ella sabía que Altagracia y Juanito estaban al tanto de su huida y del viaje con Luna. ¿Por qué no le dijeron nada a su padre? Evidentemente, algo no encajaba.

Se dio cuenta de que al abandonar la casa se había hundido en un pozo de oscuridad del que cada vez resultaba más complicado salir. Un pensamiento fugaz la iluminó: para emerger debía volver al punto de partida: ir a casa de su abuelo, esperar a que sanara y formularle las preguntas correctas. Apretó las rodillas. Esa era la solución: retornar al inicio. Convertir el principio en final, una trayectoria circular. Y luego podría al fin vivir con su padre, tener un cuarto propio, al menos hasta que viajase a Miami, porque esa seguía siendo su meta. Le diría a Nicole que la llevara a recoger su mochila antes de ir a la Comandancia de la Policía. En el contenido de esa bolsa impermeable que solía cargar a la espalda estaba toda su vida; al menos la vida que no quería perder.

Cuando Javier se marchó, ellas permanecieron un rato más en la mesa y Sofía decidió resumirle a Nicole cómo había llegado a Puerta del Cielo. Le contó de Luna y Sol. Luna la había llevado para asistir a la iniciación de Clara y luego darle un aventón hasta Isabela; sin embargo, ese mismo día la mujer salió en la tarde y nunca regresó para cumplir su promesa.

Sofía se excusó para ir al baño. Al regresar, vio a Nicole afuera, sentada en una butaca. Desde ningún ángulo tenía aspecto de haber sido monja, salvo por el crucifijo que llevaba. A su espalda se observaban las coníferas, los árboles frutales, las matas de plátanos y algunos arbustos. Sofía se sentó a su lado en el sillón de madera con espaldar y sentadera de paja tejida a mano, junto a un sofá lleno de cojines. Al verla, Nicole cerró con rapidez la libreta en la que anotaba. Sofía alcanzó a ver varios círculos, pero no a leer lo que estaba escrito dentro ni fuera de ellos.

—Sé que no debió de ser fácil lo que enfrentaste. A mí, a tu edad se me hacía muy difícil compartir con extraños. También utilizaba la tercera persona para referirme a mí misma; seguro eso te contó Javier, pero era porque así podía ver soluciones con más claridad. Desenvolverte sola en un lugar desconocido puede ser aterrador.

—Sofía estuvo en el peor lugar del mundo.

Nicole, que permanecía atenta, preguntó:

—¿Cómo era ese lugar?

Sofía cerró los ojos; cuando volvió a abrirlos dijo:

—Era un pueblo dentro de otro pueblo: les construyeron casas, tenían un salón para sus asambleas y restaurantes manejados por las cuidadoras de las jóvenes.

—Es increíble que exista una comunidad como esa tan cerca de mí y yo no lo supiera. —Nicole reacomodó la espalda.

—El día de la iniciación, la súbita crecida del río se llevó a todos.

—¿A todos? Dios mío, ¿cuántos eran?

La mirada de Sofía permanecía fija en el vacío.

—Diez… doce. Sofía no lo sabe con precisión —dijo apesadumbrada.

Evitó contarle sobre el asesinato del recién nacido, pues no estaba lista aún.

—Lo siento. Esto que has pasado es demasiado para cualquiera, peor aún para una chica de tu edad. Cuando te lleve mañana a San Juan, sugiero que después de reunirte con tu padre le cuentes a la policía todo lo que me has dicho. Exactamente igual. Que nadie más pase lo que tú viviste. Eres muy valiente.

Sofía comparó el muro azul de su casa con la verja frontal de la finca, construida con bloques de cemento sin pintar, adornada en el tope con cuatro líneas desiguales de alambre de púa roído. El lugar era apartado y apenas llegaba, muy lejano, el ruido de algún coche. Desde allí solo se veían árboles y tierra; no asomaba ningún tejado.

—¿Qué sentido tiene hablar con la policía? El Maestro ya está muerto.

—¿Muerto el Maestro? —preguntó Nicole inquisitiva y alerta, como si Sofía hubiera mencionado algo decisivo para comprender todo aquello—. ¿A qué te refieres? ¿Qué maestro?

—El hombre que iba a iniciar a Clara, el que construyó todo ese lugar. Él se haría cargo de ella, de su vida. Fue quien murió en el bote delante de mí —dijo con una suavidad desgarradora, que contrastaba con la inexpresividad dc su rostro, como si su cerebro ignorara todo aquello que debía afectarle. En cambio, observó cómo Nicole achicaba los ojos sobresaltada por la impresión de la noticia. También reparó en las mejillas huesudas de la mujer. Miró sus manos: las mantenía apretadas.

—Javier no me dijo que hubiera un hombre muerto en la embarcación. Ay, Sofía, es que esto es demasiado para ti —se mostró afectada—. Ya le pediré explicaciones.

—Javier se ocupó de Sofía, y otra persona de la brigada se dirigía al bote para encargarse del cadáver.

Nicole estiró el brazo y le cogió la mano. Sofía, que solía ser reacia al contacto afectivo, no rehuyó la calidez de aquellos dedos.

La mujer se puso en pie; Sofía intentó ayudarle a recoger la mesa.

—No, no me ayudes, estoy acostumbrada a organizarme sola.

Sofía insistió y la ayudó con los vasos. Después volvió a la terraza; al doblar el mantel se percató de que no había vuelto a llover, pero el cielo no aclaraba: se mantenía teñido de tonalidades grises.

Al entrar a la cocina, le entregó el mantel a Nicole.

—Ya aclararé esto con Javier —dijo la mujer mientras colocaba la cápsula de jabón en el lavavajillas—. En este momento la policía científica podría estar analizando minuciosamente el bote. —Adoptó una actitud muy seria—. Sofía, ¿qué te motivó a correr tantos riesgos? Tuvo que haber sido algo más que una discusión entre tus padres. —Sofía reparó en que no había pensado mucho en la reclusión de Pandora durante esos días. Ahora, de pronto, aquello le cayó como un nuevo aguacero—. ¿Crees que estuvo bien escapar? —Le sorprendió la pregunta incisiva de Nicole.

—Sofía solo deseaba alejarse de la situación con mamá y mudarse a estudiar a Miami.

—Te comprendo, pero a lo mejor tu mamá necesita una hija que no la juzgue.

Las palabras hicieron eco en el interior de Sofía. Era cierto: ella sabía de procesos, evoluciones, transformaciones y de ser juzgada.

Volvieron a la terraza; permanecieron paradas, una al lado de la otra.

—¿Leíste la prensa ayer? —preguntó Nicole como si se le hubiera ocurrido la idea. Sofía negó con la cabeza—. Claro que no... qué pregunta... si has estado secuestrada.

Se sentaron. Nicole desdobló un recorte de periódico que tenía en su libreta y leyó en voz alta: «El Negociado de la Policía de Puerto Rico confirmó que tres mujeres desaparecieron en el último mes, entre ellas una menor de edad».

Había soltado todas aquellas palabras sin mirarla.

—Alti siempre está pendiente de los secuestros y asesinatos de mujeres —afirmó Sofía aturdida.

—Sofía, este reportaje muestra fotografías de las chicas desaparecidas —dijo Nicole tendiéndole el recorte. Sofía lo tomó y apretó los labios para que no le temblaran. Observó los rostros—. ¿Sus caras te son familiares?

—No.

—Esa joven que conociste… ¿te dio la impresión de estar allí obligada?

Sofía se estrujó las manos con nerviosismo.

—Clara estaba agradecida de vivir en la comunidad del Maestro.

—¿Y cómo era ese hombre al que llamaban Maestro? —mientras Nicole preguntaba, Sofía se puso en pie sin dejar de observarla. La miró suspicaz y se replegó.

—El Maestro era un hombre maduro, alto, delgado, de pelo claro, y muy bronceado —dijo casi recitando.

—¿Tenía un tatuaje o algo que recuerdes?

Sofía acarició la piel de la cartuchera.

—No. A Sofía le intriga tu interés en las muchachas. —Cruzó las piernas—. Papá me dijo que llevas a cabo una labor social con jóvenes. ¿Es por eso?

—Son muchas cosas. Llevo a cabo unas investigaciones —respondió Nicole de manera retraída—. Apenas un año después de que abandoné Puerto Rico, dos de mis amigas desaparecieron. Sucedió casi al mismo tiempo, con tres semanas de diferencia —murmuró sentándose—. Ambas pertenecían a clases sociales distintas, pero Diana había ganado una beca y Rocío y yo habíamos sido sus mentoras cuando ingresó al colegio. Rocío después desapareció.

Escuchar aquello la hizo reflexionar. La casa de Nicole era el tercer lugar en el que pasaba la noche en los últimos días.

—¿Cómo les pasó eso a tus amigas? —quiso saber Sofía.

—Confiaba en que iban a volver, pero nunca aparecieron. La primera había asistido a un culto y no regresó nunca a su casa. Los padres la buscaron durante meses, desesperados. La madre sufrió una crisis nerviosa de la que a duras penas se recuperó. Cuando aún no nos sobreponíamos de aquella pérdida, se registró la segunda desaparición, la de Rocío. Hubo una verdadera psicosis entre los padres de la escuela. Nadie quería dejar salir solas a las chicas; todas debíamos ir acompañadas. Desde entonces han ocurrido más casos de jóvenes que salen de sus casas y no vuelven jamás a su hogar. Con los años, la esperanza de que aparezcan comenzó a desvanecerse... —Sofía suspiró sin saber qué decir—. Conocí lo que es la desesperación —continuó hablando Nicole; tenía la punta de la nariz enrojecida y se llevó un pequeño pañuelo al borde los ojos—. Nadie sabía nada. Los policías daban instrucciones con una indiferencia casi despectiva. Al pasar el tiempo, las desapariciones cayeron en el olvido. No hubo más noticias. Nadie había visto nada de nada. Los casos quedaron sin resolver.

Sofía se contagió de la melancolía que emanaba de la voz de Nicole. Esta se levantó y Sofía la imitó. Fueron a la cocina.

El lavavajillas aún no había finalizado el ciclo. Nicole le ofreció agua y sirvió para ambas. Regresaron a la terraza.

—Hace unos meses leí un artículo en Facebook sobre una mujer llamada Máxima, conectada con una red de tráfico humano en México. Reclutaba mujeres en Puerto Rico para un supuesto grupo feminista de orientación, pero en realidad las esclavizaban sexualmente. Alguien así tiene que haber seducido a mis amigas; tal vez también a Clara y a otras mujeres que se ha tragado la tierra. Lo que tú viste, lo que sabes, es muy importante. Sofía, con tu testimonio puedes cambiarlo todo.

Sofía notaba que el interés por las desapariciones superaba a Nicole. Estaba muy ansiosa.

—Ahora vengo, quiero mostrarte algo —dijo Nicole y se puso de pie de un salto.

Sofía observó a su anfitriona desaparecer por el pasillo. Meditaba si contarle lo que había visto. Aquel «No confíes» seguramente lo había dicho el Maestro para controlar a Sofía y coartarla de hablar. Para liberar la tensión que se había apoderado de ella, observó la verja interior cubierta de hiedra. Había invadido parte del concreto y le pareció que no hacía juego con el jardín tan bien cuidado.

Al regresar junto a ella, Nicole le entregó una hoja impresa. Sofía la leyó en voz alta: «En Radio Puerto Rico, en los primeros años de la década del 2000, el periodista Luis Penchi entrevistó a un exsatanista. El joven había sido un sacerdote satánico que dirigía a un grupo de jóvenes en el área de Río Grande. En sus declaraciones manifestó que existían de sesenta a setenta iglesias satánicas organizadas operando en ese tiempo. Estos números no incluían grupos no organizados ni satanistas solitarios. Captaban chicas jóvenes para embarazarlas. En su grupo se llevaban a cabo sacrificios de bebés recién nacidos. Estos niños eran concebidos en las orgías que celebraba el grupo como parte de los rituales. El grupo contaba con el apoyo de profesionales de la misma secta que cuidaban a las embarazadas, sin que se expusieran a ningún profesional de la salud ajeno a ellos. Así, no había constancia del nacimiento de estos niños, que luego eran sacrificados».

Permaneció inmóvil. El papel le quemaba las manos; sintió un dolor fuerte en el pecho. Quiso explicarle lo vivido en la congregación, pero no tuvo fuerzas ni para hablar.

—Es solo para que entiendas lo que puedes encontrarte ahí afuera —dijo Nicole señalando con la mano al exterior.

—Sofía vio eso. Sofía lo vio todo. —Se sentó y se cubrió la cabeza con los brazos.

—¿Qué pasa, Sofía?

Nicole se quedó en silencio un momento, esperando lo que Sofía le quería contar. Y entonces detalló todo lo que había visto: la muerte de la criatura, el médico de la bata diseccionando al bebé, la enfermera recogiendo la sangre y el olor a mentol.

Tras aquel relato, una oscuridad absoluta se apoderó de Sofía.

—¿Cómo terminaste en la barca con el hombre que murió?

Sofía, que permanecía impasible, continuó:

—Hubo un temblor de tierra, luego otro remezón y un estruendo que hizo vibrar todo bajo los pies de Sofía. Después cayó la lluvia, el cielo se cubrió de relámpagos y truenos, soplaron vientos fuertes, por momentos casi huracanados, y se desató el temporal. De repente el río se desbordó y la corriente arrastraba lo que estuviera en su paso. En un momento de calma, la barca le pareció la única oportunidad de salir. Sofía descendió hasta llegar a un tronco ancho que bloqueaba la embarcación; luego se agarró a una boya y, con bastante dificultad, subió. El Maestro yacía tirado sobre la cubierta.

—Entiendo que has pasado por una situación negativa y que te cueste contar la experiencia en su totalidad, pero es la única manera de conseguir respuestas. Los detalles ayudarán a que no les pase a otras mujeres. A las adeptas les organizan la vida para luego disponer de ellas. Esto en realidad no es sobre religión: se trata de dinero. Siempre el señor Dinero. Las seducen para venderlas; es una trata de esclavas sexuales. Pero lo de los niños recién nacidos es demasiado truculento. No puedo imaginar que aquí exista ese comercio.

Sofía se había quedado observando cómo Nicole hilaba la conversación. Escogía las palabras, le hablaba con empatía.

—Sofía lo presenció con estos ojos. Además, Clara dijo que procreaban antes de ser iniciadas.

—Es perverso, o peor que eso: siniestro. Cuéntame más de Clara para ver si la encuentro en mis archivos. Si la desaparición salió en los medios, debe de estar por ahí en una carpeta.

—A Clara se le habían quitado las ganas de vivir. Solo cuando hablaba del Maestro se le iluminaba el rostro. Dijo que él la llenaba de paz.

—Es increíble cómo estas sectas privan a las personas de su libertad y aun así les hacen sentirse cuidadas.

Otro silencio. Sofía se vio reflejada en aquellas palabras.

—Sofía...

—Cuando el golpe de agua se la llevó, Clara no gritó ni hizo nada por salir de la crecida que se la tragaba.

Cogió aire. Se le cortaba la voz. Volvió a sentarse con las piernas muy juntas y la cabeza gacha. Permaneció pensativa.

—Qué triste lo de Clara... Es muy perturbador lo que me cuentas. —Nicole se alisó la falda—. Creo que te has expuesto muchísimo y gracias a Dios el terremoto impidió que te hicieran daño.

Un enjambre de dudas sobre Nicole instó a Sofía a preguntar:

—¿Por qué dejaste los hábitos?

Vio a Nicole levantar la barbilla, dudar, recomponer el gesto de frustración y hacer un esfuerzo por sonreír. La brisa comenzó a soplar sin convertirse en una molestia.

—Dejé el ministerio cuando el cura de la parroquia de Nueva Orleans, a la que estuve asignada, tuvo relaciones con dos mujeres en el altar de la iglesia. Yo había salido a ver a un anciano enfermo. Cuando caminaba de regreso por la acera, al pasar frente a la ventana vi policías. Otros transeúntes grabaron la escena y la subieron a las redes. Procesaron al cura y a las dos mujeres. Eso me permitió entender que no tengo que vestir un hábito para ayudar a los demás.

Sofía se había relajado, se sentía cómoda allí.

—Quisiera buscar información sobre alguna secta en Puerto Rico que esté regida por alguien a quien llaman Maestro, pero no puedo conectarme al internet porque se cayó esta mañana. Como siempre que llueve, viene y se va. Trataré más tarde —dijo Nicole.

—Ojalá encuentres algo.

—Te ves cansada; ven, te acompaño a la habitación.

Sofía estuvo de acuerdo.

—Descansa un poco; luego pásate por el estudio. Si te parece, me acompañas a ver el huerto, y después quisiera mostrarte la información que he recopilado sobre mujeres desaparecidas. Has caído como del cielo para mi investigación; eres la primera mujer secuestrada con la que puedo hablar directamente de su experiencia.

Sofía cerró la puerta. Eligió varios libros de los estantes. Se metió con ellos en la cama y comenzó a mirar las cubiertas. Ni una mota de polvo. Las almohadas y el edredón le resultaron muy suaves. Muy pronto se durmió.

La siesta no fue reparadora, como había deseado; más bien, pesada. Números ilegibles, amenazas de muerte que le advertían que callara. Sudó hasta empaparse; sus pulsaciones galopaban y despertó intranquila. Huir se había convertido en un proceso complicado. A pesar de que había optado por alejarse de su casa, tuvo que aceptar que la corroía el miedo. Aunque no faltaba mucho tiempo para irse, incluso quedarse esas horas con Nicole le parecía ahora peligroso. Comprendió lo difícil que resultaba discriminar entre la verdad y la mentira y separar a los buenos de los malos.

Sofía salió de la cama. Se asomó a la ventana para oír los pájaros y el roce del viento estremeciendo las ramas de los árboles, que se mecían otra vez. No había llovido, pero seguía nublado. «Tal vez no llueva más», pensó. Decidió leer un poco. Estaba comenzando la lectura cuando Nicole la interrumpió para proponerle que la acompañara a ver el huerto.

—¿Qué lees?

—Una antología de Gabriela Mistral —dijo Sofía levantando la vista—. Mi abuelo tenía este mismo libro encuadernado en una primera edición. Era mi favorito cuando iba a su biblioteca. En segundo grado aprendí un poema de ella: «Piececitos de niño».

—¿Aún lo recuerdas? —preguntó Nicole.

—Claro: Piececitos de niño, azulosos de frío…

Antes de salir de la casa se colocaron las botas de hule. Llevaban una canasta, tijeras y botellas de agua. Nicole la condujo por los senderos menos congestionados de plantas para que no se raspara con las ramas. En aquella zona rural, Sofía escapaba de su realidad y también se alejaba de su deseo de viajar a Florida. La distrajo el siseo calmado de un chorro al dar contra las rocas. Descubrió una quebrada estrecha y poco profunda. Percibía entremezclado el olor a yerba y tierra que ascendía hasta ella con su aroma elemental.

—Puedes meterte; no es peligrosa —sugirió Nicole.

Sofía negó con la cabeza.

—Mañana temprano, si no llueve, antes de llevarte a San Juan bajaremos al monte para que veas cómo sembramos la yautía y el ñame.

Sofía no respondió. Observaba el camino estrecho lleno de gravilla que les permitía acercarse hasta las lechugas, cebollas y tomates sin llenarse de lodo. Recolectaron las verduras y fueron poniendo un poco de cada cosa en la canasta que llevaba Nicole. De pronto sintió un tenue olor a mentol y unos ojos que la miraban.

—Sofía se siente vigilada —confesó con pánico—. Otra vez el olor aquel a mentol.

Nada más decirlo percibieron un movimiento y un crujido muy leve que les hizo levantar la cabeza y mirar hacia el fondo del campo, alertas. Sofía quiso regresar.

—Cálmate, igual cayó una fruta. Aquí no pasa nada.

Ante la mirada escrutadora de Nicole, Sofía desvió los ojos para observar atenta la planicie con líneas rectas sembrada de árboles en escala para aprovechar al máximo la luz del sol. Las rosas se levantaban triunfantes mientras los pompones morados comenzaban a desmoronarse.

Otra vez, el cielo comenzó a enlutarse, como si hubiera resuelto clausurar la tregua otorgada. Decidieron regresar, pero antes Nicole se detuvo, sacó las tijeras y se acercó a una planta oculta entre los arbustos.

—Esta —mostró mientras cortaba unos tallos granates— es la flor de murciélago. Sus bigotes llaman la atención de los pájaros y ayuda a los insectos en su proceso de polinización. Para atraer a las moscas producen un olor similar al de la carne descompuesta.

Las moscas y el olor a podrido le recordaron a Sofía por qué todavía deseaba ir a estudiar al instituto en Miami. Para sacudirse el escalofrío que le atravesaba el cuerpo, mantuvo la mirada en los arbustos florecidos.

—Huele a mentol —interrumpió Sofía, sintiéndose vulnerable.

—Debe de ser la hierbabuena que crece silvestre —explicó Nicole.

Sofía alargó el cuello y lanzó una mirada a su alrededor. No pudo evitar pensar en la primera vez que percibió ese olor.

Al llegar al camino de gravilla que llevaba a la casa apareció de pronto un perro negro. Avanzaba con aire seguro, la cabeza alta y la mirada en ellas. Nicole, al ver aquel perrazo negro, de aspecto tan agresivo, se apartó de su camino con rapidez.

El animal se abalanzó sobre Sofía, que tuvo que pisar fuerte para no caer porque el perro enseguida le puso las dos patas sucias de barro en el vientre. Le pareció que era el pitbull con el que se había topado el día que se fugó de su casa y había tropezado con el moribundo tatuado con la granada verde. Al observar la cabeza del can vio unas heridas en proceso de sanación.

—Bájate —le mostró el suelo con la mano.

El perro ladró varias veces. Finalmente se echó a sus pies y comenzó a mordisquear un pedazo de palo. Sofía escuchó el crujir de las hojas. Vio un celaje. Un ave alzó el vuelo muy cerca de donde se encontraban. Levantó la cabeza.

—¡A este perro lo conozco! —exclamó preocupada—. Nicole, algo muy malo está pasando. Yo vi a ese pitbull en el Viejo San Juan el día que hui de mi casa. Y ahora, de repente, aparece aquí. ¿Qué explicación puede haber?

—Quizá te has confundido de perro; todos los de esa raza se parecen. Yo nunca lo había visto antes; debe de estar perdido. Llevemos estas hortalizas a casa. Ya regresará a su hogar.

El viento comenzó a soplar. De pronto, el perro echó a correr hacia la espesura. Sofía se quedó mirándolo hasta que desapareció de su vista. Oyó otro ruido. Se le resecó la garganta y se le hizo un nudo en el estómago. La aparición de ese perro no podía ser una coincidencia. Algo muy malo sucedería.

Al entrar a la casa volvió a resonar el silencio de las paredes. Apenas hablaron mientras guardaban los vegetales.

—¿Sofía puede retirarse a leer?

—Claro, estaré trabajando en el estudio. Si te animas, pasas y te enseño cómo va el proceso de la investigación. Estoy segura de que te va a interesar.

Sofía enumeraba en aquella alcoba alternativas para evaluar su circunstancia. En cuanto se encontrara con su papá en la Comandancia de la Policía relataría a las autoridades lo sucedido. Había demasiadas preguntas para las que no hallaba respuesta. Se encontraba en el mismo atolladero del problema del cuadrado inscrito, un enunciado simple sin solución. Por más que trazaba líneas, las esquinas del cuadrado no se encontraban dentro del círculo que había dibujado.

Con su psicólogo había trabajado mucho sobre cómo reconocer la variedad de sentimientos, los conceptos, lo que estos significan, las reacciones que generan, los escenarios que se exteriorizan y en los que es más saludable contenerse. Con su abuela, muchas tardes, en el salón de su casa, mientras bebían té frío y miraban la tele, había analizado las emociones que experimentan los actores en las películas, y con su madre las de los personajes de los libros que discutía con los estudiantes a los que daba clase en la universidad, gente joven y bulliciosa, con muchas inquietudes.

Sofía abrió la cartuchera y sustrajo el papel en el que días atrás había dibujado en la casa de Abo una tabla. Leyó en voz alta cada uno de los encabezados que había escrito: rabia por el suicidio de la abuela, amargura por la dejadez de su padre, desilusión ante la actitud sospechosa de su abuelo y tristeza por el desamor de Pandora. Al esquema ahora añadió: dolor por la pérdida de Clara, repulsión por el Maestro, respeto por el compromiso de Nicole, inseguridad ante la presencia de Javier y desconcierto ante la aparición del perro con el que se había topado cerca de La Perla y que había vuelto a aparecer en su camino.

Al rato salió del cuarto y fue hasta el estudio de Nicole. La encontró parada en el ventanal con una taza humeante de café en la mano. Al igual que ella, olía a ducha reciente. Se fijó en su cuello largo y en los mechones de pelo desprendiéndose del moño.

—Antes de que acabe la noche restablecerán el servicio de internet. Ya tenemos cable. Ven.

Sofía se acercó a uno de los estantes. Miró las carpetas de trabajo, todas rotuladas y colocadas por fechas en un estante de metal. Nicole le mostró recortes de periódicos sobre mujeres desaparecidas y entrevistas a las familias. Se mencionaban nombres, fotos, datos personales y noticias que no necesariamente estaban vinculadas con una secta. Sofía se dio cuenta de que Nicole estaba convencida de que adoctrinaban a las mujeres reclutadas, ya que no paraba de hablarle de comunas secretas que captaban adeptas ofreciéndoles seguridad a cambio de aceptación y liberarlas de un mundo sostenido por la desigualdad social. Nicole insistía en que los datos eran certeros.

—Lo que no consigo aún es conectarlos. —Resopló.

Sofía se fijó en la pizarra que colgaba de la pared: treinta y seis mujeres y cincuenta y dos adolescentes desaparecidas. Preguntó con sorpresa:

—¿Estos datos son reales?

Nicole le entregó una carpeta con rostros de jóvenes desaparecidas.

—Son las últimas estadísticas de la Oficina del Coordinador del Negociado de la Policía sobre los casos que mantienen abiertos —dijo Nicole mostrándole todo al tiempo que tomaba varios sorbos de café.

Mientras miraba los contenidos de las carpetas, Sofía pasaba los dedos por alguno de los jóvenes rostros y se fijaba en las hebillas y lazos que llevaban en el pelo, en el color de la piel, en los ojos sonrientes y en las bocas silenciadas por el anonimato.

—¿Le permites a Sofía separar los cartapacios de las mujeres y las adolescentes?

No esperó respuesta. Comenzó a dividir las carpetas con mucho cuidado. Leía nombres, miraba rostros, raza, edad y características particulares.

—Sofía piensa que no es posible que todas estas personas hayan sido reclutadas por sectas. —Hablaba despacio, más para sí misma que para Nicole.

—Tienes razón. Algunos son feminicidios, otros son trata de mujeres... pero en esos campos no hay estadísticas certeras, aunque se dice que, en promedio, una mujer es asesinada cada semana en la isla.

—Apenas si tienes espacio para material adicional; todo está muy apiñado.

—Me cuesta trabajo deshacerme de ellas. —Nicole alzó los brazos, impotente.

Escuchaba a Nicole en silencio, dejando que la vista descansara en las matas de plátanos que se veían a través del ventanal. Bajó la cabeza y fijó la mirada en un rectángulo tibio formado por el sol en el suelo. Sonó el móvil de Nicole. En la pantalla se leía «Javier». A Sofía le extrañó que no lo contestara. Volvió a timbrar. La vio pulsar la tecla de enmudecer y mirar la pantalla hasta que se apagó.

—Las cosas no cambiarán por no responderle. No lo quiero cerca de ti; me ha ocultado información. No llamar a la policía para informar sobre el cadáver hallado en el bote los hace vulnerables: te convierte en sospechosa.

—¡Sofía no mató al Maestro! —exclamó tajante.

—Lo sé, amor: todo se aclarará.

—Además, otro brigadista iba a hacerse cargo del cadáver.

—Ningún brigadista se hizo cargo del cadáver. Hace poco dieron un avance en las noticias y reportaron que el cadáver de un hombre fue encontrado abandonado dentro de un bote. Lo ultimó que escuché fue que la División de Investigaciones Criminales, en unión con el Fiscal de turno, se había hecho cargo de la pesquisa.

—Sofía vio a un rescatista bajando hacia el bote; él y Javier se saludaron con un gesto y la persona continuó hacia el bote.

—No sé qué esté pasando, Sofía, pero lo voy a averiguar.

Presenció cómo a Nicole se le esfumaba la sonrisa. El corazón comenzó a palpitarle muy rápido y recurrió a aspirar y espirar para controlar el nerviosismo.

—Si no vuelve a llover en las próximas horas, de seguro que abren antes el tramo hacia San Juan. Pronto estarás con tu familia.

No hablaron mucho más. Para distraerse y no pensar ni en Javier ni en el Maestro, Sofía se concentró en las carpetas. Enderezaba los recortes, ponía los documentos en orden cronológico, organizaba los artículos sacados de los periódicos. Permaneció largo rato encorvada sobre el escritorio de Nicole, más que concentrada.

Una hora más tarde, Nicole se excusó para atender una llamada. Sofía, cansada, se frotó los ojos, se puso en pie y estiró primero las piernas y después los brazos. Vio una caja sin rotular, le quitó la tapa, pasó uno tras otro los documentos. Estaban enumerados y a mano derecha, en el encabezado de la primera página, se leía: «Desentierran fetos en los jardines de las iglesias y monasterios». En otra página le llamó la atención una línea subrayada: «Los fetos habían alcanzado un desarrollo de entre seis y ocho meses. A todos les faltaban los órganos vitales».

—Dios mío… —murmuró Sofía, sintiéndose con náuseas.

Escuchó los pasos de Nicole y luego su voz.

—Estás pálida. ¿Te ocurre algo?

Desolada, Sofía describió nuevamente, esta vez con más detalle, cómo había visto asesinar a una criatura recién nacida. Luego señaló la noticia del desentierro de fetos.

—No era para la iniciación. Entonces, como dices tú, es un negocio —balbuceó Sofía.

—Es más frecuente de lo que puedas imaginar. Vender fetos se ha convertido en una industria millonaria. Los ofrecen para investigaciones, no necesariamente para sacrificios. Los diseccionan vivos, los almacenan y trafican los órganos. Le llaman la industria de los bebés abortados. Por los embriones pagan más. No te imaginas la información que hay al respecto. La ley tiene una línea muy fina, demasiados subterfugios que convierten el negocio en uno muy rentable.

—Sofía vio un sacrificio de gallos…

—Es lo que te digo. Quizá una cosa no está relacionada con la otra… o igual sí.

—El Maestro dijo que su hijo lo había traicionado y sugirió que también se había confabulado con Abo para aprovecharse de las adolescentes.

Nicole prestó más atención.

—¿El Maestro conocía a tu abuelo?

—Eso dijo el hombre. —Suspiró—. Lo peor es que tal vez sea cierto.

—A lo mejor trataba de manipularte; no dejes que eso te afecte.

—Quizás, pero Sofía vio una foto en casa del abuelo que decía «Puerta del Cielo» y Clara dijo que así llamaban al lugar.

Cuando Sofía terminó de hablar vio a Nicole ponerse de pie como si la hubiera recorrido una corriente eléctrica.

—¿Puerta del Cielo, dijiste? —le preguntó con los ojos muy abiertos.

Sofía asintió.

Sin decir palabra, Nicole salió de la habitación. Demoró unos minutos; volvió, muy agitada, con dos fotografías en la mano. Le extendió la primera: un señor de unos cincuenta años sonreía, con la camisa abierta y un saco gris, en una actividad que parecía una boda. Pese al traje, pudo reconocer al Maestro. Le devolvió la foto a Nicole.

—¡Es él! —le dijo—. Ese es el Maestro. ¿Dónde encontraste esa foto? ¿Lo perseguía la policía?

—Concéntrate, Sofía —le advirtió Nicole con una voz fúnebre y al mismo tiempo impaciente. Le quitó la foto del Maestro y le entregó la otra fotografía—. Y este chico que ves aquí, ¿es Daniel?

Nicole señalaba con el dedo a un muchacho con un aspecto rebelde, rodeado de un grupo de amigos, en una biblioteca que tenía un cartel en inglés que pedía guardar silencio. No reconoció a nadie de esa foto y se la devolvió sin respuesta.

—Nunca vi a Daniel —se disculpó—, pero el hombre que me mostraste primero, aunque se ve más joven, es el Maestro.

Nicole cogió las dos fotos, las dejó sobre una mesa al lado de los archivos y se derrumbó sobre la silla. Jamás había visto Sofía a una mujer más triste. Los ojos se le veían como cristales rotos; luchaba para contener las lágrimas.

—Nicole, ¿qué te pasa?

—No sé qué decirte, Sofía. No puedo procesar todo esto.

—Preocupas a Sofía. ¿Quién es el muchacho que le mostraste?

—Tuve un hermano llamado Daniel. Murió en México cuando yo estaba en Nueva Orleans. Estudiaba Medicina. Hubo una explosión en la cocina de su apartamento. Si buscas en aquella caja, podrás ver las reseñas sobre lo ocurrido.

Al verla romper en llanto desconsoladamente, Sofía no supo cómo reaccionar y permaneció inmóvil. Tenía la mirada fija en Nicole, que se levantó como atontada, caminó hasta el estante y bajó una de las cajas. Desesperada, pasó una carpeta tras otra hasta encontrar la que buscaba.

—Aquí tienes el expediente de Daniel. Ábrelo si quieres. —Se lo extendió a Sofía.

Desde que llegó a casa de Nicole, la había percibido ecuánime. Nunca había subido la voz, pero esa vez percibió la ira en su tono, en el rictus de su boca. Vio cómo sus ojos perdían el brillo y toda ella se apagaba de golpe. Aquella transformación la asombró. Le daba la impresión de que la mujer no se sostendría en pie y caería desplomada ante ella. Sofía la invitó a sentarse. Como una autómata, Nicole se acomodó en la silla.

—Sofía lamenta lo de tu hermano.

—Era indomable. Cuando se fue a estudiar a Estados Unidos durante un par de años, enviaba unas cartas incendiarias contra Javier y contra mí. Decía que nunca lo habíamos comprendido, que le teníamos envidia. Nosotros no nos criamos con nuestros padres, ¿sabes? Mamá murió muy joven y mi padre… en fin. Cuando la abuela nos criaba, nuestro tío, quien vivía con ella, adoptó con nosotros el rol de papá y lo cumplió a cabalidad.

—¿Y dónde está tu tío?

Nicole murmuró algo muy bajo, que a Sofía le sonó como un lamento.

—Pues… —Se frotó las manos—. Está muerto. —Se sirvió un enorme vaso de agua y se lo tomó de un golpe.

Luego se puso de pie, miró a Sofía y le dijo muy seria:

—Escúchame bien: tienes que mantenerte alejada de Javier. Si yo no estoy, no te le acerques ni hables con él por ninguna razón.

—Asustas a Sofía. ¿Qué ha pasado?

—Todavía no lo sé bien, pero algo está mal y voy a averiguarlo esta misma noche. Te lo juro.

—Nicole, ¿conociste al Maestro?

Al ver la cara demacrada de Nicole y escuchar sus advertencias, Sofía sintió ganas de salir a toda prisa. Llevaba cruzada sobre los hombros su cartuchera. No necesitaba nada más para marcharse de aquel lugar, excepto que no tenía idea de cómo hacerlo ni a dónde ir. Estaba muy alterada. Debía racionalizar lo sucedido, llevar a cabo un análisis de estimación, descomponer la información de contenido y ordenar las suposiciones.

—Era mi tío.

Atónita, miró a Nicole, que estaba apoyando ambos codos en el escritorio, cubriéndose el rostro con ambas manos.

—Sofía quiere marcharse. Por favor, deja que Sofía se vaya.

La mujer levantó la cabeza con lentitud, se limpió las lágrimas con el dorso de la mano y la miró con firmeza.

—Yo sería incapaz de hacerte daño. Créeme, por favor —se le quebró la voz.

—Sofía tiene que irse. Hay que llamar a papá.

Nicole le pasó el celular.

Sofía marcó el número de teléfono varias veces, pero ninguna de las llamadas progresó. Encorvó los hombros.

—Escucha: en este momento soy la única persona con la que puedes estar a salvo. Yo te voy a cuidar, Sofía. Quítate esa idea de irte sola. ¿No te das cuenta de que desde que saliste de tu casa nada ha sido casualidad?

Una sensación de fatiga invadió a Sofía. Como pintaban las cosas, lo más conveniente era lo que había procurado evitar desde que escapó: llamar a la policía y que la mantuvieran en custodia hasta que pudiesen llevarla a su casa. Así no terminaría asesinada por los adeptos de Puerta del Cielo y tampoco seguiría a la deriva. Se sintió perdida. Observó que Nicole miraba hacia un punto fijo, como si contemplara algo que para ella era invisible.

—A veces, lo que tienes frente a ti no lo ves. Es sencillo, porque no imaginas que la solución a lo que buscas pueda estar tan cerca —musitó despacio como si analizara su propia respuesta—. Mil cosas me pasan por la cabeza; necesito descansar. Solo sé que ahora más que nunca me preocupa tu seguridad. Si Javier te trajo aquí, debe de estar tramando algo, ¿pero qué?

La pregunta desconcertó a Sofía aún más. Sintió como si le apuntaran con una pistola, pero desconocía la razón. Se frotó los ojos con el dorso de la mano.

—¿Qué temes, Nicole?

Aguardaba una respuesta, pero no la hubo.

—Sofía quiere salir de este lugar ya.

—Te entiendo, pero quedarte aquí es lo que te conviene. Déjame protegerte. Yo te llevaría ahora mismo, pero no podremos cruzar.

—Pero puedes llevarla a Isabela.

—No voy a dejarte con nadie que no sea tu papá. Ahora menos que nunca.

Sofía se asomó por la ventana. Al ver la camioneta de Nicole estacionada afuera pensó en llevársela y guiar hasta su casa, pero con la carretera cerrada quedaría varada en algún punto del camino. Solo le quedaba esperar encerrada en el cuarto y confiar en que Nicole estuviera diciéndole la verdad.

Se alejó del estudio. Al girar en el pasillo se encontró de nuevo frente al portarretratos vacío, otra de las nadas con que se había topado desde que abandonó su casa. Supuso que antes había sido un todo. Ahora tenía ganas de conocer esa historia vedada que yacía en el aire; preguntarle a Nicole, pasar de testigo a detective. De momento, ese marco vacío representaba un agujero en esa casa donde todo estaba en el lugar indicado, en un orden meticuloso. Tanta perfección le hizo darse cuenta de que, en realidad, solo estaba compuesta de objetos, pero no había referencias a quienes la habitaban. La fotografía que quizá podía contestar sus preguntas había sido removida, arrancada de allí quién sabe por qué motivo. La acosaba el «Algo está mal» de Nicole. Imaginó a uno de los adoradores de la congregación atándola a una cuerda, como si fuera un animal; ella con la respiración agitada y los ojos desorbitados por el miedo, por un momento inmóvil, y su victimario moviéndose siniestramente a su alrededor, cortándole el paso, arrinconándola, y Sofía evadiéndolo para, al rato, cansada, sucumbir dócil al enemigo que de un tajo le arrebataría el corazón y, uno a uno, sus órganos. No supo cuánto tiempo estuvo pensando en eso.

Al apagarse por completo la luz del día decidió salir; no podía seguir encerrada en aquellas cuatro paredes. Aún estaba intranquila. Se sentía como un árbol sin raíces. Necesitaba irse. Una vez llegó a la terraza, Sofía aspiró profundo, pero no le llegó el olor de la muerte; tampoco el suyo. Volvió a aspirar, pero nada: ni el aroma de las flores ni el del aire; ni siquiera la tierra emanaba ahora fragancia alguna. La nada flotaba alrededor de todo como una presencia maligna. Se mordió los labios y sintió el sabor de la sangre quemándole las encías. Le llegó un ruido, un movimiento suave que trajo la brisa, como una pisada que pretende no ser oída, pero que es traicionada por los elementos naturales y se expande como un eco casi imperceptible, aunque no para ella. Entonces, a cámara lenta rememoró toda la sangre derramada en el río. Ella sería valiente, pelearía por su vida.

Tuvo la impresión de que, si extendía el brazo y abría las manos, podía tocar las estrellas con la yema de los dedos. Se preguntó si no estaría siendo observada también y le entró un pánico inexplicable, como si finalmente comprendiera el peligro al que había estado y seguía estando expuesta. Levantó la cabeza e irguió el cuerpo sin cambiar la impasible expresión de su rostro, pero sintiendo el pulso acelerado. Se le resecó la garganta y para humedecerla tuvo que tragar varias veces. La soledad crecía dentro de ella. Respiró hondo, asintiendo, aceptándola. Esa soledad interior era la que la mantenía a flote, aislada de la crueldad. Sacudió la cabeza. No podía cambiar lo sucedido, pero el futuro sí podía cambiarlo. Necesitaba actuar para que el mundo no se le desplomara encima.

Oyó los pasos de Nicole acercándose. Se miraron. Nicole avanzó hacia ella y se sentó a su lado, en el sofá color arena.

—Siento molestarte. Sé que prefieres estar sola, pero acabo de hablar con un amigo. Es investigador. Esta mañana le pedí que localizara a tu mamá y a tu abuelo. Efectivamente, tu abuelo está hospitalizado, y tu mamá está recluida en

Capestrano. Pensé en visitarla después de llevarte a San Juan, pero la única persona autorizada para verla es tu abuelo.

—¿Visitar a mamá?

—Me interesa la gente y, por lo que me has contado, ella necesita apoyo.

—Sofía desea marcharse.

—Sí, ya te dije que en cuanto hayan retirado los escombros de los deslizamientos en la autopista te llevaré a la Comandancia de la Policía y allí te dejaré con tu padre, solo con él.

—Sofía podría ir a Isabela, allí está su amigo Ricardo —insistió.

—No. Tienes todo el derecho a desconfiar de mí, de todo el mundo, pero solo te dejaré con tu padre. Llamé a Javier y no contestó. Le dejé un mensaje de voz diciéndole que lo sé todo.

—¿Y qué es todo? —preguntó Sofía, vacilante.

—No lo sé exactamente, pero quiero que piense que he atado los cabos y descubierto lo que está planeando.

Sofía vio a Nicole despeinada; le pareció que había envejecido. Le encontró cierto parecido con su madre y se quedó mirándola, buscando qué tenían en común ambas mujeres.

—No ha sido un buen día para ninguna de las dos —continuó la mujer, como si hubiera leído los pensamientos de Sofía—. Cuando fui monja aprendí a anteponer los problemas de los demás a los míos, y es lo que voy a hacer ahora contigo. Te cuidaré hasta llevarte con tu padre, y luego me ocuparé de mi familia. Soy una mujer de fe; oraré para que nuestro Señor nos guíe. —Sofía no pudo evitar asombrarse—. ¿Por qué no descansas? Te aseguro que aquí no te pasará nada. Yo en tu lugar también querría salir corriendo. No tengo respuestas, entiendo lo difícil que te resulta confiar en otros, pero debo pedirte que lo hagas. —Nicole posó la mano con suavidad sobre su hombro derecho. El torbellino de preguntas que sofocaba a Sofía se contuvo—. Deberás ser valiente.

Sofía tenía miedo de ser devorada por una maldad que le era ajena. La actitud de Nicole anunciaba que el verdadero terremoto estaba por llegar para engullirla deprisa, para apagar su respiración y llevarla a las tinieblas, para demostrarle que ella, desde que abandonó su casa, no había estado en control de nada, que su camino estuvo marcado siempre por Puerta del Cielo y lo que allí pasaba. Tenía que evitar a toda costa que aquel miedo se le metiera en la cabeza y la angustia generada la llevara a una catástrofe mayor. Debía concentrarse y salir de allí hacia su casa. Mantener el foco para regresar con vida, como lo hizo cuando encontró al moribundo, cuando conoció a Clara, durante la iniciación, el terremoto y la tormenta, y en el bote, cuando murió el Maestro.

—Sofía tiene una pregunta que le ronda la cabeza y no se la puede sacar de encima.

—Dime.

—¿Por qué un hombre tan perverso como el Maestro le insinuó a Sofía que el abuelo era el auténtico demonio?

Miró a Nicole y ella la abrazó. Se había acercado tan rápido que Sofía ni siquiera pudo rechazarla. Al separarse, escuchó a Nicole decir:

—Cuando todo haya terminado, encontrarás a la verdadera Sofía. También sabrás quién es quién en tu familia. Entonces hallarás respuestas a todas tus preguntas.

—Sofía está muy desconcertada.

—También yo. No entenderías si te digo que mi tío fue el mejor hombre que conocí. Ay, Sofía, si supieras todo lo que pasa ahora por mi cabeza te darías cuenta de cuánto te comprendo.

No dijeron más. Nicole se retiró hacia el estudio y Sofía se encerró en la habitación a leer. Sofía era consciente de que la súbita calma traería consigo un temporal.

Capítulo 16

Aunque Sofía estaba agotada y había apagado la luz para tratar de dormirse, ya era medianoche y aún daba vueltas en la cama sin poder conciliar el sueño. Prendió la lamparilla y una luz blancuzca disipó las sombras. Al estirarse se dio cuenta de que le dolían todos los músculos del cuerpo. El temor a que Javier le pudiera hacer daño fue entonces retrospectivo: estuvo con él sola en el barco, luego en el bosque, y después la llevó donde Nicole. Además, él tenía la pistola del Maestro. Y ahora resultaba, según su hermana, que era peligroso. Al menos Nicole parecía buena persona... aunque estaba aprendiendo que las apariencias eran tan solo eso. Admitió que su presencia no la amedrentaba; seguramente porque necesitaba aferrarse a alguien para no perder la esperanza.

Se levantó de la cama y fue hacia la estantería. Seleccionó un compendio de cuentos y volvió a recostarse. Acarició la tapa dura y pasó el dedo índice con suavidad por el desgastado lomo. Al abrir el libro aspiró el olor nítido del papel y la tinta. Eran los relatos de Jorge Luis Borges. Una vez sumergida en la lectura olvidó su realidad y el cuerpo fue relajándose. «La experiencia del enfrentamiento de un individuo con el universo», suspiró frustrada. La primera vez que leyó «El Aleph» no comprendió el enigma. No fue hasta ese momento, mientras releía el cuento, cuando Sofía se percató del gran cúmulo de lecturas que tenía grabadas en la memoria. Le atraía el símbolo matemático de « El Aleph», א, que señala el tamaño de los conjuntos infinitos y que para las doctrinas místicas de la Cábala significa la multiplicidad infinita del universo. Ella quería ver todo sin prejuicios, desde una mirada transparente, desde una nada, y a la vez a partir de un infinito; crear para ella su propio Aleph. Cerró el libro y cuidadosamente lo devolvió a su lugar, agradeciéndole el rato de serenidad que le habían ofrecido sus páginas.

Escuchó pasos que solo podían ser los de Nicole. No pudo evitar pensar en Javier y preguntarse qué deseaba él de ella. En sus planes nunca estuvo causarle daño a nadie; no comprendía por qué deseaban ocasionárselo a ella. El nombre de Daniel reapareció repleto de interrogantes. Había olvidado decirle a Nicole un detalle importante: que ese tal Daniel dirigía ahora el albergue de Aba.

Encontró a Nicole en el comedor con los ojos fijos en la pantalla de su computadora, concentrada en la lectura. Estaba erguida, quieta. Sofía carraspeó para llamarle la atención y ella volteó enseguida.

—Nicole, Sofía vino a decirte…

La mujer la interrumpió:

—Ya tenemos internet. —Giró la pantalla hacia Sofía y se apartó. La ansiedad cristalina en las pupilas de Sofía no se hizo esperar. Enseguida comenzó a leer: «La joven sin identificar apareció ahogada. Unos adolescentes atravesaron el terreno de una propiedad privada hasta llegar al río y, por casualidad, descubrieron un cadáver atorado en unas piedras. Otros seis cadáveres fueron hallados en la represa. El día anterior se había encontrado en una embarcación el cadáver de un hombre aún no identificado. De acuerdo con las autoridades, las incesantes lluvias...».

Sofía cerró la computadora, como si con eso pudiera desechar la visión de Clara siendo arrastrada por el torrente de agua sucia. Había pensado que nunca la encontrarían. Temblaba por la muerte de Clara, aunque le confortó saber que su cadáver no terminaría anónimo en el fondo del mar.

Observó la silueta de Nicole como si fuera la de un fantasma recortado en la penumbra. Se presionó las sienes con la punta de los pulgares. El enjambre de mosquitos y el clamor de los pájaros que la acompañó durante el día se habia silenciado. La voz de Nicole recitando el quinto misterio con el rosario en la mano no apaciguó las punzadas de su corazón; la agitación permanecía intacta.

Nicole la acompañó hasta la habitación, como si Sofía fuera una convaleciente.

—Duérmete; pronto será otro día —le susurró, y contuvo el gesto de pasarle la mano por el cabello—. Todo estará bien.

—Nicole, descansa tú también. Sofía tratará de dormir.

La vio marcharse con el rostro consternado. Ese día había tratado de dormir tantas veces que supo que no lo conseguiría hasta abandonar aquel lugar. Ni siquiera amanecía. Pensó en su madre, en si sería un alivio para ella saberla desaparecida o si, por el contrario, experimentaría algún desasosiego.

Entrecerró los ojos, triste y pensativa. El aroma a café recién hecho le decía que Nicole seguramente tampoco se fue a la cama. Le pareció escuchar el motor de un coche, cosa rara.

Oyó murmullos y, con el corazón acelerado, salió del cuarto. Vio luz en el estudio de Nicole y fue hasta allí. Se quedó parada en la puerta; por un instante dudó en cruzarla. Las voces del televisor encendido a todo volumen explicaban los ruidos. En las noticias mencionaron una redada de los federales: «Los detalles, en una conferencia de prensa que ofrecerá el FBI a las once», escuchó decir al comentarista antes de la pausa comercial.

Nicole trabajaba en su libreta de anotaciones. Estaba concentrada en un diagrama de círculos que ocupaba dos páginas. Sofía decidió acercarse y sintió un torbellino al vislumbrar lo que estaba escrito en aquel esquema. Al percatarse de su presencia, Nicole se echó a un lado y la dejó mirar. Era un organigrama como el que publicaban las autoridades al investigar a organizaciones delictivas. Cada círculo tenía en el centro un nombre: Pandora, Alberto, Sofía, Luna, Sol, Clara, Maestro, Javier, Nicole, Daniel, Héctor. Rayas interrumpidas los conectaban. El círculo identificado como Maestro tenía una línea recta que llegaba a Clara, Javier y Daniel; luego otra línea entrecortada que alcanzaba a Luna, Sol y un círculo en el que se leía «¿Daniel?» en letras cursivas. Del círculo de Javier salía una línea punteada hacia Héctor, Luna y otra vez Daniel. Nicole vinculaba el suyo con Clara, Pandora y Sofía. De otro que repetía el nombre de Héctor se trazaba una línea curva hasta Alberto, Pandora y el Maestro, y una muy recta, como si la hubiera hecho con escuadra, hacia los círculos con los nombres de Pandora, Javier, Nicole y Daniel. Y del de Pandora, una nueva línea se extendía al círculo de Sofía, con su nombre subrayado. Un círculo muy pequeño estaba flotando, separado del resto. A duras penas pudo descifrar que decía «Marta». Intentó entender la lógica detrás de los círculos, sin éxito. Le angustiaba ese solitario círculo dedicado a Aba.

—Tengo buenas noticias. Ya abrieron el expreso. En cuanto asome la luz te llevaré.

—¿Qué son esos círculos? —preguntó Sofía mientras los asimilaba.

—Aún no tengo la respuesta; los hice anoche. Antes de llevarte a San Juan pensé que podríamos analizar el diagrama juntas. Sé que eres buena para las matemáticas y las deducciones, ¿cierto?

La propuesta la tomó por sorpresa porque no había mencionado que le gustaran las matemáticas… «O igual sí, todo es confuso», pensó. Al percatarse de que Nicole esperaba su contestación, preguntó con un timbre de voz muy suave:

—¿Por qué conectas a Sofía y a su familia con las personas que ha conocido?

—Es algo que debo contarte antes de que regreses donde tu padre. Lo que te ha pasado es muy injusto, pero creo que es hora de que lo sepas todo. Siento no habértelo contado antes.

El ladrido de un perro las interrumpió.

—Debe de ser el pitbull otra vez —dijo Sofía, y se encaminó a la puerta.

—¡Ni se te ocurra abrir! —El tono de Nicole estalló agudo; le hizo señas a Sofía con las manos para que regresara a su lado. Se oyeron pasos.

—¿Esperas a alguien tan temprano? —preguntó Sofía juntando los dedos de ambas manos.

La mujer negó con la cabeza. Sofía la observó caminar sigilosa hacia la ventana. Apartó la cortina lo suficiente para ver sin ser detectada. Sofía se colocó a su costado. Había una pick-up parecida a la de Javier junto a la camioneta de Nicole. La sombra de la oscuridad no permitió divisar quién había llegado. Notó que Nicole agarraba con fuerza su crucifijo.

—¿Será Javier?

—Él tiene llave —dijo, y le pidió que no hiciera ruido.

Oyeron los ladridos de un perro y la voz de un hombre mandándolo a callar.

—¡Betún! ¡Ven aquí! —decía la voz—. ¡Ahora!

Continuaron los ladridos.

—Maldito perro... Mira, Betún, ven, móntate —gritó al fin un hombre con un tono encubierto.

—Es una voz extraña —dijo Sofía—. Como metálica.

—Está distorsionada a propósito.

—¿Por qué ocultaría su voz? ¿Te conoce?

—Probablemente.

Oyeron la puerta cerrarse; después, silencio.

—¿Buscan a Sofía? —preguntó cogiendo una bocanada de aire para apaciguar el corazón, que le latía con fuerza.

—Nadie sabe que estás aquí, salvo Javier.

—¿Entonces podría ser a ti? —Los labios le temblaron al terminar aquella pregunta.

Sofía apreció la expresión crispada de Nicole y un gesto impreciso que no supo interpretar.

—¿Y si la persona intenta entrar a la fuerza?

—Hay una escopeta.

—¿Una escopeta?

—Para cazar conejos.

—¿Sabes usarla?

—No. Bueno, sí.

—Nicole, ¿sí o no?

—Sé usarla —su voz sonó exasperada.

—Tal vez sería más útil si la tuvieras a la mano, ¿no?

Tocó el brazo de Nicole, que seguía parada al lado de la ventana, con la punta de los dedos contra el cristal. La miró y descifró incapacidad en su mirada, tal vez enojo.

—Vamos por esa escopeta —urgió Nicole.

Fueron hasta la alcoba. Como Nicole estaba atolondrada, Sofía buscó una silla, la puso frente al armario y se trepó. Tanteó con las manos, se puso en puntillas, estiró los brazos y tocó algo largo y frío, lo que suponía que era el arma.

—Nicole, Sofía necesita ayuda.

La mujer soltó la silla y agarró la escopeta. Caminaron hasta la sala. El metal aún le quemaba las manos a Sofía. La cabeza se le había vaciado y solo tenía espacio para aquella arma automática.

—Esta es una Browning A5 One, calibre 20. Es una semiautomática. Los conejos son esquivos y el cazador debe ser rápido.

Notó un cambio en la voz de Nicole. Estaba segura de que el terapista hubiera estado de acuerdo con su diagnóstico: de la ternura infinita a una frialdad espectral.

—¿Segura que sabes usarla? —tanteó Sofía recelosa.

—Sofía, guardemos silencio —propuso Nicole.

Los ojos de Sofía se fijaron en el pomo de la puerta. Se clavó las uñas en las palmas de las manos.

—¿Hay alguien en la casa? —escucharon—. Estoy con mi perro. Nos hemos perdido.

Sofía miraba a Nicole; la observó hacerle señas para que no se moviera. La vio acercarse a la ventana desde donde se veía el portal, quitarle el seguro a la ventana, insertar los cartuchos en la escopeta, empujar con fuerza para cargarla y luego apoyarla en el hombro.

Rotó el arma con ambas manos un poco hacia arriba y aseguró con firmeza la cartonera contra el hombro. Tenía los pies separados y las rodillas ligeramente flexionadas. Sostenía la empuñadura con pericia, no como la muchacha que simplemente acompañaba a su tío y a su hermano en la cacería. Con los ojos alineados con la mira y la mejilla apoyada en el arma, respiraba acompasada. Sofía presenciaba los movimientos perpleja.

—Acércate —pidió Nicole en un susurro que tenía una nota imperativa—. Voy a disparar un poco a la derecha, para darle aviso. Al menos sabrá que estamos dispuestas a defendernos. El segundo disparo será certero.

—Espera —dijo Sofía.

Sacó los tapones de su cartuchera y se los colocó. Desde afuera les llegó un grito fuerte.

—¡Necesitamos ayuda!

Sofía vio a Nicole relajar el cuello y la cabeza como un francotirador consumado, apuntar hacia la entrada del lugar y, como si fuera a dar un apretón de manos, disparar dos veces. Las detonaciones hicieron que Sofía se llevara las manos a las orejas y las presionara para hacer desaparecer la vibración. Oyeron pasos apresurados, alguien tropezar en su carrera, los ladridos furiosos de un perro y luego la pick-up arrancar chirriando las llantas. Enseguida vio a Nicole bajar con lentitud la escopeta humeante, resbalar hasta quedar sentada en el suelo y decir muy bajo, como para que ella no la escuchara:

—Solo se ha alejado, de seguro para hacernos creer que se ha marchado, pero en cuanto abramos la puerta y demos unos pasos lo tendremos encima.

Sofía la miró extrañada. Abrió la boca para decir algo, pero no le salieron las palabras. Se agarró la cabeza, puso las palmas de las manos sobre las orejas. El ruido de los disparos, pese a llevar los tapones, se había metido en toda ella.

—¿Pudiste reconocer la voz? —preguntó Sofía.

—La voz no, pero tengo sospechas de quién es. Y si son ciertas, esto es más terrible de lo que parece.

—¿Por qué? —preguntó afligida Sofía.

—Escúchame: ¿sabes guiar estándar? —preguntó Nicole despacio.

—Sofía tiene licencia.

—No te pregunté eso.

Nicole volvió a hacer la misma pregunta, y esta vez sí recibió respuesta.

—Sofía guía estándar —se apresuró a confirmar.

—En cuanto aparezcan los primeros rayos de luz saldré a la terraza. Tú vas a ir sigilosa hasta la puerta, sales, caminas directo a la camioneta y, sin mirar a ningún lado, pones los seguros y arrancas. No importa lo que oigas, no te detengas. ¿Entendiste?

—Sí.

—Toma. —Estiró la mano y le entregó la llave del auto—. Ponla en tu cartuchera. —Sofía la cogió—. Una cosa más: no vayas directamente a la casa de tu padre ni a la casa de nadie donde frecuentes estar. Ve a la Comandancia de la Policía y espera allí a que llegue Alberto. Hace un rato lo llamé y no progresó la llamada; volveré a llamarlo cuando estés en camino.

—Sofía siente que no le dices todo lo que sabes.

—Hazme caso. Nadie debe encontrarte hasta que estés con tu padre, ¿entendiste?

—Estás asustando a Sofía.

—Si haces lo que sugiero, no te pasará nada.

—¿Y tú?

Nicole se encogió de hombros.

A Sofía hacía rato que la cabeza le daba vueltas. Los círculos que había visto en la libreta de Nicole iban y venían. Era incapaz de entenderlos. Los había grabado en su mente; tendría que volcarlos sobre un papel para estudiarlos. Aún sentía que las sienes le iban a estallar. Sacudió la cabeza varias veces sin conseguir ahuyentar el zumbido.

—Necesito que sepas toda la verdad, aunque duela. Pero para eso tienes que estar a salvo con tu padre. Nos han hecho mucho daño. Son demasiadas víctimas y nadie se hace responsable.

Otra vez Sofía se quedó sin palabras.

—Necesito hacer unas llamadas. Todo se ve tranquilo. Te avisaré cuando vaya a salir a la terraza. Quien nos busca está ahí afuera, cerca de nosotras. Ah, otra cosa: desde el huracán

María no hay rótulos que identifiquen las carreteras. Voy a escribirte las instrucciones.

—Sofía les dirá a las autoridades que estás en peligro.

—Por eso no tienes que preocuparte, cariño.

—¿Y por qué debe Sofía preocuparse, entonces?

Vio la reacción de sorpresa en el rostro de Nicole y su intento de disimularla en su manera de recogerse el pelo.

—Por tu propia familia.

La frase, más que dramática, sonó desoladora. Nicole le pareció sincera. Se notaba que a ella también la habían secuestrado de algún modo y necesitaba llegar a la verdad. La mente de Sofía era un caos.

—Lo único cierto es que estás en peligro —dijo Nicole, más ecuánime—. Ya sé que es una respuesta llana, pero no tengo otra.

Ya en la habitación, revisó el baño, y se lavó la cara y los dientes. Llevó las toallas al área destinada a la lavandería. Hizo la cama, colocó las almohadas, estiró la colcha, pasó un trapo por el escritorio, arrimó la silla y sacudió la alfombra. Todo listo y en perfecto orden.

Estaba azorada, a la espera de que Nicole le diera instrucciones. Pensó en Clara, en las palabras dichas con una voz que no era propia. Después la había visto levantar la mano izquierda y con los dedos pulgar e índice tocar la flecha que colgaba sobre su escote. «Que el brillo de luz de tu mirada nunca se apague», le había pedido. Fue la última vez que oyó su voz. Se superponía a ella la voz del Maestro diciéndole que su abuelo era el verdadero mal y que su abuela le había entregado la memoria. Soltó el aire. No quería ser portadora del destino de su Aba ni de la sinuosidad de su abuelo.

Por la ventana comenzaron a filtrarse los primeros rayos de sol, que de inmediato traspasaron la cortina blanca. Nicole le entregó las dos hojas con el esquema de los círculos.

—Guárdalos —le dijo. Sofía miró los papeles—. Traté de llamar a tu papá, pero la llamada no progresó; no hay manera de comunicarnos con el exterior.

Sofía permaneció callada. Finalmente, Nicole le entregó un sobre sellado y le pidió que lo abriera cuando estuviera a salvo.

—Entonces entenderás muchas cosas que nadie va a poder explicarte jamás, tampoco yo, pero es parte de tu historia y debes saberlas.

No hubo despedida ni lamentos; tampoco abrazos.

Poco después llegó a los oídos de Sofía la voz de Nicole desde la terraza, su clave para marcharse de allí. Aunque tuvo miedo de que las piernas no la sostuvieran, abrió la puerta y salió de la casa, pero no a toda prisa como le pidió Nicole. Lo hizo de manera normal; pensó que así no llamaría la atención. Con los dedos aprisionaba el cuero marrón de su cartuchera: el dinero, su tarjeta de débito, la licencia de conducir, la navaja, la llave del casillero, y ahora la de la camioneta. El olor de las plantas nocturnas disminuía invadido por el aroma matutino. El firmamento continuaba aclarando y lo observó tan extraño como a sí misma.

Subió a la camioneta de Nicole y cerró la puerta despacio para no alertar de su huida. Puso la mano en la palanca. Pisó despacio el acelerador, soltó el embrague; al acelerar levantó polvo, y pequeñas piedras salieron disparadas. El motor enseguida le avisó que cambiara a segunda. Se desvió a la derecha por un camino empinado, sin pavimentar, por donde la camioneta ascendía con esfuerzo. Sofía respiró hondo. Los techos azules se sucedían uno tras otro. De vez en cuando veía gente que caminaba por el borde de la carretera, perros vagabundos. Unos kilómetros después solo había vegetación. A ambos lados del sendero se levantaban árboles con grandes ramas. No se había cruzado con un solo automóvil. Tampoco vio ni un letrero que identificara aquel camino. El cielo encapsulaba las nubes, aprisionándolas, como el muro azul de su casa. Se fijaba en todo con tal de no pensar. En el aire flotaba el miedo. Empezó a sudar. Debía dejar de pensar. Circulaba por calles estrechas. A lo largo de la carretera vio una gasolinera, una ferretería y pequeños comercios. Prendió la radio en un volumen bajo, solo para sentirse acompañada. A ambos lados del camino se levantaban las cercas de las casas, la mayoría construidas en tela metálica.

Sofía disminuyó la velocidad. Cambió cuidadosamente de marcha y se adelantó a una BMW X5 negra, como la de su mamá, que circulaba delante de ella —el primer automóvil con el que se habían topado en todo el trayecto—, y regresó enseguida al carril. Suspiró y tuvo que reconocer que estaba nerviosa; era la primera vez que conducía sin que alguien la acompañara. Dejó atrás el último tramo pedregoso y entró a la autopista.

Al parecer, todos tenían secretos. Aquellas mujeres, Sol y Luna, que la instigaron a ir a la congregación la engañaron con medias verdades. Los adoradores del Maestro ofrecían promesas a cambio del alma y los documentos.

—Ellos en realidad traficaban con mujeres —había dicho Nicole. Un supuesto médico asesinaba recién nacidos para vender los órganos al mejor postor. El Maestro, con la maleta llena de dinero y su arma, proclamaba su fe listo para huir de las autoridades o de sus enemigos. Javier, robándose el dinero y el arma, se había ido sin lastimarla, pero ahora al parecer la perseguía. Nada le parecía justo. Como siempre, se mantuvo fría, intentando analizar los vínculos de esas personas con ella, preguntándose por el secreto de sus padres, por el de Nicole y otra vez por el suyo.

Decidió seguir las instrucciones de Nicole y no abrir el sobre hasta que estuviera a salvo. Luego intentaría descifrar los círculos del diagrama. En efecto, era buena para la lógica. La estancia en casa de Nicole le había servido para reflexionar acerca de si se había esforzado en comprender la situación de Pandora. La gente no venía al mundo obligada a quererse, pero se esperaba que una mamá, por principio, si no por sentimientos, quisiera a una hija. Por tanto, una hija debía compensar ese querer. Le hubiera gustado cerrar los ojos, abrirlos y encontrar una respuesta.

Comenzó a llover tímidamente. Las nubes no daban la impresión de ser amenazadoras. Pensó en todo lo que tendría que hacer en San Juan, en la necesidad de encontrar a su padre, en hablar con su abuelo, en la visita a su madre en el psiquiátrico. Al fin parecía haberse liberado de aquel infierno que llamaban Puerta del Cielo y del Maestro, pero no estaba a salvo. Sofía apretó el volante con ambas manos y movió la cabeza para descartar ese pensamiento. «Analizar la situación y después actuar», pensó.

Unos minutos después abandonó la autopista en el desvío que lleva a la avenida Kennedy. Entonces pudo verla. La pick-up que había estado estacionada junto al auto de Nicole en la madrugada se apareció a lo lejos; avanzaba intentando alcanzarla. Ella también aceleró. Se había entretenido mirándolo por el espejo lateral. Detuvo el coche de un frenazo. No vio el auto que había parado con brusquedad delante de ella. Alargó la mano, por instinto, para evitar que cayera al suelo todo lo que le había dado Nicole. Vio un auto deportivo delante de la camioneta. Estaba demasiado cerca.

Un hombre, de mediana estatura, camisa blanca, con las manos arremangadas y pantalones azul marino, después de revisar su coche se acercó a ella disculpándose por haber frenado tan de repente, pero un perro se le había cruzado en el camino. Ella solo lo miró y asintió con un meneo de cabeza. La pick-up había pasado por su lado sin tan siquiera reducir la velocidad.

Sofía desvió la mirada hacia el piso de la camioneta. Los papeles de Nicole habían ido a parar al suelo. Al inclinarse para recogerlos, encontró el sobre que le entregó. Estuvo a punto de abrirlo, pero escuchó una voz masculina a través de una especie de micrófono: «Por favor circule». Vio por el retrovisor una patrulla estacionada detrás de ella. Volvieron a pedirle que circulara. Pensó en bajarse y pedirles ayuda, pero el temor de que la llevaran a un hogar sustituto en lo que se resolvía la orden de protección de su papá, salía su mamá del psiquiátrico o su abuelo Héctor era dado de alta, la hizo cambiar de idea. Tenía que contactarse primero con su padre, como le había dicho Nicole. Guardó el sobre en la cartuchera e hizo un ademán con la mano para serenarse. Puso la señal, clavó la mirada en la carretera y se incorporó a la vía.

No había dado demasiada importancia a la pick-up, que en un momento dado, durante el trayecto, pensó que la seguía, pero cuando se detuvo en el semáforo para girar a la izquierda y acceder al estacionamiento de la Comandancia de la Policía, vio sobre la acera una pick-up similar con las luces intermitentes parpadeando. Condujo un rato por allí, a la espera de que, al volver, la pick up se hubiera ido, pero no fue así. Sintió las manos sudorosas sobre el volante. En un impulso de pánico aceleró y continuó la marcha hasta el Viejo San Juan. Nada podía hundirla más de lo que ya estaba.

Capítulo 17

Se estacionó frente al teatro Tapia. Aunque no observó nada sospechoso en la calle, se bajó intranquila, con la cabeza un poco agachada. Subió por la calle Fortaleza para recoger la mochila que había dejado en el casillero y llamar desde ese local a su padre. Para relajar la tensión se preguntó si estaría allí el muchacho pelirrojo que la había atendido la primera vez. Acarició su cartuchera con la punta de los dedos. De vez en cuando miraba a su alrededor, y aunque no vio a nadie siguiéndola, el corazón le latía acelerado. Abría y cerraba los puños; no quería lucir desesperada, pero tampoco podía disimularlo. Se encontraba aturdida.

La imagen del Maestro muerto le rondaba la cabeza. Saber más de ese hombre la llevaría a descubrir en qué estaba metido su abuelo. Ya no tenía dudas de que ambos estaban relacionados. ¿Qué habrá pasado con Nicole?, se preguntó temerosa. No olvidaría el reflejo de la tristeza en su rostro al enterarse de que su tío era el Maestro. Aspiró el aroma rancio y húmedo de la calle. Tendría que dar bastantes explicaciones y pedir otras tantas. Cargaba un pequeño infierno sobre los hombros, y aunque se decía que no había hecho nada, era evidente que alguien tramaba un plan contra ella. Aun así, la sensación de estar libre, de no encontrarse encerrada en una casa extraña ni en la congregación, sino en una ciudad que conocía muy bien, le permitió sentirse en control. Pensó en Miami, el instituto, la libertad: la trinidad del bien casi convertida en nubes dispersas, tan alejadas de su realidad en ese momento. Lucharía por irse: era lo que deseaba.

¿Y si la pick-up que vio en la Comandancia, aunque era del mismo color de la que parecía seguirla en la autopista, era solo eso, una similar, y nada tenía que ver con ella? Solo una casualidad, se dijo. Tal vez dio demasiada importancia a aquella coincidencia. Esperaba que fuera así.

Avanzaba despacio, arropándose con las farolas, los edificios y las palomas, debatiéndose entre sentimientos encontrados. Lista para enfrentarse consigo misma y con un evidente temor del futuro, pero decidida a que la quisieran tal cual era. Le perturbaba que Pandora hubiera perdido la alegría propia. ¿Cuándo la darían de alta? ¿Qué habría pasado con la casa durante su ausencia y la de su madre? También tenía muchas ganas de ver a su padre, contarle todo lo que había pasado y cómo había sobrevivido a la persecución, al derrumbe, al naufragio y a la muerte. De todas las personas que conocía en su vida, solo su padre estaría realmente orgulloso de ella. Y Ricardo, pensó, también debía hablar con Ricardo. Necesitaba un amigo. Quizá podría conseguir que su padre la llevara a Isabela, pero no como parte de un plan, sino... De pronto, un pensamiento sombrío pasó por su cabeza: ¿y si todo eso que había ocurrido —la muerte de Clara, la del Maestro, la gente ahogada o golpeada por las piedras del terremoto— era culpa suya por su obstinada idea de huir a Miami? ¿Y si ella, inconscientemente, hubiera desencadenado todo? Sonaba absurdo, pero no podía sacarse esa idea de la cabeza.

Unas gotas humedecieron el ambiente y la inundó el olor a salitre. No llovía ni asomaban nubes negras; solo era el chispeo casual del verano. Comenzó a caminar a su ritmo, sin prisa, casi agradecida de poder moverse libremente. No se cansaba de admitir cuánto le gustaba el Viejo San Juan. Lo conocía bien: la peluquería cerraba los lunes, el restaurante turco los martes, y ese día era el único de la semana en que estaba abierta al público la Capilla del Cristo. A aquella hora de la mañana, las tiendas estaban aún cerradas y la ciudad desierta, como si todos hubieran huido.

En el casillero saludó al chico del mostrador, un muchacho poco simpático, muy distinto al extrovertido pelirrojo. Notó, sin embargó, que la había mirado con interés. Recogió la mochila sin dar explicaciones, aunque tampoco se las pidieron. Se la acomodó en la espalda recordando nuevamente las instrucciones de Nicole: guiar hasta la Comandancia de la Policía y encontrarse con su padre. Iba a pedirle al muchacho que le permitiera usar el teléfono, pero su actitud tan distante la hizo retroceder. Salió con prisa, obligada a improvisar un plan. Giró a la izquierda hacia la Capilla del Cristo. Allí podría elaborar un plan B, mientras agradecía a Dios estar viva. Al llegar se arrodilló, igual que hacía su abuela, en el banco central que daba directo al altar abovedado, frente al retablo de madera policromada con la imagen del Cristo de la Salud, de Santa Catalina Mártir, San Luis Rey y Nuestra Señora de la Concepción. Pidió por la seguridad de Nicole, el descanso de Clara y de su abuela, y por la salud de su mamá. Deseaba que todo funcionara, que el esfuerzo de regresar valiera la pena, que la incertidumbre se convirtiera en alegría. Aba siempre le había dicho que para recibir amor tenía que darlo, y ni siquiera eso era una garantía; pero también le había recalcado que la satisfacción de querer a otros ya era de por sí una recompensa. Se le ocurrió que si entraba en alguna cafetería podía llamar a su padre. Cuando se puso de pie, un creciente olor a mentol se apoderó del lugar.

Al erguirse, sintió en la nuca el susurro amenazante de una voz masculina:

—No hagas ruido —escuchó helada —. Vamos, sin tonterías.

Sofía respiró hondo al ver con el rabillo del ojo la culata de la pistola que el hombre le mostró con un ligero movimiento de la sudadera deportiva hacia atrás. Enseguida reconoció la cacha color marfil y el olor a mentol, que llegó a ella como una ola inesperada. ¿Era Javier? ¿Había sido Javier todo el tiempo? No podía ser otro: él se llevó la pistola del bote. Al fin salía de la sombra, como una bestia agazapada decidida a atacar.

—No te pases de lista. Muévete sin llamar la atención —dijo enfadado.

No, no podía ser Javier. La voz era diferente.

—¿Qué desea de Sofía?

—No hagas preguntas; ya hablaste de más con Nicole. Agradece que está viva. Vamos, muévete. Iremos al cementerio.

Sofía afirmó bien los pies para controlar el temblor de las rodillas y caminó según la advertencia recibida. Adoquines intercalándose unos con otros, esculturas, árboles centenarios, murallas ennegrecidas, protuberancias en las aceras, y ella junto a un desconocido armado, paso a paso, como en un redoble de piernas. Nuevamente su vida corría peligro. Iba a su lado, sin atreverse a contestar, huyendo del presente, refugiándose en la ecuación de Yang-Baxter, en el comportamiento, la interacción y la teoría de los nudos y las cuerdas. Debía identificar el centro de la telaraña para evadir la red. Tenía que razonar para no caer en el abismo de los sonidos invisibles que le horadaban la piel.

Imaginaba al hombre desconocido disparándole sin advertencia ni explicación cada vez que le pellizcaba la cintura para que disminuyera la velocidad. La mano de ese extraño le pesaba en el cuerpo. Apretó contra sí la cartuchera y sintió el peso de su mochila en la espalda. Algunos transeúntes pasaban de largo, sin fijarse en ellos, pegados a la pantalla del celular. Un escalofrío la recorría de pies a cabeza. Contenía el aliento. Debía hablar con él, buscar la empatía, esa era su única salvación, pero le daba miedo hacerlo. Tal vez el delincuente ya había ideado la forma de lastimarla antes de ponerle final a su vida: a lo mejor sería a puñetazos, con la culata de la pistola, empujándola contra la pared o aventándola contra el suelo; quizá solo quería eliminarla sin preámbulos, con un disparo en la sien o algo más escabroso, sumergiéndole la cabeza en agua hasta deshilacharla en hilos granates. No sabía cuál de todos esos escenarios imaginados le espantaba más ni quiso detenerse a evaluarlo. Si fuera un ladrón verdadero se llevaría el dinero y se iría sin más. Sin embargo, tenía la pistola del Maestro —nunca olvidaría esa cacha blanca— y había mencionado a Nicole. Las cosas solo podían ir a peor.

Se concentró en sus pisadas y en las del desconocido. Las contaba. Tener dominio de algo le daba una mínima sensación de control. Aunque sentía frío, las manos le sudaban. Imaginó írsele encima, tumbarlo al suelo, que en la caída se le abriera la cabeza, y mientras la sangre se escurría por los adoquines echar a correr para ocultarse de aquella bestia. Pero eso era una fantasía; en realidad ella era su presa.

Una intensa curiosidad le hizo girar disimuladamente hacia él. Apenas pudo ver su perfil y escuchó su voz atronadora:

—¡Los ojos al frente, mocosa! No estoy de broma.

Sofía alzó la vista hacia el cielo: un manto desplegado sin arrugas ni manchas. No había pájaros ni árboles frondosos; solo cables eléctricos en lo alto de los edificios. Nadie en las calles que recorrían en silencio. El sudor le bajó por el vestido y sintió el vientre y los muslos pegajosos. Había renacido en el campo solo para morir en la ciudad. Notó que caminaban con urgencia, aunque él tratara de disimular la prisa.

Los restaurantes aún no sacaban las mesas y las sillas a la calle. El ritmo de la canción «God's plan», de Drake, rompió la monotonía de la caminata: «God's plan, God's plan»... Aquella melodía pegajosa le recordó a Clara. No podía someterse tan dócilmente a la muerte como hizo ella. Por más miedo que tuviese, debía relajarse, observar y analizar las posibilidades de huir de aquel hombre. Sin embargo, necesitaba saber exactamente qué era lo que quería hacer con ella para tramar un plan de acción. No le quedaba más remedio que volver a dirigirse a él:

—¿Matará a Sofía?

Sintió en la nuca la mirada del individuo, aunque no respondió. Fue como si ella misma se hubiera condenado. Se arrepintió de haber formulado la pregunta en tercera persona. Tenía que parecer tranquila, ecuánime, pese a todo. Al pasar por el costado de la iglesia San José, tocó el dije de la flecha y lo presionó. «Dame fuerza, Aba», imploró en su mente.

Al llegar al Museo de las Américas cruzaron la calle y bajaron por la carretera que llevaba al cementerio. Al pasar el pórtico doblaron a la izquierda. Sofía reconoció el despliegue de tumbas con imaginería masónica, columnas incompletas, templos, pirámides tiznadas por el tiempo, antorchas, biblias abiertas con una trenza en el centro y cadenas rodeando los panteones.

—¿Por qué trae a Sofía aquí?

—Te he dicho que no hables. Por aquí a la izquierda, vamos.

Siguió andando con pasos largos y cortos. Miró hacia todas partes; no se oía nada. Echó un vistazo por si había otro camino y pudo distinguir la muralla del Fuerte. Una vez detrás de uno de los mausoleos, el hombre se reacomodó el arma en la cintura. Enseguida se quitó la sudadera y el polo que llevaba debajo, y con él se limpió el sudor de las manos, los brazos, la frente y la nuca. Sofía tragó hondo al ver de reojo en esa piel lampiña el tatuaje de la granada verde que no había conseguido olvidar. Era el mismo tatuaje del moribundo con el que se había topado el día que huyó de su casa. Aquellos ojos abiertos y sin vida seguían llenos de oscuridad. Un fantasma. Ahora sí no le quedaba duda de que iba a morir en sus manos. Lo observó ponerse ambas piezas de ropa nuevamente y volver a apuntarle con el arma.

Anduvieron en la misma dirección de antes. A Sofía le pareció escuchar un ruido. Al lado del último panteón, que estaba parcialmente destapado, vio un cráneo lleno de suciedad. La espantó ver la boca abierta de una forma sobrenatural. Esa calavera mostraba su realidad inescapable, el reflejo de su propio cuerpo con los años. El secuestrador intentaba abrir la cerradura del portón de un mausoleo. Desde allí Sofía distinguía el mar.

—Otra vez no abre —explotó el hombre de mal talante.

Cuando por fin la llave hizo girar el cilindro, entreabrió el portón, malhumorado. Aunque el exterior de la estructura estaba sumamente deteriorado, el pasillo que daba acceso al lugar se veía inmaculado. Sofía sintió la presión de la mano agarrándola del brazo para hacerla entrar. Ella miró en todas direcciones, irguió la espalda y trató de resistirse, pero él le puso la otra mano en la nuca y la obligó a moverse al interior.

El hombre subió el interruptor y una luz blanca iluminó todo el recinto. Pudo entonces verlo directamente. Tenía el pelo rubio y una cicatriz reciente, rojiza y rugosa, en la sien derecha. Era más alto que ella y delgado aunque ancho de hombros, de frente estrecha, con los ojos hundidos como los de los camaleones. La mirada de Sofía continuó observando hasta toparse con un trípode frente a una cortina crema que reconoció de inmediato. Se estremeció. Recelosa, encorvó los hombros y dio por sentado que allí habían tomado las fotos de las muchachas embarazadas que tenía Luna en la guantera de su Jeep. También observó unas escaleras que llevaban a lo que aparentaba ser una sala de procedimientos, como la que había visto en la congregación. Camilla, bandejas, herramientas, envases de cristal etiquetados.

Sofía advirtió una nevera muy similar a la que había visto en la montaña. Recordó al médico con su bata blanca, la chica pariendo, la asistente recogiendo la sangre en un envase de cristal, y al médico colocando los órganos diseccionados de la criatura asesinada en una nevera portátil como la que había allí. En su cabeza algo seguía moviéndose, analizando, concluyendo que posiblemente en ese lugar el hombre llevaba a cabo terminaciones de embarazos. Sin duda lo de los fetos era un negocio, como había mencionado Nicole. Todo empezaba a encajar. El Maestro y la congregación no eran el peor horror. Había mucho más en ese foso. Permaneció trémula.

—Supongo que ya adivinaste quién soy.

—El hombre que Sofía auxilió días atrás.

Una perceptible decepción apareció en el rostro de él.

—¿No lo sabes aún? Se suponía que eras brillante.

Esa vez pudo reconocer claramente el nombre completo grabado en la bata blanca del moribundo al que había auxiliado. Estaba colgada allí. D. Vicente, Daniel Vicente, el médico que dirigía Dulce Hogar, el hombre con el que se había topado en el suelo el día que escapó. El mismo hombre, el de la voz distorsionada, el del olor a mentol que en ese momento se difuminaba en el aire, el asesino de recién nacidos. Se hizo un silencio profundo.

El doctor se sentó en una silla giratoria, se inclinó y levantó una bolsa; la puso sobre una mesa instrumental quirúrgica, de esas que tienen ruedas, en las que suelen ponerse los instrumentos para los procedimientos médicos. Metió las manos en la bolsa y sacó el cofre de plata con incrustaciones de piedras semipreciosas perteneciente a la abuela Marta. No entendía cómo lo había conseguido, pero sí recordaba haberlo buscado luego de la muerte de Aba, sin éxito. El secuestrador desplazó suavemente la mesa con el cofre hacia Sofía.

—¿Lo reconoces? ¿Te sorprende? —auscultó él con voz prepotente.

—Se lo robaste a Aba. Eres peor que una mala persona.

El individuo le mostró un pequeño cilindro de metal recubierto de piel, en forma de carcaj, que guardaba en su bolsillo.

—Esta pieza solitaria estaba en el cofre, pero vacía; no me sirve. Toda la información que tu abuela acumuló contra mí y su propio esposo, como un cuervo, la guardó en un dispositivo que ocultaba incrustado en esta pieza que formaba parte del cofre. Tú debes de tener el USB escondido. ¡¿Dónde está esa memoria?! ¡Habla ya!

—Sofía no recibió nada de Aba. No tiene ningún artefacto.

Se plantó delante de ella:

—¡No mientas más! —aferró su mano izquierda a la muñeca de Sofía.

Todo aquello le parecía una injusticia: el poder del Maestro, Daniel, su abuelo y Javier contra la vulnerabilidad de Aba, Pandora, Clara, Luna, Sol, Nicole y las jóvenes desaparecidas. Comenzó a comprender que en la vida real debía utilizar su juicio. No había incertidumbres absolutas, pensó. No era fácil cuadrar un círculo. Buscaba con la mirada alguna otra salida.

—Sofía no esconde nada; solo huyó para ir a un colegio. Sofía no sabe qué está pasando... Si quiere dinero, el abuelo...

—Escucha, mocosa: tu abuela te entregó algo muy valioso para mí, que estás guardando quién sabe dónde. Ya revisé tu mugrosa mochila.

—¿La mochila de Sofía?

—Ahora también eres sorda. Sí, esa que llevas en la espalda. El pelirrojo al que sobornaste para que la guardara no tuvo reparos en mostrármela cuando le puse un billete de cien dólares en las manos.

De manera instintiva, Sofía cogió su cartuchera como si esta la pudiese salvar. Para ella lo valioso de su vida lo llevaba en la mochila. No tenía idea de lo que Daniel Vicente le hablaba. Quería huir, esconderse, desaparecer.

—No te hagas la loca. También revisé tu cartuchera en Puerta del Cielo y ahí tampoco encontré nada. ¡¿Dónde está la maldita memoria?!

Lo miró directamente a la cara. Él era, sin duda, el hombre de la foto que le enseñó Nicole: el hermano muerto por la explosión de una bombona de gas. Él era ese Daniel.

—¿Dónde está qué? ¡Sofía no tiene ningún USB, no oculta nada! —gritó sin poder contenerse.

—Lo que tu abuela te dio, ¡¿dónde lo escondiste?! Esa vieja vengativa no se iba a ir a la tumba sin mandarnos a la cárcel a mí y a tu abuelo. ¡Yo sé que tienes lo que necesito! —La agarró por los hombros con fuerza y la zarandeó.

—Aba nunca le entregó nada a Sofía. —Trató de desprenderse de las manos que la aprisionaban.

Se escucharon los goznes del portón chirriar. Sofía enseguida miró hacia esa dirección, pero por las maderas colocadas entre las barras de hierro verticales no pudo ver quién estaba allí. Era su oportunidad de escapar.

—Daniel, ¿andas por ahí?

Sofía reconoció la voz de Sol. Al escucharla pronunciar aquel nombre se le aceleró el pulso. Él le mostró la pistola a Sofía y sentenció:

—Si gritas o hablas, te pego un tiro y a ella también.

El portón se abrió y Sofía vislumbró una sonrisa de asombro y alegría en el rostro arrugado de la mujer.

—¡Sofía! Pero esto sí que es un milagro. Después de ver en las noticias cómo el río arrastró a esa pobre chiquilla Clara y a los que aparecieron ahogados, creí que tú también estabas muerta. ¡Pero has sobrevivido! A lo mejor Luna está viva, así como tú, y no ha logrado comunicarse conmigo porque las líneas no funcionan hace rato. ¿La viste en la finca? ¿Qué haces aquí?

Sofía la miró atónita. Quería hablar, pero tenía la boca completamente seca y los labios se le pegaban a los dientes.

—Sol, estamos ocupados. Mejor vete y después ya Sofía te contará de Luna. —Daniel acompañó a Sol afuera del mausoleo.

—Sofía no sabe nada de Luna.

Supo que era el momento de huir, pero no había modo de alcanzar la salida sin que Daniel la detuviera: estaba parado justo frente al portón despidiendo a Sol.

—Danielito, cuánto siento la muerte del Maestro. ¡Ha sido una tragedia! Ahora te toca ser el sucesor. Al Maestro le habría parecido muy bien. —Se arregló el turbante—. Ya sabes, a tus órdenes como siempre. Y cuando regrese Luna, también. Por cierto, ¿la viste salir de ahí?

Sofía miraba por dónde escapar y al mismo tiempo temía por la vida de Sol, pues Daniel la miraba cada vez con más furia.

—¿Por qué no se vienen a casa y les preparo un café? —ofreció Sol volviéndose a reacomodar el turbante.

—Cállate ya y vete a tu casa —dijo Daniel perdiendo la paciencia—. No seas entrometida.

Sol se le quedó mirando con asombro.

—Diantre, ¿qué modales son esos? —Tosió fuerte.

Todo ocurrió muy rápido. Daniel la empujó y la mujer perdió el equilibrio. Cayó de espaldas al suelo, dándose un golpe en la cabeza contra una piedra. Se oyó un crujido. Sofía aprovechó el momento. Echó a correr. Se oían los feroces ladridos de un perro. Daniel la alcanzó sin problemas y la sujetó por el pelo.

—¡No hagas tonterías! —gritó apuntándole con la pistola—. Si vuelves a intentarlo te disparo, niña consentida. ¿Entendiste?

Sofía asintió con la cabeza y comenzó a frotar con la yema del pulgar el colgante. Vio a Sol tirada, con una herida en la sien sangrándole, y tuvo miedo de que le ocurriera lo mismo a ella. En eso apareció corriendo el perro de quijada ancha y hocico delgado. Iba veloz hacia ella y se detuvo frente al hombre.

—Tranquilo, Betún —dijo el secuestrador mientras le daba al pitbull unas palmadas que lograron que se sentara.

—¡Buen chico! —dijo Javier, que apareció justo detrás del perro—. Encontraste a tu amo.

—¿Tú aquí? —cuestionó Daniel sorprendido.

—De mí nunca podrás esconderte —afirmó Javier sosteniéndole la mirada.

Se arrodilló al lado de Sol.

—¿Qué le pasó? ¿Vas a añadir asesinato a los cargos que te echen encima?

—Se resbaló —respondió Daniel con indiferencia.

—Lo dudo. —Javier frunció el ceño y se agachó para auscultarla—. Agradece que tiene pulso.

Se puso de pie. El tiempo transcurría tan veloz que Sofía estaba confusa. Días atrás, cuando encontró a Daniel inconsciente en el suelo, había intentado salvarlo, y él ahora se proponía matarla por un dispositivo que ella no tenía.

—¿Por qué me has seguido, Javier?

—¿Cómo te atreves a presentarte donde Nicole? —Javier lo increpó furioso—. ¡Se supone que estabas muerto, tarado! Ahora ella no se detendrá hasta averiguar todo sobre ti.

—¿Has venido a hablarmc dc Nicole?

—He venido a salvarte, aunque debería matarte, maldito idiota.

—Déjame en paz y sal de aquí.

—Yo te puedo dejar en paz, pero el viejo no. Ya sabes que él no se anda con remilgos. Su chofer mató al albino y casi te mata a ti. No le importó dejarte abandonado en la acera cuando creyó que estabas muerto.

Sofía acariciaba el dije de la flecha pensando en cómo huir de esos dos que hablaban como si ella no existiera. El viejo aquel solo podía ser su abuelo, y el chofer, Juanito. El Maestro era el tío de Nicole y aquellos hombres sus hermanos. En definitiva, su propia familia. Su papá los conocía. Como si se proyectasen en el cielo, veía girar los círculos del diagrama de Nicole. Todo empezaba a cobrar sentido.

De pronto, Daniel le mostró la pistola a Javier.

—No le tengo miedo al chofer del viejo ni a nadie; aquí los esperaré. Será la masacre del verano. Pero antes, esta mocosa me dará lo que busco.

—Guarda esa arma, chico.

Javier giró hacia Sofía:

—Sofía, tu abuelo sigue hospitalizado. Lo mejor es que te lleve con él.

Ella apretó los puños y se acercó a Javier. Los miró alternadamente. Quería increparlos a ambos, pero tomó conciencia del peligro inminente.

—Lo único que te interesa es el dinero, ¿no? —dijo Daniel enfurecido—. El dinero que crees que el viejo te debe desde que naciste. Me imagino que accedió a darte más dinero a cambio de proteger a Sofía y estás satisfecho. Por eso ahora te haces el buena gente. ¿Y el dinero que robaste del bote? ¿Ya lo gastaste en tus apuestas?

—Ese dinero es mío. ¡Nos lo debía! A ti, a mí, a Nicole. Lo merezco. ¡Solo yo me atreví a tomarlo! Bajé hasta los quintos infiernos para recuperarlo. Querías la pistola, me pediste que la encontrara y cumplí entregándotela.

Sofía permanecía quieta. Miraba a Betún, sentado cerca de ella. Tenía los labios amplios, estrechos y prietos, el hocico abierto y los ojos vigilantes.

—No me iré hasta que ella me dé lo que necesito. —Señaló a Sofía.

—¿Qué puede ser tan importante? —Javier lo miró intrigado.

—Ay, Javier, siempre fuiste tan básico. Es mejor que lo ignores y te vayas.

—¿Crees que no sé lo de tu negocio con Estrella Libre? ¿De la conexión con México? ¿De tu porquería con Héctor a espaldas de nuestro tío, que fue más que un padre para ti? Tampoco es que me importe, pero si queremos continuar vivos, tienes que dejarla ir.

Sofía no pudo evitar que los ojos se le escapasen hacia el panteón a medio destapar y descubrir allí el rostro de la muerte, un abismo definitivo de tiempo y espacio. No quería escucharlos más. El pitbull gruñía, percibiendo la tensión del ambiente. Por el cementerio solo se veía a una familia caminar despacio entre los nichos y varias palomas volando alternadamente sobre las tumbas.

Javier y Daniel, las dos caras de la matemática: la oculta y la visible. Su presente le estaba resultando un absurdo total. No podía dar crédito a lo que había escuchado sobre su abuelo y Juanito. La conexión de Estrella Libre con Daniel y su abuelo desembocaba en Puerta del Cielo. Toda su vida giraba sin parar. El pitbull meneaba la cola, contento de que alguien le prestara atención. Luego les gruñó a los hombres.

—Yo no me meto más en este lío —dijo Javier—. Si quieres matar a Sofía, mátala. Mata a todo San Juan si te apetece.

—Ajá. Fue tuya la idea de acuartelarla en casa de Nicole, pero ahora actúas como si fueras inocente. Dijiste que me ibas a ayudar a estar a solas con Sofía y en cambio gané un balazo de Nicole. Y si no consigo lo que quiero, terminaré en la cárcel.

—Nadie va a ir a la cárcel, Daniel, convéncete. ¿Crees que te van a acusar por el secuestro de Sofía? El viejo no ha dicho nada sobre su desaparición, o ya hubiera salido en todos los noticieros. Eso fue cosa del Maestro y, con su muerte y Sofía viva, ya está resuelto.

—Javier, abre los ojos. En cuanto Héctor salga del hospital nos mandará a matar.

—Qué va, lo está tratando a su manera; tú lo conoces mejor que nadie. Olvida toda esa bobería del USB. Cógelo suave, hombre.

—¿Suave? —Daniel explotó. Levantó la mano con celeridad y le pegó a Javier con la culata de la pistola en el lado derecho de la cabeza. Lo hizo con tal fuerza que estuvo a punto de caerse él mismo. Todo ocurrió en un instante. Javier trastabilló y cayó al suelo, entre los bordes de dos nichos. Levantó la cabeza, aturdido, y Daniel remató con un puntapié en el estómago que lo dejó sin aire. Aun así, seguía intentando hablar. Para callarlo, Daniel se arrodilló a su lado y descargó un puño contra su cara, y otro y otro, hasta que la mano se le manchó de sangre.

Sofía se cubría la cara con los dos brazos para no ver los golpes y, aunque intentaba gritar, el miedo le había robado la voz. Pensó otra vez en lo equivocada que había estado Clara al describir a Daniel. Jamás podría considerarlo una sombra de esperanza; al contrario, era la imagen misma de la revancha. Finalmente, Sofía dejó escapar un grito y, de manera instintiva, cogió el dije en forma de flecha que le había dado la abuela. Con solo tocarlo se sentía a salvo de todo. Daniel vio el dije y miró atentamente a Sofía mientras avanzaba hacia ella. Dio con el pie en el suelo. Luego se agarró la cabeza.

—¡Qué idiota he sido! Ha estado contigo todo el tiempo. Ese colgante te lo dio tu abuela, ¿no? La muy zorra.

—Sofía no sabe de qué habla.

Daniel intentó arrebatarle el collar a Sofía, pero el perro se levantó y se interpuso entre los dos.

—Betún, quítate, quítate, quítate. —A la tercera vez el animal se doblegó.

Daniel volvió a intentar apoderarse del dije, pero Sofía retrocedió. Sorpresivamente, Betún volvió a interponerse entre su amo y ella. Daniel, lleno de ira, lo pateó varias veces, y cuando fue a pegarle con el arma en el hocico, el animal, al que él mismo había entrenado, ahora saltó contra su dueño, pero Daniel se movió rápido y el perro apenas pudo agarrarlo con la mandíbula por el brazo. La pistola detonó y Betún emitió un ladrido que se oyó aún más fuerte que el disparo.

—¡Maldita sea! —gritó Daniel.

Sofía, con la cabeza casi estallándole por el ruido de la detonación, aprovechó que Daniel se acercaba al perro para abrir la cartuchera. Sacó el cúter y lo aseguró cerrando el puño.

—¡Mocosa! Agradece que Betún está bien, porque de haberlo herido te hubiera enterrado aquí mismo —gritó Daniel.

—Solo muerta le quitará el colgante a Sofía —dijo llena de pánico.

Notó el sudor en la frente de Daniel. Él se acercó por tercera vez para arrebatarle el dije. Ella volvió a retroceder, cubriéndolo con la mano. Sintió que la tierra era una plataforma giratoria que amenazaba con tragársela.

—Ya está bien de juegos —dijo Daniel, que giró hacia Sofía y le propinó un puñetazo en la cara.

Ella tambaleó e hizo un esfuerzo por mantenerse en pie. Se tocó la nariz; la sangre en las manos era oscura. Se le cerraron los ojos y cayó al césped. Todo daba vueltas a su alrededor. Le extrañó sentir la grama caliente rozarle la mejilla. Tuvo la certeza de que el ambiente se inundaba de un infinito vacío. Escuchó un gemido y vio a Sol sentándose, aún atontada, mirando el suelo. Todo aquel movimiento hizo que Sofía sintiera un nudo en el estómago. Entonces el pitbull, otra vez alerta, comenzó a ladrar alarmado.

—Betún, calla —exigió Daniel.

Para ella todo sucedió en cámara lenta. Daniel, enloquecido, estiró una de sus grandes manos hacia ella y la agarró por el cabello. Sofía irguió la cabeza, entornó los ojos, lo contempló un segundo. Daniel flexionó las rodillas para levantarla; ella apretó el cúter. Le vinieron a la mente las peleas con su madre, el consuelo de su abuela, el cariño de su padre. Estiró el brazo y clavó la cuchilla en la mano de Daniel. Él soltó la pistola, cayó al terreno cerca del perro y profirió una blasfemia. Sofía resbaló hacia el suelo y hundió la cuchilla en el pie del hombre. Al removerla, la sangre brillaba en destellos segmentados.

Aullando de dolor, él se inclinó a recoger el arma. Una voz conocida lo detuvo en seco.

—¡Suéltala! ¡Ni se te ocurra moverte!

Daniel enmudeció.

—¡Huya, Sofía, corra!

Reconoció la voz de inmediato y no lo pudo creer. Era Juanito. Vio sus ojos chispeantes y el rostro cubierto con un pasamontañas. Se había acercado a toda carrera, acompañado de tres hombres que Sofía no reconoció.

Ella lo miró temerosa.

—¡Corra, Sofía, huya! —gritó Juanito una vez más.

La fuerza de aquella voz tensa la hizo reaccionar. Recogió la mochila y, con los pies bañados en sudor, movida por la adrenalina, corrió a toda prisa. El perro se había levantado y la seguía. Sofía avanzaba torpemente, como si se moviera dentro de una pesadilla. Las piernas se le iban y sucumbía al cansancio. Oyó una detonación; después otra. Volteó a mirar, pero la contraluz le impidió ver. Al salir del cementerio, al tope de la cuesta, jadeante y temblorosa, encontró una terraza en una casa a medio terminar, escondida por la vegetación. Se ocultó. Contuvo el llanto y las náuseas. Al lado suyo, Betún, inquieto, permanecía alerta, escuchando las voces de unas personas que se acercaban, de seguro advertidas por los disparos. Permaneció encogida, con los músculos adoloridos y con un terror que le subía por las piernas y no le permitía continuar la huida. Sobre un suelo de madera húmeda, debido a una gota constante que caía de un grifo oxidado, miró la sangre pegajosa y maloliente en las manos y en el cúter. Lo arrojó lejos de ella. Le latían la cara y los oídos. Desde allí, cobijada tras unos arbustos de uvas playeras, pudo descansar. Betún se echó a su lado.

Oía el rumor de las olas, pero intentaba ignorar el resoplido ensordecedor del mar. Se obligó a ponerse en pie. Betún la imitó. La imagen de la tierra negra la hizo pensar en Clara y en las adolescentes desaparecidas, en sus raíces subterráneas. Aquellos disparos, ¿habrían sido al aire? «Una advertencia», se respondió Sofía, atónita. Se preguntaba si Juanito habría actuado así por las circunstancias o porque era el matón de su abuelo, como le dijo Luna y ahora Javier. Aspiró y espiró. Si su abuelo necesitaba matones no era por nada bueno. La tristeza comenzaba a convertirse en su aura.

Acarició el dije en forma de flecha. «Tu abuela te ha entregado la memoria», le había dicho el Maestro. No lo entendió en ese momento, pero la frase había sido literal. Quizás en ese dije la abuela había logrado esconder lo que calló por años. «Algo que involucraba a Daniel y tal vez a su abuelo», se dijo. Algo que, sin duda, excedía incluso la maldad de Puerta del Cielo y que tendría que ver con lo que leyó en casa de Nicole sobre los niños asesinados. Ahora se daba cuenta: eran utilizados por aquel mismo demonio del que acababa de huir, el médico, el moribundo con la bata blanca con el nombre D. Vicente en letras azules, Daniel, el hombre del tatuaje, el sucesor del Maestro, el hermano de Nicole y de Javier. Ella haría público todo eso, aunque hundiese a su abuelo en el camino. Entregaría el dije a la policía para ponerlos en evidencia. Lo haría por la abuela. Por Pandora, que, ahora lo tenía claro, era la víctima principal de Abo. Por ella misma. Por todas las mujeres a las que su abuelo había lastimado.

Extrajo de la cartuchera el sobre que le había entregado Nicole. Dentro encontró una fotografía. Quedó desconcertada: era muy parecida a la que había visto en el estudio de su abuelo: su Abo y tres niños. Observó en detalle la instantánea envejecida por el tiempo. Una foto antigua con la imagen de cuatro figuras en un fondo montañoso, el mismo fondo de Puerta del Cielo. Sin duda era la foto que faltaba en el marco vacío de casa de Nicole. Había sido tomada el mismo día que la que había visto en el estudio de su abuelo: era parte de la misma secuencia. Además, era la pieza del rompecabezas que le faltaba a su historia.

Hay personas que, con el paso de los años, cambian hasta hacerse irreconocibles. Otros tienen desde la cuna el mismo semblante adusto y viven como una versión apenas adulterada de sí mismos. Era el caso de Daniel. No dudó en reconocer en él a uno de los niños que estaban en Puerta del Cielo junto al abuelo. Los otros dos debían ser Nicole y Javier. Dos niños y una niña con un hombre al que le cantaban cumpleaños. Una segunda familia sin su apellido. Con el apellido Vicente. Quiso gritar fuerte, un grito que hiciera ladrar a Betún y despertara a las aves de los árboles, que ahuyentadas dejaran la seguridad del nido y se perdieran entre las nubes. Daniel y Javier eran sus tíos; sintió vergüenza de tener un vínculo familiar con ellos.

Dos gallinas estrafalarias aparecieron en la terraza. Unos changos buscaban qué comer. Resurgieron los cláxones de los coches y las voces lejanas de niños que, junto a sus padres, se dirigían al parque, felices y ajenos a lo que acababa de suceder a pocos metros de allí. Tenía ambas rodillas raspadas; le ardían. Se tocó la sangre, ya seca, de la nariz. Abrió el grifo que no dejaba de gotear; se restregó con fuerza el rostro, el cuello, los brazos y las manos. De pronto, algo en ella cambió. Fue como si una pesada roca se hubiera desprendido de sus hombros, liberándola. Le agradó escuchar el murmullo del mar. Estaba lista para enfrentarse al día soleado. Era su vida, y al fin la estaba asumiendo plena: los ejes comenzaban a girar. «Ahora sí, nadie detendrá el engranaje», se dijo, respirando una bocanada de aire fresco.

Volvió a preguntarse qué contendría esa memoria. Cómo se habría sentido Aba al descubrir a su esposo vinculado a una trama oscura con el hijo de otra mujer. Quizá no pudo resistirlo y prefirió morir. Tal vez iba a acusarlo y Daniel se anticipó y tuvo que ver con la muerte de Aba. A lo mejor nunca se sabría la verdad. Aba siempre buscó defender a las mujeres; quizá la decisión de colgarse de una viga era el final de una herida ajena que había decidido asumir como propia. Sofía pensó que le hubiera gustado tener una última conversación, o que en vez del dije ella le hubiera dejado una carta en la que le dijera todo lo que sabía y por qué tomó esa decisión. Una carta con aquella letra bonita de mujer educada que pudiese guardar para siempre, como si fuese su voz escrita. Una carta donde dijese todo lo que había sufrido y que ese dolor la unía al de otras mujeres. Una carta que la trajese de regreso a la vida y a ella misma. Sofía comenzó a escuchar de fondo las sirenas de la policía y supo que debía marcharse de allí cuanto antes.

Emprendió el camino. Tocó el dije que colgaba sobre su escote; la flecha tenía unos pequeños dientes, similares a los de una llave diminuta, que se insertaban en un carcaj. Mientras caminaba, recordó el día en que su abuela le regaló esa flecha. Un dispositivo que tal vez contenía una historia sórdida, pero real. La miró con melancolía, como si la reconociese por primera vez, como si supiera que su Aba Marta, al darle esa responsabilidad, la hubiera puesto delante, no de los incidentes que trae la mentira, sino de los que trae la verdad. Entendía que iba a ser doloroso, pero estaba dispuesta a enfrentarla. Tocar el fondo del abismo ayuda a ser más fuerte. No se trata de huir, sino de compensar. Aquel pensamiento la llevó a reconocer que no podía vivir solo de recuerdos;

resultaba inútil escudarse detrás de ellos. La opción: construir su vida. Era duro aceptar que se había equivocado, y asombroso mantenerse en pie. Aunque su mente estaba agotada, no sintió desolación. Ya estaba bien de excusas. Antes de irse a Miami tenía que reconciliarse con su madre, no exigirle lo que no podía dar. Con su padre tendría una conversación extensa; debía cumplir sus responsabilidades y asumir su paternidad a tiempo completo, como cuando era niña.

Betún movió la cola sin apartarse de su lado, como si ella fuese su dueña. Sofía avanzaba por la acera, intentando no tropezar con las personas que subían y bajaban de un autobús turístico. Todo seguía igual, como si la pasada tormenta, los sismos y los muertos ya fueran cosa del pasado. Dirigió la vista al horizonte. Necesitaba un careo que respondiera a sus preguntas. Estaba cansada de las mentiras; todo era incierto. Frunció el entrecejo. No daría un paso atrás. Le tembló la boca y la invadió una oleada de tensión. Lo había razonado y estaba decidida. No acudiría a la policía ni con su padre, sino al hospital, a ver a su abuelo. Iría como quien se dirige sin miedo al encuentro del fuego.